KB062591

어디쯤일까

어디쯤일까

이대동창문인회
엮음

개미

그리고 우리들의 이야기는 이어집니다

끝없이 이어질 것만 같던 더위도 물러나고 잎들이 고운 빛깔로 물들어가는 가을이 왔습니다. 이제 곧 그 잎들도 떨어지고 온 세상이 하얗게 비어 있는 겨울이 오겠지요.

이 가을, 우리 이대동창문인회는 스물여덟 번째 수필집을 내어 놓습니다.

세상은 과학의 기술로 인해 너무도 빨리 변해버려 과거의 원 밀레니움, 원 센추리, 원 디케이드가 마치 1년인 듯싶습니다. 우리는 하룻밤을 자고 나면 딴 세상인 듯한 초고속의 시대를 살고 있습니다. 하지만 현상은 달라지되 근본은 크게 달라지지 않은 것 같습니다.

그것은 사람들이 편리한 사회를 꿈꾸기보다는 가치 있는 삶을 꿈꾸기 때문이 아닐까요?

과학기술의 발전이 삶의 편익을 높이기는 했지만 삶의 가치를 향상시켰다고 볼 수는 없지 않을까요? 나는 가치 있는 삶을 꿈꾸게 하는 것 그리고 그 꿈을 디자인하는 것은 바로 인문학이라 생각합니다. 그리고 그 인문학의 중심에는 문학이 자리하고 있다고 생각합니다.

과학이 발달할수록 사람들은 오히려 인간의 이야기에 목말라 하는 것 같습니다. 그런데 문학은 바로 그 '인간'에 대한, '인간의 삶과 본질' 자체에 대한 이야기를 하는 것 아니겠습니까. 게다가 인간의 영혼에 가장 직접적이고 강력하게 호소할 수 있는 문자라는 수단을 사용하고 있지 않습니까?

그런 의미에서 한해도 거르지 않고 이어진 이대동창문인회의 수필집 발간은 정말 가치 있는 일이라 생각합니다. 세상은 앞으로도 엄청난 속도로 변해 가겠지요. 하지만 그럴수록 우리들의 이야기는 더 깊어지고 또 치열해지지 않을까요? 나는 진정 우리들의 소중한 이야기가 끊이지 않고 이어지기를 소망합니다. 계속 그리고 또 그리고…….

이 가을, 그동안 책 발간에 여러모로 애써주신 개미출판사에 감사드리며, 값진 글 아낌없이 내어주신 이대동창문인회 회원들의 모교 사랑과 문학에 대한 열정에 깊이 고개 숙입니다.

2014년 가을
이대동창문인회 회장 주연아

| 차례 |

3부
화살표의 힘

4부
춤을 추리라

1부

샹그릴라는 어디에

아! 풀꽃

고임순

국문(대학원) 58, 수필

봄, 4월인데 꽃샘바람이 몹시 차다. 새벽 6시, 젊은 수필가들에 끼어 일본 큐슈지역으로 문학기행을 떠나려고 서둘러 집을 나섰다. 오직 일념은 일본 땅에 삶의 마지막 발자국을 남긴 후쿠오카 형무소 옛터, 문학 성지를 찾아 윤동주 시인을 추모하는 일이었다.

멀고도 가까운 나라 일본. 한 시간 남짓 후 비행장에 내린 우리는 버스로 몇 군데 명소를 돌아보았다. 티 하나 없이 깨끗한 길을 오고 가는 일본 사람들. 그 속마음도 저렇게 깨끗할까. 물끄러미 바라보던 나는 후쿠오카 형무소로 가는 버스에 올라서야 바짝 긴장이 되었다. 높은 담에 둘러진 무시무시한 형무소 건물을 상상하니 오싹 소름이 끼쳐 저항시인의 절창 '서시(序詩)'를 음미하며 마음 달래 보았다.

죽는 날까지 하늘을 우러러/ 한 점 부끄러움이 없기를/ 잎새에 이는 바람에도 나는 괴로워했다/

별을 노래하는 마음으로/ 모든 죽어 가는 것을 사랑해야지/ 오늘 밤도 별이

바람에 스치운다

　예전 중국 여행길, 시인의 모교 용정중학교 운동장에 우뚝 선 비석 글을 읽은 감동이 되살아나는 게 아닌가. 잎새에 이는 바람에도 괴로워한 별의 시인은 1917년, 북간도에서 독실한 기독교 집안에서 태어나 장로인 할아버지 영향을 받으며 성장했다. 소학교를 졸업하던 13세에 벌써 『새 생명』이란 등사판 잡지를 내고 『소년』 『삼천리』 등 잡지를 구독하며 중학교 2학년에 쓴 '삶과 죽음' '초 한 대' 글로 문학적 재질을 인정받은 후 1939년 연희전문 2년, 『소년』지에 시를 발표, 문단에 나와 시 쓰기에만 전념했던 선천적인 천재 시인이었다.
　「서시」에서 바람에 스치우는 별은 「별 헤는 밤」으로 이어진다. "그러나 겨울이 지나고 나의 별에도 봄이 오면 무덤 위에 파란 잔디가 피어나듯이 내 이름자 묻힌 언덕 위에도 자랑처럼 풀이 무성할 게외다" 별처럼 빛나는 가치를 동경만 하고 실현하지 못하는 부끄러움이 언젠가는 봄을 맞아 높은 이상들을 실현할 날이 올 것임을 믿은 시인, 드디어 그의 별(조국)에 봄(광복)은 오고야말았지만 그러나 시인이 이 세상을 떠난 후가 아닌가.
　시가지를 얼마나 달렸을까. 가까이에 항구가 있다는 동네, 바닷바람이 머무는 곳에서 버스를 내린 우리들은 길모퉁이를 돌고 돌아 한참을 걸었다. 으스스한 한기에 몸이 움츠려 드는 눈앞에 쇠창살로 둘러져 있는 4층 건물이 등을 돌리고 서 있었다. 알고 보니 예전 담 높은 형무소 자리에 새로 지은 구치소 뒤쪽이라고. 어째서 우리들은 당당하게 정문으로 들어가지 못하고 쫓겨난 죄인처럼 음지로 밀려나 웅크리고 있는 것일까. 왈칵 분노가 치밀었다.
　「쉽게 씌여진 시」에서 "인생은 살기 어렵다는데 시가 이렇게 쉽게 씌워지는 것은 부끄러운 일이다"고 한탄했던 시인. 연희전문 문과를 졸업하고 입교대학으로 유학(1942), 동년에 동지사 대학으로 전학했던 무렵의 시가 처절하게 가슴을 쳤다. 식민지 백성의 서러움 딛고 우리 한글로 계속 저항시를 쓰던 시인은 1944년, 사상 불온, 항일운동 혐의로 일경에 피검되어 2년 형을 받고 이 형무소에 수감되고 말았던 것이다.

옥중 생활은 비참하여 그 자체가 죽음으로 가는 길이었다. 건장한 체구를 겨우 지탱하는 하루 세끼 죽 한 모금, 비타민 결핍증과 영양실조로 결핵환자가 된 피폐해진 시인이 급기야 야만적인 일인의 생체실험 대상이 되었던 날, 식염수 주사를 맞은 후 "으악"하고 외마디 소리를 지르며 죽음을 맞을 때, 그 피맺힌 절규는 하늘에 메아리로 퍼진 "어머니!" 그리고 "대한독립만세!"가 아니던가. 향년 28세. 광복 6개월 전인 2월 16일이었다.

분노의 떨림이 진동으로 변하여 온몸에 번진 나는 건물 가운데쯤, 잡초로 엉성한 녹지 앞에 쭈그리고 앉아 눈물을 삼켰다. 시나브로 눈앞이 거룩한 문학 성지로 변하자 이곳 한일 문화교류 대표라 인사하는 마나기 미키꼬(馬男木美喜子) 씨가 추모식을 주관했다. 눈부시게 새하얀 백합꽃 다발을 맨땅 제단에 바친 우리들은 그 향기에 젖어 모두 고개를 숙였다.

"하나님 아버지! 오직 문학과 민족, 인류의 사랑과 평화를 위한 시를 쓴 죄로 젊음을 바친 당신의 아들을 따뜻하게 보듬어 주소서."

기도를 마치고 고개를 드는 순간 이게 웬일인가. '많은 사람을 정의로 이끄는 이들은 별처럼 영원무궁 빛나리라'는 다니엘 12장 3절 성경말씀이 떠오르자 내 젖은 눈에 얼핏 별처럼 아롱지는 것이 있었다.

아! 풀꽃.

메마른 땅 돌 틈을 비집고 올라온 강인한 생명, 안개꽃 같은 가냘픈 모습으로 시인의 이름 석 자 묻힌 이곳에 자랑처럼 핀 풀꽃이여. 양지바른 언덕을 마다하고 그늘진 음지일지라도 자유롭고 의롭게 살고자 정의에 굴하지 않던 시인의 투철한 의지가 한 서린 입김으로 피었는가. 아니, 그늘진 구치소 언 땅을 뚫고 제일 먼저 봄을 알리는 정령은 소박한 향기로 시인을 추모하며 속삭이고 있었다. 우리에겐 겨울만이 있었던 게 아니라고.

불현듯, 유고시집 『하늘과 바람과 별과 시』를 탐독했던 학창시절이 떠올랐다. 시인이 연희전문학교 시절, 출판이 좌절되었던 자필 시집을 1948년 정음사에서 출간, 세상 빛을 보게 된 시집. 꽃과 새가 그려진 표지화에 담긴 가슴 저미던 저항시들, 음지에 눌린 채 굴욕을 참고 살았던 우리 민족에게 애국심을 불어넣어준 귀중한 지침서였다.

영원히 우리 가슴에 별이 되어 빛나는 시인. 하늘과 양심 앞에 조금도 부끄럽지 않는 삶을 살고자 했던 번민과 의지가 절실한 시들, 감동한 나는 그때 붓을 들고 '별 하나에 시와, 별 하나에 어머니' 구절을 써서 '일본서전'에 출품, 일인들에게 일일이 설명을 해주었다. 그 별은 외로운 양심의 표상이자 구원의 지표로 희망과 이상 세계를 상징하고 있다고.

시인이 이 세상 마지막 밟은 형무소 땅에 서서 만감이 교차한 나는 이제는 감상에 그치지 않고 시인의 숭고한 삶에 새롭게 응답해야 함을 깨달았다. 그 당당한 죽음의 의미를 통해 거짓 없고 굳건한 역사의식으로 후대에게 영원불변한 애국정신의 진가를 알리리라. 돌아가는 길, 어둑어둑해진 하늘에서 계속 부는 바람이 「십자가」 시를 읊고 있지 않은가.

괴로웠던 사나이/ 행복한 예수 그리스도에게처럼/ 십자가가 허락된다면/ 모가지를 드리우고/ 꽃처럼 피어나는 피를/ 어두워가는 하늘 밑에/ 조용히 흘리겠습니다.

십자가를 진 예수를 행복하다고 찬미한 윤동주 시인. 흘리는 피가 꽃으로 화려하게 연상되는 죽음이 얼마나 거룩한가. 나는 오늘, 십자가적 죽음을 웃으며 영접했던 저항시인을 추모하는 아주 작은 풀꽃이었다.

하이네의 마지막 詩

권남지(본명 권정필)
국문 53, 시

하이네는 척추결핵이란 병으로 병상에 누워 있었다.

그는 똑바로 누운 채 움직일 수 없는 상태였다. 그것은 산 채로 매장된 송장이나 같았다고나 할까. 그런 그에게 유일한 낙이 있다면 오직 한 가지 종이와 연필로 안간힘을 다해 한 줄이나마 시를 쓰는 일이었다. 아니 그것은 단순한 낙(樂)이랄 수가 없었다. 호흡이 멎지 않는 한 시를 쓰지 않고서는 살 수 없었던 그의 일상생활 중의 첫째 부분이라는 표현이 가장 적합했다.

건강할 때도 그랬었고 어딜 걸어갈 때나 비참한 절망상태에 빠져 있을 때도 그는 늘 그래 왔었기 때문이다.

이렇게 지내는 어느 날 하이네는 정말 가뭄에 콩나기보다 더 신기한 방문객을 맞게 된 것이다.

물론 누워서 누가 온 줄도 몰랐지만 알고보니 매우 아름다운 금발의 미인이 아닌가. 그것도 아주 젊은 여류소설가였다.

하이네의 시에 누군가가 곡을 붙인 몇 편의 작곡들을 가지고 하이네를 찾아오게 됐다. 하이네는 병자 특유의 비꼬인 웃음을 띠며 그녀를 '무쉬'라고 불렀다. 그것은 불어로 '파리'라는 뜻이었다. 그렇지만 그들은 알고 보면 초면이 아니라 구면이었다.

이미 오래된 12년 전에 어느 기차 칸에서 만난 사이로서 그녀의 첫인상을 하이네는 어렴풋이나마 잘 되살릴 수 있었던 것이다.

그녀를 '무쉬'라고 부르는 것은 하이네의 세상 인심에 대한 비꼬임이라고 할까. 환멸에서 온 것이었다.

오랫동안 병상에 누워 있다 보니 건강하고 빛나던 전성시대 때의 친구들은 간곳없고 아무도 찾아오지 않는 잊혀진 병실에서 오직 윙윙거리는 파리만이 찾아주고 있다고 해서 그녀도 싸잡아 그렇게 불러야겠다며 희미하게 웃었다.

'무쉬'는 하이네의 종말 조금 전에 일어난 뜻있는 부활이었다. 그의 생애 마지막 열정의 꽃이어서 더욱 찬란했다.

그들은 곧 사랑하게 되었다. 문학적으로 대화가 통했던 그들의 두 번째 만남은 애절한 사랑의 시를 쓰게 했던 것이다.

하이네는 무려 24편에 이르는 연시를 그녀에게 바쳤다. 말이 24편이지, 그것을 고통 속에서 한 자 한 자 겨우 써 나가는 그 장면은 아무도 상상할 수 없는 말 그대로의 사투였다.

그녀의 본명은 '까밀라 셀덴(Camilla Selden)'이며 12년 전에 기차 칸에서 만나 교제할 때는 하이네 자신이 그녀를 '마고트'라는 애칭으로 부르곤 했었다.

그들의 사랑은 오래갈 수 없었다. 이별의 날은 이미 예측했었지만 그래도 너무나 갑자기 와버린 것이다.

하이네는 아직도 봄이 먼 2월의 그 어느 날 임종을 맞고 있었다.

그의 유언은 이런 것이었다. "나는 쓰고 싶어, 종이와 연필을……." "줘!" 이 한마디를 할려고 안간힘을 쓰는 듯하더니 끝내 그 말은 못하고 숨을 거두었다는 후문이다.

그 24편 중의 헌시 한 편을 우선 소개하면 다음과 같다.

제목은 「싸늘해진 자」란 시다.

죽으면 오랫동안
무덤 속에 누워야겠지
생각하면 두렵고 또 두렵다
부활이란 그리 빨리 오지는 않을 텐데.

또 한 번 생명의 빛이 지기 전에
내 심장이 멈추기 전에
꼭 한 번 죽기 전에
축복 속에 여인의 총애를 받아봤으면.

그녀는 금발이어야겠지
눈빛은 달빛과 같이 부드러워야겠고
아, 그것은 강렬하게 불타는 햇빛
나는 그것을 견딜 수 없으리

건강한 젊은이는 활력에 넘쳐
정열의 소모를 바라겠지만
그것은 날뛰는 광기의 발로이며
서로의 영혼을 괴롭히는 일일뿐.

젊지도 않고 건강하지도 못한
이 순간에도, 나는

정말이지 다시 한 번 사랑하고 심취하며
행복해지고 싶다. 조용히 아주 조용히.

하이네는 유대계 독일 시인이며 짧은 생애를 살았다. 그러나 많은 명작을 남기고 가지 않았는가.

요즘따라 왜 '하이네'니 '바이런'이니 하는 옛 시인들의 사랑이 한 바구니 담긴 그런 시가 새삼 보고 싶어질 때가 있는지 모르겠다.

'낭만의 시대'는 갔고 이미 고철값이 된 지 오래인지도 모른다. 기계처럼 살아야 하고 바쁘게 정확하게 활동해야만 낙오자가 되지 않는 그런 시대에 우리는 살고 있기 때문이다. 낙엽을 미련없이 쓸어서 불태우던게 그 언제부터였던가. 그런데 그것을 새삼스럽게 그대로 둘테니까 밟아보라는, 그래서 가을을 만끽해보시지 않겠느냐는 표지판의 글씨가 되려 우리를 슬프게 한다.

'낭만'이 무슨 인위적으로 되는 일인가. 저절로 우러나는 인간의 천성 같은 거래야지.

아닌게아니라 낭만이 그립고 나를 한 번 조용히 생각해보는 그런 시간이 아쉽기만 한 게 현대인들의 인지상정이다.

그저 눈코 뜰새 없이 바쁘고 또 바쁘고 바쁘기만 하다고들 야단이니 누가 조용히 앉아서 편지 한 구절이라도 쓸 수 있겠는가 말이다.

파리떼만이 윙윙거릴 뿐 눈만 감으면 시체나 다름없는 마지막 병상에서도 무려 24편이란 시를 한 여인에게 바치고 간 한 시인의 모습이 저 단풍처럼 아름답다고나 할까.

가을도 깊어서 나뭇잎이 지고들 있다.

바람이 불 때마다 무더기로 우수수 떨어지는 모습을 11월의 어느 횡단보도에서 그것도 우연히 푸른 신호를 기다리다가 봤을 때, 문득 형언할 수 없는 감회에 젖는다. 우리 인생도 저런 것이러니. 하기야 지긴 지되 낙엽처럼 아름답게 이왕이면 미련없이 져야 하지 않을까. 그런 생각들을 누구나 했을 것이다.

하이네가 그랬듯이 가을이 깊어 나뭇잎들이 붉은 단풍으로 변하는 것은 나무의 수액이 점점 반감되고 메말라가니까 반신작용으로 나무가 살려고 안간힘을 쓰기 때문에 그것이 바로 단풍색으로 나타나는 것이다. 그러니까 나무들의 왕성한 생명력이 자아내는 대합창이 바로 붉게 타는 저 단풍인 것이다.

안젤리나 졸리의 유방 & "자기야, 나 어제 다른 남자랑 잤어"

김영두
물리 77, 소설

1. 안젤리나 졸리의 유방

그리스 신화에 나오는 '아마조네스'는 '여성무사족(女性武士族)'이다. 남성이 없는 여성만의 부족이어서 종족번식을 위하여 일정한 계절을 정하여 이웃나라 남자와 만나고, 아이를 낳으면 남자는 거세하거나 이웃나라로 보내거나 죽였다고 한다. 강인한 여전사가 필요했으므로, 활쏘기 편하도록 어릴 때 오른쪽 유방을 도려냈다.

활을 쏘는데 유방은 거추장스런 존재인가보다.

골프레슨 비디오에서는, 유방이 큰 여자는 어떻게 스윙해야 하는지 가르쳐준다. 물론 팔이 지나치게 짧은 사람도 특별한 스윙법을 익혀야 한다고 일러준다.

나는 초보 골퍼 때나 구력이 20년이 넘은 이 시점이나 골프 스윙에 관한 교습설명은 잘 알아듣지를 못한다. 잘 알아듣지 못하도록 돌려 설명하기는 해도, 골프 스윙에서 큰 유방은 상당히 거추장스럽고 불편하다고 한다. 일테면 키가 170cm인 사람보다는 180cm인 사람이, 몸이 비대하고 팔다리가 몽당한 사람보다는 몸이 가늘고 긴 팔다리를 가진 사람이 골프에 유리하다면, 큰 유방보다는 작은 유방이 골프에 보다 좋다는 설명인 듯싶다.

골프 스윙을 할 때, 가슴과 내려뜨린 양팔과 하나인 듯 묶인 두 손목이 꼭짓점으로 이룬 삼각형은 반듯하고 탄탄해야 한다. 곧은 방향과 긴 거리를 내는 빠른 스윙과 강한 임팩트에, 큰 유방이 미치는 나쁜 영향을 여성 골퍼라면 누구라도 느낀다.

그렇다면, 큰 유방보다는 작은 유방 아니 유방 없는 탄탄한 가슴 근육만이면 더 좋지 않을까. 궁술이나 골프에 삶 전부를 건다면.

연일 미국의 영화배우 안젤리나 졸리의 유방제거 수술이 화제다.

그녀는 자신이 BRCA1 유전자 돌연변이를 가졌다는 사실을 알고 예방적 양측 유방절제술을 받았다고 밝혔다. 주로 의학계에서 유전자 검사가 수반하는 여러 문제, 특히 윤리적인 문제를 두고 갑론을박이 심했다.

아무리 예방차원일지라도, 불 날 것 탈 날 것 병들지 모르는 것은 아예 다 없애버리자는 식은 참 내 맘에는 안 든다. 암에 걸릴 확률이 95%인 유방은 제거해버리고, 암에 대한 공포에서 벗어나 맘 편히 살자는 식, 말이다.

안젤리나 졸리는 여성이며 죽어도 외모를 가꾸어야 하는 여배우이며 게다가 섹시아이콘이다. 그런 섹시 아이콘의 유방제거 소식은 나를 경악하게 만들었다.

유방은 여성의 상징이다. 온 세상의 모든 여성은 풍만하고 아름답고 섹시한 유방을 갖기 원한다. 여배우들은 섹시한 유방을 위하여 무슨 짓이든 한다.

얼마 전, 목욕탕에 갔다가 유방 한 쪽을 도려낸 여자의 벗은 몸과 마주쳤다. 익숙하지 않아서인지 섬뜩한 느낌이 왔다. 그러다가 나도 몇 개의 장기를 적출했다는 자각이 들었다. 유방 한 쪽으로 삶과 죽음이 갈린다면 당연히 유방 한 쪽을 버려야 하고, 담낭에 돌이 생겨 극심한 고통을 준다면 담낭을 떼어버려야 할 것이다. 팔 하나 다리 하나 내어주고 건강을 찾을 수 있다면 당연히 팔다리 한 쪽씩도 내주어야 하지 않을까.

졸리의 유방제거 수술은 암세포가 발견되었을 때 해도 늦지 않을 거라는 생각은, 나 자신의 인생관 가치관 윤리관을 돌아보게 만든다.

골프를 잘하려고 유방을 제거하는 여성 골퍼가 나타날지도 모르겠다.

2. "자기야, 나 어제 다른 남자랑 잤어"

살다 보니, 골프도 오래하다 보니, 그래서 골프 장비도 꾸준히 마련하다 보니, 뒷방 구석에 일 년에 한 번의 골프라운드 외출도 없이 마냥 정물처럼 서 있는 골프채의 수가 늘어간다. 골프채를 개비할 때마다 골프를 시작하는 후배에게 통째로 줘 버리기도 하지만, 한때나마 너무도 사랑해서 차마 남에게 넘기지 못하고 끌어안고 있는 것들이다.

그중 하나가, 메탈 소재의 우드가 나오기 전에 골퍼들의 지극한 사랑을 받았던 감나무 소재의 우드들이다. 페어웨이에 이슬이 많은 새벽에 라운드를 돌던지, 빗속에서 라운드를 한 날이면 종이로 젖은 헤드를 감싸서 습기를 빨아내고 나서 가방에 넣었고, 집으로 돌아와 응달에서 말린 후에 새것처럼 예쁘게 메이크업을 해달라고 골프채 미장원이라고 불리는 수선소에 보내고는 했었다. 스위트 스팟에 공이 격돌할 때면, 클럽페이스에 반쯤 쑤셔 박혔다가 거세게 반발하며 튀어나가는 감나무의 탄성력이 미치게 좋았다.

그 감나무 골프채와 내가 한 몸인 듯, 아니 한 쌍의 연인인 듯 전성기를 구가하던 시절이 있었다. 누구의 실수인지 고의인지는 몰라도 그 아이가 함께 라운드를 했던 친구의 채가방에 묻어 들어갔다가 온 적이 있다.

"내가 애하고 한 라운드 돌아봤는데 맞는 느낌이 죽이더라. 나한테 불하해라. 니가 많이 가지고 논 헌 물건이지만 내가 값을 후하게 쳐줄게."

친구는 마치 내 오랜 애인하고 하룻밤을 즐긴 표정을 짓고 있었다. 게다가 애인을 넘기라고까지 하고 있었다. 나는 나의 감나무 애인을 가만히 내려다보았다. 그 말을 듣고 보아서 그런지, 그 아이는 질탕한 유희 끝의 여인처럼, 몹시 피곤한 듯 얼굴은 땀으로 얼룩져 있었고, 피부도 푸석푸석하니 각질이 벗겨지고 있었다.

문득 어디서인가 읽은 연애상담 글 구절이 떠올랐다.

오래 사귄 애인이 어느 날 이런 충격적인 고백을 한다.

"자기야, 나 어제 다른 남자랑 잤어."

여기에 여러 가지 반응이 나타난다.

남자1은, 그녀의 방글방글 웃는 미소에서 사촌동생이나 조카하고 잤으면서 장난치는 줄로 생각한다.

남자2는, 잤다구? 그냥 잠만 잤으니까 잤다고 하겠지, 안 자고 다른 짓을 했으면 이따위 고백을 왜 하겠어, 라고 가히 신앙 차원의 믿음으로 애인을 굳게 신뢰한다.

남자3은, 애인에게 마다가스카르 섬 근처의 무인도나 아프리카 정글로 함께 여행을 가자고 제안한다. 그래도 한때 진실하게 사랑했으므로 차마 죽일 수는 없고 내동댕이치듯 버리고 오는 계획을 애인 몰래 치밀하게 세운다.

남자4는, 은밀히 살인청부업자에게 살인을 의뢰한다. 한 사람 추가는 반액 할인이 되는, 가격이 헐한 반면 좀 잔인하게 처리해주는 곳을 찾는다. 꼼꼼하게 검색기록도 지운다.

남자5는, 나도 다른 남자랑 잤는데 미처 알리지 못 했네, 라고 저울에 달아 똑같은 무게의 맞바람을 폈다고 맞고백하며, 도량이 넓은 남자인 척한다.

나는 남자4 같은 타입이다. 해외 골프 나들이 갈 때 가지고 가서 확 불질러 태워버리려고 작정했다. 친구도 데리고 가서 골프채로 패준 다음에.

그러나 결코 그렇게 하지 않았다. 친구에게 애인을 넘기지도 않았다. 세월이 흘러가듯 사랑도 흘러갔다. 거리와 방향성이 우수한 신소재의 무기들이 개발되면서, 그 아이보다 한층 매력적인 아이들에게 미혹되어, 내가 그 아이를 멀리했다. 그 아이는 어쩔 수 없이 한물 간 퇴기처럼 뒷방에서 먼지를 뒤집어쓰고 늙어가는 신세가 된 것이다.

책의 눈물

박명희
국문 71, 소설

소설가 u교수님이 새 소설집을 우편으로 보내오셨다. 대학에 재직하시면서도 소설을 향한 그분의 열정과 쉼 없는 노력에 늘 놀라던 터라, 반갑게 책 표지를 넘겼다. 아는 분의 책을 받으면 나는 작가의 육필 서명을 먼저 확인하고 혼자서 반가운 눈인사를 건넨다. 인쇄물이 범람하는 세상에서 직접 쓴 작가의 육필을 대하면 나는 그 사람의 특유의 개성을 느끼고 정을 호흡한다.

그런데 그게 안 보였다. 책의 앞뒤를 다 뒤져도 낯익은 그분의 필적을 찾을 수 없었다. 대신 인쇄된 메모지 한 장만 책갈피에 끼어 있었다. 정년퇴임을 앞두고 발간한 소설집에 대한 간단한 당신의 소회였다. 왜 그분은 자식처럼 아낄 자신의 책을 우체국까지 찾아가 보내며 친필 한 자 남기기를 그리 아꼈을까? 나는 서명 대신 메모지를 바라보며 섭섭하고 언뜻 안경 너머로 보이는 그분의 눈빛이 무정하게 느껴졌다.

이유는 만나서 알게 되었다. 이런 일이 있었단다. 그분이 연 전에 책을 내어 같은 동료 교수들에게 선물했다고 한다. 그들도 기꺼이 자신의 작품을 읽고 한마음이 되어 주리라는 믿음이 있어서 일 것이다. 그런데 몇 시간이 안 되어 낯익은 청소부가 책 한 권을 들고 왔다. '교수님 책이 왜 화장실 휴지통에 있어요?' 불과 두어 시간 전에 동료 교수에게 증정했던 책이었다. 책에는 자신이 쓴 그 교수의 이름은 물론 자신의 이름까지 선명하게 그대로 있었다.

그 뒤로 그분은 자신의 책에 사인을 하지 않는다고 한다. 자신의 손을 떠난 책의 행로를 확인하기 싫어서다. 순간 그분이 느꼈을 모멸감은 내게 경악으로 다음에는 분노로 바뀌었다. 동시에 내가 낸 책 역시 어딘가에 그렇게 버려졌을 것 같은 암시가 가슴을 저릿하게 했다.

책을 낼 때는 기쁘지만 동시에 불안하다. 내가 외롭게 자신과 싸워가며 찾아낸 세상의 진실을 누가 나와 공감해줄까. 나는 대답 없는 메아리에 또 얼마나 공허할까? 그리고 부끄럽다. 아무리 허구라도 결국 글은 내 자신이고 벌거벗는 작업이다. 그 모습들이 무시당하면 상처가 되어 가슴이 아프다.

처음 책을 냈을 때 나는 가까운 지인들을 제외하고는 친구들이 야박하다 여길 만큼 책을 주지 않았다. 받은 사람들이 읽지 않고 구석에 처박아 둘 것 같았다. 나는 내 책의 운명이 그리될까 비겁하게 겁부터 냈다. 읽지 않는 책은 그저 쓰레기일 뿐이다. 책이 서점 매대에 올라온다고 누가 내 책을 돈을 내고 사줄까 싶어 지금도 나는 선뜻 책 내기가 두렵다.

문단의 중진이신 대선배가 책을 후배들에게 나눠 주시며, '돌아가는 길에 책이 무거우면 버려도 된다.'고 말씀했을 때 으아 했었다. 어떻게 당신의 친필이 들어 있는 책을 버려도 좋다고 할 수 있을까? 그만큼 글을 성의 없이 써서 작가조차 아끼지 않는다는 말인가? 그럴 거면 왜 책은 출판한 건가? 다시 생각하니 그게 아니었다. 그건 내 책을 남에게 선뜻 주지 못했던 주저함과 같은 마음일 것이다. 그토록 많은 책을 내고 자기 문학에 뚜렷한 입지를 다지고 계신 문단의 거물조차 자기 작품에 대한 부끄러움이 있는 것이다.

서점에서 책을 사는 것은 우리 연배들에게는 대단한 일이고 그만큼 어렵다. 주부들은 자녀들에게는 쉽게 책을 사주지만 자기가 읽고 싶은 책은 친구에게 빌려 읽는다. 책 한 권 사는 일에도 알뜰(?)을 떠는 것이다. 한편으로는 요즘 같은 출판물 홍수 시대에서 책이 짐으로 쌓이는 일도 부담스러울 때도 있다.

그럼에도 불구하고 서점에서 책을 고르는 사람들은 고귀해 보이고 그 정경은 아름답다. 나는 책이 그득한 서점에서 책을 고르는 일이 즐겁고 아직도 설렌다.

"먹물 뚝뚝/ 떨어지는 저녁 길에 /달을 따 안 듯/ 한 권의 책을 샀다.
— 유안진 『책방에서』

책은 나와 내 자식들을 성장하게 했다. 책을 통해 놀라운 재미와 지식과 지혜를 얻었고 위대한 이들과 소통했다. 책 속에는 수천 년 동안 인류가 쌓아온 사색과 체험과 연구를 통한 지식들이 녹아 있다. 지금도 책만 펴 들면 나는 그리스 철학자들이나 중국 고대 성현들과도 소통할 수 있고 도스토예프스키와도 대화할 수 있다. 또한 서정주 시인과 '국화 옆에서' 아련한 교감을 나눌 수도 있다. 남이 피땀 흘려 쓴 책을 읽는 일은 행복하다. 저자가 겪은 고생을 쉽게 내 것으로 만들어 고통 없이도 진주를 캐낼 수 있는 지혜를 얻는다. 아마도 내가 지금 이나마 인생을 알게 된 것은 교육이나 사람을 통해서 알게 된 것 보다 책을 읽어 습득한 게 더 많을 거다. 책은 어린 나에게 꿈을 심어준 진정한 스승이었고 지금도 내 생활을 즐겁고 외롭지 않게 지켜준다.

요즘 같은 스피드 시대에는 자주 사전을 펴들거나 책을 읽지 않으면 나도 모르게 뒤처지고 만다. 지식에도 유통기간이 있다. 이제 더 이상 지식은 고정불변이 아닌 세상이다. 불과 10년 전의 과학이 쓸모없어진 부분이 많고, 학생 때 배운 세계 지도로 세상을 볼 수 없다. 조선 정조 임금은 전 국민에게 담배를 피라고 권장했다고 한다. 이처럼 격변기에 책을 모르면 나도 모르게 문맹이 되고 문명 속이 미아가 되는 것이다.

그렇다고 좋은 책만 있는 것은 아니다.

근래에 출판의 편의성으로 책이 양산되어 반갑지 않은 책들도 있다. 자기 성찰은 없이 자기 자랑만 늘어진 자서전들, 검증되지도 않은 타인에 대한 음해성 책들, 산업 사회에 넘쳐나는 홍보용 책자들, 음란 서적 등 없어서 더 좋았을 책도 많지만 가끔은 악서와 고귀한 양서를 구분하기 어려울 때도 있다.

물론 책에도 운명이 있어 언젠가는 그 명을 다할 것이다. 내가 아끼던 책들도 정리해야 될 날이 올 것이다. 넘쳐나는 책들을 다 껴안고 마냥 갈 수는 없다. 그런데 요즘에는 그 생명이 너무 짧아졌다. 책이 한번 보고 버리는 일회용품으로 전락해 버렸다.

책 한 권을 손에 넣으면 만져보고 다듬어보고 아끼고 누가 빌려 가면 야박하다 할 만큼 챙겨서 꼭 돌려받아 서가에 꽂아 두어야 든든했던 시절이 그립다. 지금도 희귀본들을 찾아 고서점을 뒤지고 다니는 애장가들 덕에 우리는 고전을 지킬 수 있다.

'가난한 자는 책으로 부자가 되고 부자는 책으로 인해 존귀해진다'는 고문진보(古文眞寶)의 가르침을 되새기며 우리가 앞장서서 책의 눈물을 닦아주어야 할 것이다.

인간적인, 너무나 인간적인

이민수

기악 64. 소설

설거지하면서 늘 듣는 FM 방송에서 귀에 쏘옥 들어오는 말이 흘러나온다.

'바로크시대 음악의 위작들'

잠시 하던 일을 멈추고 그 뒤의 말들에 귀를 기울인다.

"우리가 많이 애청하는 카치니의 아베마리아는 사실은 카치니가 작곡한 게 아니고……."

확실하게 믿고 있던 일이 그게 아니라니 정신이 화들짝 놀란다.

카치니가 작곡한 게 아니라면 그럼 왜 카치니의 아베마리아라 하는가? 불쑥 떠오르는 의문과 동시에 귀를 더 쫑긋하게 세우고 그 뒤의 말에 집중한다.

"러시아의 기타리스트……가 작곡했는데……."

청력이 좋지 않아 다 알아듣지 못해도 그 뒤를 이어 나오는 말들 모두가 놀랍다. 새로운 사실을 알게 될 때는 긴장감과 신선함이 뇌를 자극하여 엔도르핀이나 도파민이 나오는지 기분이 좋다. 그리고 더 확실하게 알고 싶은 욕구가 그 뒤를 잇는다. 설거지를 끝내자마자 컴퓨터를 켜고 검색하기 시작한다.

카치니의 아베마리아.

소련의 무명 작곡가 겸 기타리스트 블라디미르 바빌로프(1925-1973)가 1970년경 작곡하여 출판 발표했던 위작. 앨범이 처음 나왔을 때는 무명 작곡가의 작품이라고 무시당할까 걱정되어 작자 미상이라고 하면서 유명 고전 명곡을 찾았다고 주장해 음악계의 시선을 끌었는데 1995년 이네사 갈란데의 데뷔 앨범에 이 곡을 카치니의 아베마리아로 표기했고 이네사 갈란데의 목소리와 함께 전 세계에 알려지게 되었다.

카치니(1546-1618. 로마 출신의 성악가이자 최초의 오페라 작곡가).

1970년에 작곡하였다면 죽기 불과 3년 전이다. 48세의 젊은 나이다. 죽음이 예상 되는 나이는 아니지 않는가? 3년 후 자신이 죽으리라는 것을 알았을까 몰랐을까? 발표는 그보다 더 늦은 1972년이라고도 한다. 알았다면 자기는 죽고 없어도 자신의 곡만은 무시당하지 않고 살아남을 수 있기를 바랐을까? 몰랐다면 혹시 클라이슬러처럼 되고 싶은 건 아니었을까? 클라이슬러처럼 그 곡이 생전에 유명해 질 수도 있고 자신의 곡으로 거듭날 수도 있다는 것을 염두에 두지는 않았을까?

프리츠 클라이슬러(1875-1962. 당대의 최고의 바이올린리스트 겸 작곡가).

클라이슬러는 유럽의 수도원이나 도서관을 직접 뒤져서 고전 작곡가들의 잃어버린 작품을 찾았다며 직접 연주해 청중들을 매료시키며 많은 위작들을 발표했다가 자신의 60회 생일에 그 곡들이 자신의 곡이라 폭탄 선언해 음악계를 발칵 뒤집어 놓았다.(뉴욕 타임스의 평론가 올린 다운스가 60회 생일 축하 전보를 보내며 혹 고전 작곡가들의 잃어버린 명곡들은 본인이 직접 작곡한 것이 아니냐고 묻자 그렇다고 했다는 설도 있다.)

클라이슬러의 위작의 경우는 유머러스한 경쾌함이 느껴지기도 한다.
기자와의 대담에서 아주 명쾌하게 "내가 무명이었을 때 내 곡이라 했으면 누가 쳐다봤겠습니까? 신인이 음악계에서 인정받기 위한 한 방법이었습니다. 악의는 없었습니다" 라고 위작의 동기를 밝힌 것도 그렇고 이제까지 속은 평론가들에게 한 말씀 해 달라는 말에 미안하다기 보다는 "아무도 눈치채지 못했다는 것이 정말 의외입니다" 라고 말한 것도 그렇다. 무엇보다 클라이슬러의 유명한 곡인 '아름다운 로즈마리', '사랑의 기쁨', '사랑의 슬픔' 등이 젊음의 패기와 명랑함이 전해 오기 때문이기도 하다. 어떤 애절함이나 절박함보다는 재미있는 게임 놀이를 보는 느낌이다. 그러나 위작의 동기는 같을지 몰라도 '아베마리아'의 경우는 전혀 다른 느낌으로 다가온다. 자신의 곡이 세계적으로 유명해지고 사랑받는 것도 못 보았고 생전에 자신의 곡으로 인정받지도 못한 것도 그렇지만 그 곡 자체가 너무도 애절하고 곡명이 아베마리아인 것도 그렇게 만든다.
아베마리아라는 말은 신자이든 신자가 아니든 입에 올리는 순간 그 말만으로도 경건해지고 기도의 순간이 되지 않는가?
나는 언제부터인가 기억할 수 없지만 아주 오래전부터 마음이 안정이 안 되어 산란스러우면 나도 모르게 아베마리아를 부르고 있다. 주로 구노의 아베마리아나 슈베르트의 아베마리아였다. 특히 구노의 아베마리아의 마지막 구절(구원하여 줍소서. 이 몸이 살아 있을 때나 죽을 때나 아멘)과 슈베르트의 마지막 구절(방황하는 이 내 마음 그대 앞에 엎드려. 하소하노니 들으소서. 오오. 내 기도하는 이 마음. 성모여 돌보아 주옵소서. 어린 소녀의 기도를 성모여 들어 주옵소서. 아베마리아)는 한 번 불렀다 하면 몇 번이고 되풀이 해 부르곤 했다. 그러면 어느덧 조금은 마음이 가라앉았다. 그러다가 처음으로 카치니의 아베마리아를 들었을 때 아니 이런 곡을 내가 왜 아직 모르고 있었지 하고

(마치 좋은 곡은 내가 다 알고 있어야 한다는 웃기는 자만심으로) 놀랐을 정도였고 그 이후로는 내 입에서 나도 모르게 카치니의 아베마리아가 흘러나왔다. 처음부터 끝까지 아베마리아라는 가사 외엔 없는 것이 더 간절한 기도의 마음을 불러일으키는 것도 같았다. 그렇게 좋아하던 곡의 사연을 알게 되니 마음에 일어나는 상념도 많아진다.

문득 이제는 잊혀질만한 세월이 흐른 어떤 대화가 떠올랐다.

만나면 언제나 정신이 번쩍번쩍 들게 하는 파격적이고 기발하고 솔직 대담한 말들로 대화에 활기와 재미를 더해 주던 이제는 작고한 김 화백. 그녀는 자주 "나는 어떻게 하든 유명해지겠어" 라고 말했다. "말이지 유명해지면 백지에 점 하나 찍어 놓아도, 선 하나 그어 놓아도 그게 다 의미심장한 것으로 해석되어지거든" 우리는 그런 대화를 하면서 많이도 웃었다. 그때 그녀는 미술계에선 충분히 인정받는 유명인이었지만 그 이후 일반 대중들에도 정말 유명인이 되었다. 물론 그녀는 유명인이 될 요소가 충분히 있었다. 또 유명인이 되겠다고 아무리 기를 쓰도 아무나 유명인이 되는 것도 아니다. 세상은 그리 어리석지 않기 때문이다.

유명해 질 가치가 있는 것은 어느 때고 유명해지고 마는 것이 세상의 철칙이다. 일일이 다 열거할 수는 없지만 문학에도 미술에도 그런 예는 너무도 많다. 생전에는 빛을 보지 못하다가 작가의 사후 묻혀있던 가치가 인정되고 더 유명해지는 사례가 얼마나 많은가?

카치니의 아베마리아도 그런 사례 중 하나라고 봐도 되겠지만 위작으로 발표할 수밖에 없었던 그 심정이 헤아려져 가슴 찌르르한 아픔이 전해온다. 얼마나 망설이고 고민했을까? 얼마나 간구하는 마음이 절실했으면 처음부터 끝까지 아베마리아를 부르며 그리 애절한 곡을 만들어냈을까? 하늘나라에서 자신의 그곡이 세계 곳곳에서 뭇사람의 사랑받으며 불리어지고 있음을 내려다보며 미소 지을까?

표절과 위작. 둘 다 거짓의 산물이다. 그러나 표절은 남의 영혼을 훔치는 것으로 지탄받아 마땅하지만 위작은 좋지 않은 일이긴 하지만 어딘지 인간적인 애달픔이 있게 한다. 내 사랑하는 자식이 부모의 못남으로 출세에 지장 있을까 자신을 부모가 아니라 숨기는 심정 아닐까? 인간적인 너무나 인간적인 갈망의 한 단면이 보여 차마 단칼로 단죄하기 어렵게 한다.

이제 '카치니의 아베마리아'는 더 많은 느낌으로 더 깊은 울림으로 들릴 것 같다.

글에는 주술성이 있다

이정자

기독교 66, 시조

'말이 씨가 되고 글에는 주술성이 있다' 하더니 Worthword의 시구가 우리나라에서 지금 꽃을 피운다. 꽃피는 4월이 '잔인한 4월'이 되었다. 2010년 천안함 사건으로 잔인한 4월이더니 2013년 4월은 수시로 몰아치는 북풍에 날씨조차 봄기운을 잃고 겨울인 양 눈보라까지 몰아쳐서 잔인한 4월임을 입증하는 듯했다. 2014년 4월을 보자. 가장 잔인한 4월이었다. 4월 16일에 터진 세월호 사건은 많은 인명피해와 함께 경제적 손실 등 온 국민에게 슬픔과 눈물과 트라우마에 시달리게 했다. 아직 그 끝을 제대로 못보고 있는 상태다. 꽃과 초록, 자연의 아름다움으로 충만해야 할 4월이 이렇게 진통을 겪으며 잔인한 4월이 되었다.

이제 계절의 여왕, 신록의 오월로 접어들면 그 슬픔도 조금은 멀어질 테고, 계절의 여왕을 두 손 맞아 반길 것이란 기대 또한 계절의 맛을 잃은 4월에 이어 각 단체마다 지역 행사와 봄나들이로 주말마다 붐볐을 행사는 모두 세월호에 묻혀 연쇄적으로 취소되었다. 젊음의 달, 축제의 달 또한 그 빛을 발하지 못했다. 초록의 젊은 피가 신록과 함께 어울려 캠퍼스를 푸르고 활기차게 물들일 추억 또한 퇴락한 삶의 한 자락으로 조용히 물러 갔다. 그것이 2014년 푸르른 계절에 맛본 아쉬운 추억이다.

어느 해 겨울바다에 간적이 있다. 여름바다와는 확연히 다른 겨울바다 를 바라보며 한동안 묵묵히 서 있었다. 파도를 응시하며 주기적으로 철썩 이는 파도를 바라보다 내 숨소리를 듣게 되었다. 그리고 가만히 나의 숨 소리의 주기와 파도의 주기를 비교해 보았다. 파도는 나의 숨과 똑같은 주기로 철썩이고 있었다. 곧 그 주기가 동일함을 알았다. 파도는 바다의 숨소리이고, 바다의 날숨이었다. 어찌 바다뿐이랴. 우리가 듣지 못하고 느끼지 못하여 그렇지 우주 삼라만상과 풀 한 포기도 주기적으로 숨을 쉬 며 리듬을 타고 생명을 이어갈 것이다.

우리가 날마다 구사하는 언어 또한 일정한 규칙에 의하여 이루어진다. 우리말은 대개가 2·3음절로 구성되었다. 2음절이 반복하여 4음절이 되 고, 2·3음절이 합하여 5음절이 되고…… 이 언어 또한 반복하여 읽으면 리듬을 탄다. 그래서 옛 사람들은 책을 소리 내어 노래하듯 읽었다. 천자 문이 그렇고, 가사가 그렇고, 시조가 그렇다. 우리말은 대개가 2·3음절 로 구성된다. 이것은 한국어의 언어학적 특성이다. 이를 활용하고 곡용하 면 3·4·5음절이 된다. 여기서 배태된 것이 시조형식이다.

몇 년 전 영시를 전공한 영문과 교수님 몇 분과 번역을 위한 연구회를 갖기로 하여 필자는 시조 번역을 주로 관리하기로 했다. 그리고 정부 지 원을 받을 것을 궁리도 했다. 그런데 그 준비가 만만치 않았다. 별개의 사 무실이 있어야 하고, 연구원도 몇 명 있어야 하고, 월급 지급 명세서도 있 어야 하고, 이런저런 준비를 해야 하고, 번역을 해도 원어민 검수까지 받 아야 한다고 했다. 영시를 전공한 박사들도 영역은 어렵다고 했다. 그러 다 방학을 맞이했고 유야무야 되어버렸다. '영시 전공 박사들도 원어민 검수를 받아야 한다면 그 번역 나도 하겠다.'며 그 해 겨울 단시조 100여 편을 내 나름대로 영역했다.

그리고는 그다음 해에 신학기가 시작되어 영시 전공 교수님을 찾아갔다. 먼저 메일로 번역 시조 두 편을 파일로 첨부하여 이 시조 번역이 맞는지, 이렇게 하면 되는지, 좀 봐 달라고 했다. 그리고 며칠 후 연구실로 찾아 간 것이다. 자기는 학생들에게 영시를 가르치지 영역은 안 하고 하물며 시조에 대해서는 모르니 봐 줄 수가 없다는 것이다. 아니 교환교수로 전년도에 미국 명문대에 갔다 온 분이라 믿고 보냈는데 이런 답을 받고는 실망을 했다.

　　그다음에는 시 번역을 많이 하는 분으로 모 대학 외국인 교수님께 메일로 또 보냈다. 감감이었다. 아마 정년퇴임하신 분으로 명예교수 신분이라 학교에 잘 나오시지 않은 것으로 간주되기도 했다. 그 외에 또 한 분에게도 보냈다. 역시 감감이었다. 그래서 그다음 해에 "그래 좋다. 내가 영시를 공부하자" 하고 영시문학 교재와 책을 5~6권 사서 독학으로 공부했다. 영시에 대해서는 알 수 있었다. 하지만 번역과는 달랐다. 그래서 한국방송통신대에 편입을 했다. 그리고 영문학을 제대로 공부했다. 이수 학점을 초과하면서까지 1·2학년 전공과목까지 거의 다 들었다.

　　그래서 지금 시조 번역을 하고 있다. 아직은 부족하지만 하고 또 하고 꾸준히 하며 시간이 흐르면 이 또한 경륜이 쌓여 잘하리라고 생각한다. 번역을 하면서 터득한 것은 시조시인이기에 시조 번역이 적절하고 가능하다고 본다. 번역은 제2의 창작이라 하듯이 국문학과 제2외국어 문학을 동시에 한 번역자가 바람직하다고 본다. 그래서 영문학 전공자가 대학원에서 국문학으로 전과하는 예를 주위에서 자주 보았는데 그 뜻을 알 듯했다. 번역 외에도 문학의 스케일이 크고 안목이 넓어짐을 알 수 있다. 필자또한 늦게나마 영문학 전공을 잘하였다고 생각한다. 나의 문학의 세계도 학부에서 한 신학의 기초 위에 대학원에서 전과하여 국문학 박사가 되었고, 다시 영문학으로 그 기초를 다졌으니 기존의 나의 문학세계에서 보다 깊고 넓게 포개져 있음을 스스로 느끼게 된다.

우연한 어떤 계기가 인생의 진로를 결정하고 바꾸어 놓듯이 우연한 경우에 영문학 전공자들과 함께 어울렸다가 시조 번역을 하게 되었고 영문학까지 전공하였다. 이제 시조번역 전문가의 꿈을 꾸며 이를 목표로 시조의 세계화를 향해 나아갈 것이다.

 '말이 씨가 되고 글에는 주술성이 있으니' 작가들은 좋은 글을 쓰고, 좋은 말을 하고 아름다운 생각을 하고 고운 마음으로 나의 분신인 작품을 탄생시킬 일이다.

일상이 유행으로

정영자
불문 64, 수필

흑해 연안도시 소치에서 개최된 동계올림픽이 끝나자마자, 러시아는 우크라이나의 크림반도를 주민 투표라는 형식을 빌려 합병했다. 미국을 위시한 서방 국가들은 뒤늦게야 뒤통수를 맞았다며 대책 마련에 떠들썩하다. 그러나 크림반도를 놓고 러시아와 유럽 국가들이 빚어온 갈등은 처음이 아니고, 역사적으로 빈번히 일어났던 사건이다.

흑해의 북쪽에 위치한 우크라이나에 속한 크림반도는, 겨울에도 따뜻하여 아열대 식물을 볼 수 있는 특이한 지방으로 얄타 등, 세계적으로 유명한 휴양지가 많다. 특히 이 도시는 제2차 세계대전 말기인 1945년 2월에, 미국의 루즈벨트, 영국의 처칠, 소련의 스탈린이 만나서, 전쟁수행, 전후처리, 그리고 국제 연합의 창설 등에 관해서 회담을 개최했던 곳으로도 유명하다. 러시아가 서방 국가들의 반발에도 불구하고 크림반도를 합병한 이유는, 겨울에도 얼지 않는 항구라는 이점과 흑해를 통해 지중해 연안의 나라들에 쉽게 접근할 수 있다는 이점 때문이다.

복식사에서 볼 때에 1850년경에는 다양한 외투가 유행했는데, 그중에 특히 주목할 것은 라글란 코트였다. 이 코트가 유행된 연유는 바로 크림전쟁(1853~1856) 때문이었다. 이 전쟁은 표면적으로는 가톨릭과 그리스정교 사이의 종교적 갈등으로 비쳐졌으나, 실상은 오스만 투르크(지금의 터키), 영국, 프랑스, 프로이센(전쟁 당시 발트해 남쪽 해안 국가)과 사르디니아(이탈리아 서쪽, 코르시카 섬 남쪽에 있는 지중해 상의 섬, 현재는 이탈리아령)가 러시아의 남하 정책에 대항하여 크림반도와 흑해를 둘러싸고 일어난 전쟁이었다.

이 전쟁의 영웅인 헨리 라글란경이 전투에서 한쪽 팔에 중상을 입자, 소매를 목둘레에서 팔 밑까지 비스듬히 잘라내고 팔걸이를 했었다. 그 이후로 편리함과 편안함에 착안해서 새로운 슬리브가 생겨났고, 결국 한쪽 팔을 잃게 된 이 영웅의 이름을 따서 라글란 슬리브라 명명하게 되었다.

19세기 전반에 이미 남성들은 바지에 주름을 잡고 입기도 했으나 유행이 되지는 못했다. 웨일즈의 왕자, 후에 에드워드 7세가 된 왕이 1860년에 미국을 방문하면서 옆, 앞과 뒤에도 주름이 잡힌 바지를 입고 나타나자—요사이도 패션에서 연예인이나 유명인사들의 영향력을 무시할 수 없듯이—유행으로 번지게 된다. 20세기에 들어서면서 비로소 요즘처럼 다리 앞과 뒤 주름이 일반화되었고, 처음으로 군 장교의 유니폼에서 시작되었다.

비가 심하게 오는 날이면 요사이도 가끔은 바지 끝을 걷어 올리는 사람을 볼 수 있다. 바로 이 행동이 20세기 초에 끝을 접어 올린 바지가 유행되는 이유였다. 원래는 경마장에서 일하는 영국 일꾼들이 진흙투성이의 작은 마장—경마를 위해 말을 집합시키는 곳—에서 비가 오는 날이면 바지 끝을 접어 올렸던 행동에서 유래된다. 하지만 별 관심을 끌지 못했다가 한 깔끔한 영국 귀족이 비가 쏟아지는 날, 뉴욕에서 결혼식에 초대받아 가면서 바지 끝을 접어 올렸다. 식장에 늦게 도착한 그가 서두르다 그만 깜빡 잊고 내리지 못한 것이 유행의 시초가 된 것이다.

이처럼, 유행은 우리의 일상과 밀접한 관계를 가지고 있다. 크리스티앙 디오르는 외교관을 꿈꾸었으나 여의치 않자 화랑을 열었고, 세계 각국으로 여행하며 다양한 역사와 문화를 배웠다. 30세가 되던 해에 『휘가로』지에 삽화를 그려 주게 되면서 유명 패션점에 디자인 스케치를 팔게 되었다. 1946년에 그의 가능성을 보게 된 한 섬유 업체로부터 재정적 도움을 받게 되면서 자신의 메종을 파리 몽떼뉴가에 열게 된다. 미국 언론은 그의 첫 컬렉션을 '뉴룩(new-look)'이라 명명했고, 전 세계 여성들의 뜨거운 호응을 얻게 된다.

그의 뉴룩은 결국, 제2차 세계대전이 종결되면서 전쟁으로 억압되었던 여성들의 감성을 폭발적으로 표현한 결과물이었다. 허름한 옷 속에 꽁꽁 감추었던 여성미를 과감하게 드러내는 어깨끈조차 없는 상의와 한껏 부푼 희망을 페티코트로 풍성하게 극대화시킨 스커트로 제작해 발표한 것이다. 디자이너가 얼마나 시대상을 민감하게 인지하여 자신의 작품 속에 성공적으로 반영했나를 보여 주는 대표적인 사례이다.

디오르는 소르본느 대학에서 프랑스 문화에 대한 강의를 부탁받자, 강의실에 마네킹을 들고 들어가서 '패션의 미학'에 대하여 열강을 했다. 강의 후, 그는 "고가의 고급 맞춤 의상을 한다는 당신네는 세련미를 앞세워 사치나 조장하려는 공상가들이 아니냐"라는 질문을 받게 된다. "우리들의 책임은 유지하는 것이다. 즉 어떻게 해서든지 귀중한 전통을 유지해 나가는 것이고, 거기에 현대의 기술을 적절히 융합시키는 길을 모색하는 것이다. 어쩌면 우리가 공상가일지는 모르겠지만, 그런 우리가 자랑스럽다."고 그는 답했다.

파리에서 내가 디자인과 기술 교육을 받은 후에 지방시와 꺄르벤에서 일하면서 경험한 바로는 그의 답변은 정직했다. 세계 패션을 이끌어가는 파리 고급 맞춤 의상 조합에 속한 디자이너들은 엄격한 조합의 규칙을 준수하며, 경영과 독창적인 디자인 개발을 분리하여 체계적으로 운영하고 있었다. 기술적으로는 전보다 더 편한 패턴과 봉제기술을 개발하기 위해 노력하고 있었고, 디자인 개발시에는 새로운 것에 집착하면서도 디자이너 자신의 개성은 유지해 가도록 고심하고 있었다. 이러한 노력을 통해 패션 일등국이라는 명성과 국가 재정에 크게 기여하고 있다.

유행이 새롭다고 해도 결국은 과거와 현재의 우리네 생활 속에서 찾게 마련이고, 그래서 유행은 돌고 도는 것이라고 하는가 보다. 무조건 유행을 따르기만 할 것이 아니라 각자가 부지런히 자신에게 어울리는 차림새를 찾아간다면, 개성적인 자신만의 모습에 도달할 수 있을 것이다. 이것이 곧 유행의 완성이다.

식탐을 버려야 성공한다

조서연

국문 84, 수필

맛있는 음식에 대한 유혹은 누구나 참으로 참기 어려운 법이다. 그런데 이런 음식을 절제해야 모든 일이 잘 풀리고 성공할 수 있다고 주장한 일본의 운명학자가 있다. 그분에 대한 얘기를 하려고 한다.

일본의 대사상가이자 운명학자인 미즈노 남보쿠는 어려서 부모를 잃고 대장장이를 하던 작은아버지 밑에서 키워졌다. 10세 때부터 술을 배우고 도박을 일삼으며, 하루가 멀다 하고 싸움을 일으키다가 결국 18세 되던 해에 감옥에 가게 되었다.

반 년 동안 감옥에 있으면서 남보쿠는 밖에서 보아왔던 사람들과 감옥에 들어오는 사람들이 꽤 많이 다르다는 사실을 발견하였다. 감옥에서 죄인들의 모습을 관찰하던 남보쿠는 감옥에서 나오자마자 자신의 운명을 알기 위해 관상가를 찾아갔다.

"1년 안에 칼에 맞아 죽을 관상이니, 이 길로 속히 절에 가서 출가하기를 청하시오."

이 말을 들은 남보쿠는 그 길로 가까운 절에 가서 출가를 청했다. 그러

나 절의 주지스님은

"중이 되는 것은 아주 힘든 일이오. 앞으로 1년 동안 보리와 흰콩으로만 식사를 하고 다시 돌아오면 그때 받아주겠소."

하고 말하며 거절했다.

남보쿠는 바닷가에서 짐꾼으로 힘들게 일하면서도 살기 위해 보리와 흰콩만을 먹고, 술도 끊고 버티었다. 어울리는 무리들이 난폭하여 종종 싸움이 일어났지만, 작은 상처만 입을 뿐 생명에는 지장이 없었다.

1년을 무사히 넘기고 출가하기 위해 절로 향하던 그는 자신의 죽음을 예언했던 관상가에게 찾아갔다. 남보쿠를 알아본 관상가는 크게 놀라며 물었다.

"완전히 관상이 바뀌었군요. 어디서 큰 덕을 쌓았소? 아니면 사람의 목숨을 구했소?"

"생명을 구한 일은 없지만, 스님의 말씀 따라 보리와 흰콩만 먹고 1년을 살았습니다."

"식사를 절제한 것이 큰 음덕을 쌓았구려. 그것이 당신을 구했소."

관상가에게서 요절한 운명이 사라졌다는 말을 듣고, 남보쿠는 출가보다는 관상가가 되겠다는 결심을 하게 되었다. 그리고 전국을 돌아다니면서 9년 동안 수업을 마친 후에 결국 관상가로 세상에 알려지게 되었다고 한다.

그런데 십수년 동안 관상 공부를 하고 사람들 운명을 감정하면서도 큰 고민이 있었다고 한다. 당시에는 식사의 중요함을 모르고 상(相)을 보았는데, 그래서인지 가난할 운명이었는데도 부자가 되고, 일찍 죽어야 할 사람이 오래 사는 것도 종종 보았다고 한다. 반대로 상으로는 나중에 부자가 될 사람이었는데도 가난하게 되고, 장수할 상을 가진 사람이 요절하는 것도 보았다고 한다. 운명학자로서 상(相)이 틀린다는 것은 너무나 괴로운 일이었고, 상을 보아 길흉을 판단하는 것만으로는 모두 맞출 수 없다는 사실도 알게 되었다고 한다.

　고단한 수행 끝에 결국 길흉의 근본이 식사에 있음을 알게 되었다고 한다. 음식의 중요성을 깨달은 이후에 식사의 다소(多少)를 알아보고 그에 따라 평생의 길흉을 판단하니, 만의 하나도 실수하는 일이 없었다는 것이다.

　어떤 사람이 이렇게 질문을 했다.

　"음식이 제일 귀하다고 하시는데, 금은보화보다도 음식이 귀합니까?"

　이에 대해 남보쿠는 이렇게 대답했다.

　"세상에서 가장 소중한 것이 하늘과 부모로부터 받은 생명입니다. 이 생명을 기르고 지키는 것이 음식입니다. 어찌 생명보다 더 소중한 것이 있겠습니까? 모든 사람은 하늘로부터 자신이 살아갈 대략적인 수명(壽命)을 받습니다. 수명과 함께 태어나면서부터 하늘로부터 받는 것이 바로 일생 동안 먹을 양식입니다. 어머니 뱃속에 있을 때부터 벌써 하늘로부터 받은 식사를 합니다. 하늘로부터 받은 양식이 떨어지면 죽습니다. 이와 같이 모든 생명은 명(命)과 식(食)을 함께 받아서 세상에 옵니다. 명이 다 했더라도 식이 남아 있으면, 식이 다 없어져야 세상을 떠날 수 있습니다 반대로 명이 아직 남아 있더라도 먹을 양식이 떨어지면 저 세상으로 가야 하는 것이 하늘의 이치입니다. 죽을병에 걸려서 누워 있는 사람들을 보면 그 일면을 볼 수 있습니다. 아파서 몇 달을 누워 있던 사람도 죽을 때가 가까워질수록, 무엇을 먹고 싶다, 무엇을 갖다 달라, 꼭 먹어야 한다고 다른 사람들을 재촉합니다. 이것이 무엇을 뜻하는지 아십니까? 하늘에서 가지고 온 식(食)을 다 먹어야 다시 하늘로 돌아갈 수 있다는 뜻입니다. 하늘로부터 가져온 음식을 다 먹어버린 사람은 먹지 못하는 병에 걸립니다. 그러니 어찌 금은보화 따위를 생명의 양식과 견줄 수 있습니까?"

　그분의 말씀에 의하면 소식을 하더라도 규칙적으로 일정한 시간에 먹어야 한다고 한다. 식사 시간이 불규칙한 사람은 관상이 좋아도 운명이 흉

한 길로 들어선다는 것이다.

그렇다면 어느 정도 먹어야 적당히 소식하는 것일까? 일반인들에게는 복팔부(腹八部)가 가장 좋다고 한다. 복팔부란 배에 8할 정도만 채워 먹으라는 말이다.

운이 나빠 크게 고생하고 있을 때에도 식사량을 줄여서 신께 바치라고 했다. 실제로 식사를 바치는 것이 아니라, 밥상을 대할 때마다 신께 마음속으로 기도하라는 것이다. '지금 반 공기를 드립니다.' 하고 마음속으로 기도하고 반 공기의 밥을 먹으면, 먹지 않은 반 공기는 신이 즉시 받아 준다는 것이다. 그 마음과 뜻을 받는다는 것이다. 충분히 먹고 신에게 매일 맛있는 음식을 따로 해서 바쳐도 신은 좋아하지 않는다고 한다. 자신이 먹을 것을 아껴서 올리는 뜻만을 받는다는 것이다. 이렇게 기원하면 작은 소망은 일 년이나 삼 년이면 이루어지고, 큰 소망은 십 년이면 충분히 달성할 수 있다고 한다.

남보쿠는 식사가 무절제한 사람의 인생은 등불 없이 칠흑 같은 밤길을 걷는 것과 마찬가지라고 했다.

나는 여러 가지 이유로 저녁은 될 수 있는 한 먹지 않으려고 노력하고 있다. 당신의 식사 생활은 어떠한가?

샹그릴라는 어디에

주연아

신방 76, 수필

작년 연말에 나갔던 어느 모임에서의 일이다. 칠순을 넘기신 여류작가 한 분이 한숨을 쉬시며 이렇게 말씀하셨다. 이제는 애정 소설이나 영화에 흥미가 없어졌어. 전혀 재미있지가 않으니 정말 나이가 들었나봐. 이것 참 슬픈 일이야.

그럴 것이다. 정말 그럴 것이다. 절절한 사랑의 이야기를 읽거나 보고도 맹숭맹숭 아무런 느낌이 없다면 그 얼마나 생활이 삭막할 것인가. 나는 순간적으로, 아직은 그렇지 않은 스스로를 내심 다행스럽게 여겨야 한다 는 생각이 들었다. 사실 예전에 영화나 소설을 볼 적에, 남녀의 이야기에 는 당연히 나를 대입시켜 혼자 설레고 홀로 두근거리고 했었지만, 요즘에 있어서는 그리함이 어찌 좀 겸연쩍지 않은가 여기고 있던 중이었기 때문 이다.

얼마 전에 누군가가 어떤 영화를 감명 깊게 봤느냐고 물었을 때, 나는 '카사블랑카'나 '애수'라고 하던 종전의 대답에서 상당히 궤도 수정을 하 여 '내 어머니의 모든 것'이 좋았다고 말했었다. 이렇게 나이를 의식하여

의도적으로 내 관심의 향방을 돌리면서 또 속마음과는 달리 이런 외교적인 발언도 하지만, 사실 그것은 준비된 답변일 뿐이고 나의 진심은 아니다.

한 여자가 자식에게 갖는 상식적인 모성애가 아니라, 주위의 모든 비정상적인 사람들에 대하여 무차별적으로 베푸는 아가페적인 모성애를 그려내는 스페인 영화, '내 어머니의 모든 것'을 보고 매우 감동을 받은 것은 사실이다.

하지만 사랑에 대한 내 관심의 원형질은 남자와 여자의 에로스적인 사랑으로 이루어져 있다. 나는 완전한 사랑이란 육체와 정신의 합일에서 이루어지고 그 사랑은 그저 얻어지지는 않는다고 믿는다. 환희라는 이름의 산을 등정하기 위해서는 가끔은 갈등과 고뇌의 비바람도 맞아야 하며, 때로는 의심과 모색의 미로도 통과해야 하지 않는가.

에로스와 프시케의 신화에서도 볼 수 있듯이, 시어머니인 아프로디테의 온갖 시험을 다 치루어 내고서야 비로소 프시케는 남편인 에로스와 맺어진다. 그리고 인간이었던 그녀는 불사의 몸이 된다. 이것은 완벽하고 영원한 사랑은 에로스(육체)와 프시케(정신)가 함께 결합하는 것이며, 그 사랑을 이루기 위해선 많은 시련을 다 겪어내야 한다는 의미가 내포된 것이 아닐까.

물론 아직도 로맨스 영화가 가장 재미있는 나이지만, 이것은 어디까지나 가상의 세계에 대한 관심일 뿐, 현실에서 새로운 사랑을 체험해 보겠다는 야심은 없다. 요즘은 어느 드라마 속 주인공들의 사랑에 푹 빠져 인터넷 동영상을 통해서까지 예습과 복습을 철저히 하는 나를 보고 친구들은 혀를 찬다. 하나 바로 이러한 정열과 관심이 나의 젊음을 유지해 주는 일등공신이 아닐까 싶다.

사실 내가 만약 소설가라면, 그동안 영화나 소설을 통해 얻은 광범한 간접 경험의 뼈대 위에 무궁한 공상력의 살을 붙이고, 필요하다면 내 미약

한 직접 경험의 군살까지도 덧붙여, 멋있는 연애 소설을 한번 써 보고 싶다. 창작에는 무릇 무한한 상상이 허락되는 것, 그리한다고 하여 누가 도덕적인 의심을 할 것인가. 그것은 글을 쓰는 사람들만이 합법적으로 가지는 특권이 아니겠는가.

그러나 나는 어디까지나 수필을 쓰고 있고, 때문에 수필은 허구를 허용치 않는다는 딜레마에 봉착할 수밖에 없다. 그렇지만 찾아보면 방법은 또 있는 것, '꿈속의 아이들'과 같이 이른바 꿈을 매개체로 이용해도 될 것이다.

신(神)과의 사랑으로 점잖게 눈길을 돌리지 않고, 아직도 연애 소설과 영화 보기를 취미로 하는 나는 주책일까. 천만의 말씀이다. 언젠가 사랑에 무심해지는 날, 나의 두 발은 땅을 딛고 서 있으되 마음은 무덤으로 들어가 누워 있음에 다름 아닐 것이다. 사랑에 대한 이 관심과 흥미는 떠나보내서는 안될, 오히려 붙잡아 내 안에 모셔 두어야 할 귀빈이라 생각하며, 이러한 정열이 불사조처럼 살아 있기를 나는 소망한다. 비록 칠십이 넘고 팔십이 된다 할지라도.

이 정열이 유지되는 한 나의 육신은 늙어 가더라도, 정신에 주름살이 지는 그런 슬픈 일은 아니 일어나지 않을까. 내 몸은 비록 노년에 접어들게 될지라도, 마음만은 영원한 청춘의 그곳, 이름하여 샹그릴라에 머무를 수 있지 않을까.

샹그릴라는 과연 어디에 있을까. 제임스 힐턴의 소설, '잃어버린 지평선'에서는 불로장수의 마을인 샹그릴라가 나온다. 1931년 5월 영국의 외교관인 콘웨이가 납치되어 불시착한 곳, 히말라야의 산맥 속에 존재한다는 낙원, 푸른 달이 등대처럼 계곡을 비추고 시간은 정지되어, 200세는 보통이고 100세는 아이 취급을 받는다는 이상향이다. 오늘도 수많은 여행객들은 혹시나 그곳으로 이르는 길을 발견하지 않을까 해서 히말라야 부근을 기웃거린다지 않는가.

정말로 이 파라다이스는 세상에 존재하는 것일까. 만약 존재한다면 소설에서처럼 지구에서 가장 높고 험하다는 티베트의 고원 위에 있는 것일까. 그것은 혹시 열정의 불씨를 꺼뜨리지 않는 우리 모두의 마음속에, 내밀히 숨어 있는 것은 아닐는지…….

어디로 가고 있나

허숭실

불문 64, 수필

지상의 고통을 안고 영혼의 불안을 이고 모두들 어딘가를 향해 가고 있다. 고개를 숙인 채 서로 떠밀리듯 가고 있는 군상들의 그림, 고영우 화백의 「너의 어두움」 시리즈 중 한 작품이다. 짙푸른 군청색으로 둥글게 점을 찍고 이어서 그어 내린 굵직한 선들이 화폭을 가득 채웠다. 더러는 두 가닥의 선 끝에 땅을 딛고 있는 발을 그렸다. 눈, 코, 입과 손도 팔도 생략된 인간 무리의 형상에서 오늘의 우리 모습을 본다. 첨단 과학의 눈부신 발달로 각종 전자기기가 사람의 눈과 귀, 입과 손의 역할을 해 준다. 스마트폰을 누르기만 하면 온갖 정보와 지식과 예술 작품까지 볼 수 있다. 책을 열람하러 도서관엘 가고 그림을 감상하러 미술관을 찾아가는 즐거움과 설렘을 기계에게 빼앗겼다. 잉크 냄새가 상큼한 조간신문을 펼쳐 놓고 지구촌의 소식을 읽으며 하루를 시작하는 낭만도 사라져가고 있다. 뇌가 점점 오그라들어 텅 빈 머리를 이고 첨단 문명의 속도전에 떠밀려 정처 없이 가고 있다.

고영우 화백의 「너의 어두움」은 '어디로 가고 있는가.' 란 화두를 던져

준다. 입시에 쫓기던 학창시절, 출세와 물질에 목숨 걸던 젊은 날들, 그리고 또한 자식에 집착하는 세태에 휩쓸리어 여기까지 왔다. "나는 어디로 가고 있는가?" 스스로에게 묻는다. 어느 날 무위자연의 평화를 깨닫고 하늘을 올려다보려 할 때, 예고도 없이 종착역에 도착하는 것은 아닐까? 어두움 저편에는 무엇이 있을까? 아직은 살아온 결실도 심판도 이루어지지 않아, 마지막 심판대 앞에 선 것보다 더 큰 불안과 두려움을 안고 있다.

그림의 좌측 위 부분만 조금 환하다. 그곳에 '영우'라는 화가의 서명이 있다. 그 글자 앞에 고개와 몸을 숙이고 기도를 드리는 모습의 작은 형상이 보인다. 고영우 화백의 자화상이 아닐까? 미켈란젤로는 시스티나 성당의 「최후의 심판」에서, 바돌로메의 손에 옷자락이 잡혀 매달린 모습으로 자신을 그려 넣었다. 바돌로메는 예수의 열두 제자 중 한 사람이다. 불후의 성화를 남긴 예술가도 마지막 심판대 앞에서는 구원의 손길에 매달리고 싶어 했던 것일까?

시스티나 성당의 제단 벽화 「최후의 심판」에서는 천국과 지옥행이 뚜렷하게 나누어져 있다. 화면 중앙에 심판자 그리스도가 오른팔을 들고 금빛 배광 앞에 우뚝 서 있다. 그 주위로 선택받은 영혼들이 그리스도를 바라본다. 심판의 나팔을 부는 천사들 오른쪽에는 구원받은 영혼들이 역동적으로 하늘을 향해 날아오른다. 왼편에는 저주받은 영혼들의 추락하는 모습들, 벌거벗은 육신들이 눈을 가리고 귀를 막은 다양한 몸짓으로 몸부림치며 뒤엉켜 있다. 살아오면서 쌓은 업보대로, 마지막 심판 날에 주어진 역할을 생생하게 보여주는 그림이다.

바티칸 탐방의 절정은 시스티나 성당의 천장화와 제단화를 감상하는 것이라 할 수 있다. 고개를 젖히고 사람들에 떠밀리며 천장에서 벌어지고 있는 그림 속으로 빨려 들어간다. 「천지 창조」를 시작으로 성경의 이야기들이 삼십여 점이나 펼쳐진다. 천장의 정 중앙에 미켈란젤로가 가장 공을 들인 작품, 「아담의 탄생」이 그려져 있다. "세상에서 가장 감동적이고 아름다운 누드화"라는 찬탄을 하고 또 해도 언어로는 표현이 부족함이 느껴졌다. 까마득하게 높은 천장에 매달려 그린 벽화임을 상기하자 그저 황홀할 뿐이었다. 「아담과 이브가 에덴동산에서 추방」되는 그림 등에 넋을 잃고 바라보는 동안, 어느덧 「천지 창조」에서 시작한 발걸음이 제단 벽화 「최후의 심판」앞에 이르렀다. 경건하고 겸허해진 마음을 감출 수 없어, 옷깃을 여미고 가슴에 손을 얹고 눈을 감았다. 미켈란젤로의 예술혼이 빚어낸 그림들은 인간의 삶과 죽음을, 신의 구원과 심판을 압축한 대서사시였다.

우리집 거실에 걸려 있는 그림은 고영우 화백에게서 선물로 받은 「너의 어두움」중 한 작품이다. 이 그림 속에 압축된 화가의 예술혼을 찾아, 날마다 보고 또 바라본다. 모든 것이 정지된 듯 짙푸른 어두움이다. 깊은 고뇌와 멈출 줄 모르는 방황과 절망에 빠진 인간들이 떠밀리듯 가고 있는 모습을 발견한다. 침울하고 고독한 무리들의 한 귀퉁이가 별빛처럼 은은하다. 칠흑 같은 밤하늘에서, 온몸을 태워 빛을 뿜어내는 별 하나를 발견한다. 절망을 벗어난, 기도자의 영혼이 담겨 있음을 읽어낼 수 있다. 「너의 어두움」을 오래도록 바라보고 있으면, 천상을 향해 울리는 청아한 종소리가 들린다. 그 종소리를 따라가 보자.

태양이 수면에 닿을 듯 가까이 내려앉자 바다는 불꽃놀이를 벌이고 있는 하늘을 받아 안은 듯 오색으로 물들었다. 고영우 화백의 「성당 벽화」를 보기 위해 서둘러 서귀포 성당으로 들어섰다. 성당 뜰에선 은은한 향기가 연기처럼 퍼지고 있었다. 높이 솟은 야자수와 여러 종의 나무들 사이에, 가지마다 꽃을 품어 안은 은목서가 야래향(夜來香)을 풍기고 있었던 거였다. 예배당 정면 야트막한 둔덕에 수십 년은 묵었음직한 둥치가 굵고 잘 다듬어진 은목서 앞에, 신자들을 환영하는 듯 아기 예수를 안은 마리아 상이 서 있다. 해가 지기 전에 그 앞에 앉아서 고영우 화백과 사진을 찍고, 저녁 삼종을 칠 시간이 되자 고 화백을 따라 종루로 들어갔다. 노트르

담의 종루처럼 높은 곳이 아니고, 종에 매달려서 치는 것도 아니었다. 종루에 들어서자 흰 벽의 좁은 공간에 줄이 늘어져 있었다. 줄을 두 손으로 잡고 온몸으로 줄을 당기며 세 번씩 세 번, 서른세 번을 친다. 줄에 매달려 종을 치는 고 화백의 얼굴은 기도하는 모습이었다. 종을 때리면서 어머니와 일찍 세상을 떠나 간 아들을 생각한다고 했다. 그는 마흔 살부터 교회 종을 치기 시작하여, 어느덧 32년을 하루도 빠짐없이 종을 쳐왔다. 교회의 종치기가 고영우 화백에게 '서귀포의 자석'이란 별명을 만들어 주었다.

고 화백이 홍익대학 서양화과에 다니며 그림에 심취해 있던 어느 날, 알 수 없는 증상이 그를 찾아왔다. 그는 제주도 집으로 내려와 다시는 서울로 돌아가지 못했다. 자택에서 4킬로미터 반경을 벗어날 수 없는 증상이 계속되어, 자신의 그림 전시회에도 참석할 수 없었던 고 화백은 성당의 종치기를 자원했다. 그가 줄을 당겨 울리는 종소리는 그의 영혼과 그림의 생명줄이 되어 주었다.

서귀포 예배당으로 들어가 제단 앞까지 걸어가서 뒤를 돌아보았다. 2층 천장 앞면에 고영우 화백의 그림이 눈앞으로 다가든다. 형태로만 그려진 군상들 속에서 십자가를 든 모습, 꿇어앉아서 기도하는 형상, 손을 들고 신을 찬양하는 사람, 가슴에 손을 모으고 있는 자, 고개를 숙인 모습 등을 발견한다. 예배당의 반원형 벽면을 채운 인간 형상들의 기도가 교회를 지키고 있는 듯 느껴졌다.

고 화백은 오르간 뒤쪽 에어컨 박스 위를 더듬더니, 강아지가 물어뜯어 다리가 부러졌다는 안경을 집어서 썼다. 그리고 자신의 그림 밑에 앉아서 오르간으로 진혼곡을 연주했다. '영원한 안식을 주소서'란 곡을 연주하며 노래를 불렀다. 온몸에서 울려 나오는 깊은 저음의 성가 곡은 천상을 향해 드리는 기도였다. 오르간 연주와 노래를 들으면서 성당 벽화를 바라보는데, 불꽃이 피어오르는 모습이 겹쳐 보였다. 불교 신자였던 고 화백의 어머니는 아들의 건강을 위해 천주교로 개종하고, 가족 모두가 그를 위해 기도에 힘썼다. 그렇게 천상을 향해 타오르는 기도의 불꽃은 종소리가 되어 바다로 하늘로 길게 여운을 남기며 퍼져 나갔다.

고영우 화백은 「너의 어두움」에서 실존의 회의와 혼돈에 빠져 방황하는 인간의 모습을 회색이 아닌 푸른빛으로 그렸다. 그래서 절망의 부르짖음에서도 맑은 종소리를 들을 수 있고, 구원의 별빛도 발견할 수 있는 것이 아닐까?

2부

어디쯤
일까

모녀의 갈등

구자숙
국문 60, 수필

얼마 전 나는 친구와 함께 '가을 쏘나타' 라는 연극을 보게 되었다. 배우 손숙 씨가 직접 대본을 들고 제작자를 찾아다녔을 만큼 잘 되었다는 작품이다. 모녀의 갈등을 실감 나게 그려낸 심리학자 '잉마르 베르만의 영화를 연극화한 것이어서 더 한층 흥미를 돋운다.

내용은 피아니스트로 성공한 어머니인 샤롯이 큰딸 에바의 초대로 7년 만에 딸과의 만남에서 시작된다. 목사의 아내로 평범하게 살아가는 큰 딸 에바, 어머니를 맞이하고 오랜만에 화기애애한 시간을 나누지만 평온은 잠시뿐, 그동안의 애증이 서서히 고개를 들자 갈등은 시작된다.

에바가 돌보고 있는 발작 장애인 동생 레나를 대하는 어머니의 위선적인 말에 분노하는 에바. 큰딸의 어린 시절은 엄마의 관심 밖이라 사랑에 굶주려 있었음을 상기하게 된다. 음악과 자기 자신의 삶이 더 중요했던 엄마 샤롯으로 인해 보살핌을 받지 못한 딸이 품었던 애증이 뒤섞인 날카로운 말들은 듣는 것만으로도 가슴이 조이는 듯했다. 한 여성으로서 성공한 지금, 딸에게도 인정받고 싶은 엄마와 그렇지 못한 딸과의 감정 대립

이 극에 이르고 두 사람의 관계는 예전보다 악화된다. 극단적 감정의 소용돌이를 불러일으키는 서로에 대한 사랑이 미움, 원망, 증오로 가득 차 긴장감이 고조된다. 조금도 자신을 이해하려 하지 않는 딸이 야속하기만 한 샤롯과 모정에 굶주린 딸 에바, 두 사람이 모두 피해자라며 목소리를 높이지만 상대방의 아픔 따윈 안중에도 없다. 자신의 아픔이 더 커 상대방을 들여다볼 여유조차 없는 것일까.

"딸아, 내게 너무 가혹하게 대하지 마라. 내 마음이 찢어지는 것 같구나. 난 엄마라는 내 모습이 어색하고 엄마가 되고 싶지 않았을 뿐이야."라는 엄마의 말에 딸 에바는 "엄마에게 있어 나라는 존재는 잠깐 가지고 노는 인형이었나요. 아님 차디찬 자궁에서 밀려 나온 것에 불과한 것이었나요?"라고 대꾸한다.

나는 어머니라는 공통점으로 인해 샤롯에게 공감 가는 점이 없진 않았지만, 딸의 외침엔 가슴 밑바닥에서부터 저려오는 듯한 통증을 느꼈다. 어린 자식에게 있어 엄마란 신과 같은 존재로 아낌없이 주는 나무가 아니던가. 하지만 자아실현이 중요했던 엄마의 말처럼 자식에게 모성의 희생만을 강요당하기엔 현대여성의 의식이 예전과는 많이 달라져 있음을 알 수 있었다.

세상에는 참으로 여러 유형의 모녀 관계가 존재하는 것 아닐까. 각 나라의 문화가 다르고 시대의 변화가 있고, 그때그때의 세대 차이에 따라서 각기 경우가 다르리라는 생각이 든다. 문득 나와 내 어머니 관계, 또한 나와 딸의 관계도 생각하게 되었다.

나는 부모님과 증조모, 조부모, 삼촌 고모들과 대가족 안에서 성장했다. 연극을 보면서 아무리 기억을 더듬어 보아도 어른들에게 말대답을 하거나 어른들의 뜻을 거역해서 걱정을 끼친 일은 없던 것 같다. 그 시대가 그러했듯 어머니에게도 순종하며 지냈다. 그래서인지 만일 나의 어머니가 샤롯과 같은 유명한 피아니스트였다면 오히려 자랑스러워하였을 것이다.

나는 자라면서 부모에 대한 불만 같은 것은 전혀 가질 줄 몰랐었다.

내 딸은 내가 무심히 던지는 말 한마디에도 말꼬리를 잡는 일이 자주 있다. 미술을 전공한 딸은 자신의 삶을 아름답게 가꾸어 나가고 있으며 외형적으로 볼 때는 나무랄 데 없는 여성이다. 딸은 오가며 친정에 들러 엄마가 좋아하는 먹을거리들을 들여놓고 가곤 하는 그럴 수 없이 자상하고 착한 딸이다. 그러면서도 나의 유일한 취미이자 삶의 보람이기도 한 글쓰기에 대해서, 거침없는 말투로 심기를 불편하게 한다. "엄마는 다 늦은 나이에 아무 영양가도 없는 글을 쓰면서 왜 그렇게 에너지를 소모하는지 몰라요."라고 한다. 사실 모두 내려놓고 떠나야 하는 이 나이에 하나의 집착인가 허영인가 하는 생각도 든다. 내가 전화라도 하면 처음부터 "용건만 간단히 말하세요." 하는 정도만이 아니다. 음식을 먹을 때면 수저를 들기도 전에 "흘리지 말고 천천히 드세요." 하며 엄마에게 잔소리를 하곤 한다.

그럴 때면 입맛이 씁쓸하고 기분이 상해, 나는 과연 부모님의 마음을 섭섭하게 또는 언짢게 하여드린 일은 없었던가 하며 나 자신을 뒤돌아보게 된다.

미처 깨닫지 못하여 잘해 드리지 못한 것만 생각이 나서 후회를 하다보면 부모님 보고 싶은 생각에 밤잠을 설치게 된다. 그러면서 문득 딸에 대한 마음도 너그러운 이해로 바뀌어 가게 된다. 내 딸이 엄마를 소홀히 대한 것이 아니라 시대가 변하고 딸의 까탈스런 성격 탓이려니 하고 이해하여 본다.

딸이 생각하는 엄마로서의 나는 과연 어떤 엄마일까.

"엄마 뭐하세요?"

오늘도 딸은 아무 일이 없었다는 듯 활짝 웃으며 문안 인사를 한다. 그 한마디가 그렇게 고마울 수가 없다. 그동안 쌓인 앙금이 눈 녹듯 사라진다. 속된 말로 그래서 딸은 영원한 내 사랑이라고 하는 것이 아닐까.

배롱나무 아래에서

김선주
불문 65, 소설

우리 아파트 정원에는 내가 심은 배롱나무가 한 그루 있다.

몇 년 전, 오랫동안 알고 지내던 지인이 회초리같이 여린 배롱나무 한 그루를 선물했다. 그분의 정을 느끼며 베란다에서 몇 년을 정성스럽게 키우다 보니, 튼실하게 자라서 꽃을 피우기 시작했다. 꽃이 너무나 아름다워 나 혼자만 보기가 아까울 정도였다. 나는 많은 사람들과 함께 보고 싶다는 생각으로 아파트 뜰에 옮겨 심었다.

땅에 심자 배롱나무는 큰 힘이라도 얻은 듯 무럭무럭 자라서 나뭇가지가 휘어지도록 꽃을 소담스럽게 피웠다. 올해는 꽃이 더욱 만발하여 동네 사람들의 감탄 속에 아름다움을 한껏 뽐내고 있다.

배롱나무는 여러 가지의 이름을 갖고 있다. 부처과에 속하며 한문으로는 자미목(紫薇木), 개화기가 길다고 목백일홍, 수피를 긁으면 잎이 흔들린다고 해서 간지럼나무라고 한다. 또 연세 드신 분들은 무슨 연유인지 모르지만 불도화라고 부르기도 한다. 그만큼 많은 사람들이 관심을 가지고 사랑하는 나무인 것이다.

내가 그 꽃을 좋아하는 이유는 첫 번째로 색깔이 선홍색으로 아름답기 때문이다. 두 번째로는 조롱조롱 어우러져 계속 피어나서 서로 껴안은 것처럼 무척 사랑스럽기 때문이다. 세 번째로는 7월부터 9월까지 거의 백일 동안 한결같이 피어있는 지조와 절제와 끈질김 때문이다. 배롱나무에 꽃이 피어나면 나는 비로소 여름이 절정에 이르렀음을 감지하면서 아득한 과거의 기억 속으로 추억여행을 떠난다.

활짝 핀 꽃에는 언제나 할머니의 모습이 어른거린다.

여학교 때, 여름 방학이면 나는 충청도 청산에 있는 할머니 댁으로 달려가곤 했었다. 청산은 산수가 아름답고 평화스러운 곳이었다.

할머니 댁은 대지가 천여 평이 넘는 꽤 운치 있는 고가로 야산 아래 위풍당당하게 자리 잡고 있었다. 행랑채가 양쪽으로 병풍처럼 늘어선 가운데 우람한 대문이 서 있었다. 웬일인지 기가 눌리는 듯한 대문을 들어서서 정원이 딸린 바깥마당을 지나면 사랑채가 나왔다. 그곳을 지나 중문을 들어서면 중요한 물품을 저장하는 나무 곳간이 길게 늘어서 있고, 그 뒤로 펼쳐진 넓은 안마당을 지나야 비로소 안채가 나왔다. 계단을 몇 개 올라가야만 대청에 오를 수가 있는 헌칠한 기와집이었다. 본채에는 큰아버지 내외가 사시고 별채에는 홀로 되신 할머니가 사셨다. 할머니는 대갓집 어른다운 위엄이 온몸에 풍기는 분이었다. 성품도 여장부같이 듬직하고 너그러우셨다. 나는 그런 할머니의 넓은 품에 안겨서 공연히 어리광을 피우며 응석받이가 되곤 했다.

할머니의 방 앞에는 오래된 배롱나무가 꽃을 담뿍 피우고 후원을 화사하게 장식하고 있었다. 그 당시에는 배롱나무가 지금처럼 도처에서 볼 수 있는 흔한 나무가 아니었다. 마치 수줍은 새색시처럼 양반집의 비밀스럽고 아늑한 후원이나 절에 가야 비로소 볼 수 있는 귀한 나무였다. 꽃송이들이 한껏 자태를 뽐내고 나에게 손을 흔들며 한들거렸다. 가슴이 설레도록 매혹적인 선홍색 꽃이 마치 나를 환영하고 반겨주는 것만 같았다. 나는 어른들께 절을 올리자마자 배롱나무 아래로 가서 넋을 잃고 바라보며 떠나지를 못했다.

"이 할미보다 배롱나무가 더 좋으냐? 저 나무도 마치 네가 오기를 기다리기라도 한 듯이 오늘에야 활짝 피었구나."

어느 틈에 할머니가 뒤에 오셔서 웃으며 서 계셨다.

"할머니, 이 꽃을 보면 전래동화 속의 이야기들이 떠올라요. 마치 아득한 전생에서부터 피어 있던 것처럼 환상적이에요. 또 뭔가 좋은 일이 일어날 것만 같고 꽃구름을 타고 훨훨 날아갈 것만 같아요."

"그래? 꿈보다 해몽이 좋다더니, 네 말이 그럴 듯하구나. 난 이 꽃이 꼭 너 같기만 한데……. 이 꽃송이같이 예쁘게 살아라."

할머니의 눈에는 나에 대한 사랑으로 가득 차 있었다. 나는 한 해라도 할머니와 배롱나무 꽃을 보지 않으면 안달이 나곤 했다.

할머니는 꽃이 만발하던 날, 몇 년 동안 앓던 중풍의 고통을 접고 돌아가셨다. 대학을 졸업한 나는 더 이상 고향에 자주 가지 못했지만, 가슴속에는 언제나 할머니와 난만하게 피어있던 배롱나무 꽃이 하나가 되어 깊숙이 남아있었다.

혼기가 꽉 찼는데도 나는 결혼을 별로 하고 싶지가 않았다. 어떤 남자와도 평생을 함께 살 자신이 없었다. 이질적인 인연으로 고통스럽거나 지루하고 싫증이 나면 어쩌나 하는 두려움으로 결정을 할 수가 없었다.

그때, 꿈속에 할머니가 불현듯 나타나셨다.

"애야, 뭘 그토록 망설이니? 진정 바람직한 결혼이란 널 진심으로 사랑하고, 성실하고, 성격이 너그러운 사람과 함께 사는 거란다. 그게 참다운 행복이란다."

할머니의 뒤에는 배롱나무 꽃이 활짝 피어있었다. 가지가 옆으로 팡파짐하게 펴져서 작은 꽃동산을 이루고 있는, 바로 할머니 방 앞에 피어있던 나무였다. 그곳에서 알 수 없는 평화로움과 소박한 행복이 모락모락

피어오르고 있는 것만 같았다.

꿈에서 깨어나자 나는 가슴을 쓸어내렸다. 그리고 비로소 결혼에 대한 불안감을 잠재울 수 있었다.

나는 마침내 길고 긴 방황을 끝내고 나를 기다려준 남자와 결혼이라는 울타리 안으로 뛰어 들어갔다. 배롱나무가 나의 꽃구름이라도 된 것처럼.

이제 배롱나무 꽃을 보면, 아슴푸레한 전설처럼 되어버린 내 젊은 날이 떠올라서 자조의 웃음을 짓곤 한다. 그 찬란한 모습이 언제까지나 한결같을 것이라고 생각한 내가 얼마나 철없고 순진했던가.

삶은 너무나 많은 시련과 고통과 인내가 따르는 것인데, 방긋방긋 웃는 날들만 있을 줄 알고 결혼을 하다니…….

그래도 예나 지금이나 여전히 꽃이 만발한 배롱나무 아래에 서면 할머니가 생각나고, 내 앞날을 점지해준 꿈을 떠올리며 봄날의 아지랑이처럼 아련한 추억 속에 잠기곤 한다.

어디쯤일까

김예나
도서관 64, 소설

생전에 나의 시어머니는 어디를 가든 습관적이라고 할 만큼 당신이 두 발로 딛고 서 있는 장소의 이름이나 우리집을 중심으로 한 방위를 묻곤 하였다. 주말에 함께 드라이브라도 나갈 때는 물론 외식이라도 하려고 집 근처로 잠시 나가는 때조차도 그 식당이 우리집에서 어느 쪽인가 하는 방위 확인을 꼭 했다. 그것만이 아니다. 하루 종일 흐르는 세계 뉴스 안에 부침하는 수많은 나라와 도시까지도 어느 대륙에 위치하며 서울에서 바라보는 방위까지 꼭 챙기곤 했다.

그때는 미처 짐작도 못했지만 우리 곁을 떠나신 후에야 문득 그런 행동이 시어머니 나름대로의 자존감의 표현이 아니었을까 하는 생각이 들었다. 우리네 인간이 비록 한 점 티끌에 지나지 않는다고 해도 광활한 우주 속에서 당신이 살아온 한 생의 부피와 내역 그리고 그것들 안에서 당신은 지금 어디쯤에 서 있는 걸까 하는 막연한 궁금함과 갈증 때문이 아니었을까.

나는 지금 일주일째 S병원 신경과에 들어 와 있다.

자주는 아니지만 전부터도 피치 못해 입원을 해야 할 경우엔 나는 즐겨 다인실을 선택하는 편이다. 부담 없는 입원료 위에 심각한 상황이 아닐 때 보호자 없이도 얼마든지 견딜 수 있고 대단히 시끄러운 반면 웬만한 인생철학서 한 권 읽은 것보다도 다양한 사람살이를 생생하게 접할 수 있는 그 소요를 나는 즐기다시피 저작하곤 해왔다.

　그런 내게도 신경과 병동은 낯설었다. 게다가 '즐기다시피 저작' 하기는 내가 이미 젊지가 않다는 엄연한 현실을 전혀 감안하지 않았던 것도 실수였다. 상상을 불허하는 환자들의 구구절절한 사연, 갖가지 양태, 이를 대처하는 보호자들의 푸념과 악다구니, 평생 들어본 적도 없는 낯선 병마에 붙잡힌 당사자들의 분노, 원망, 허탈, 체념, 자포자기……

　경제적으로도 그닥 풍요롭지 못한 삶의 켜켜이 속수무책 고통 속에서 허우적거리는 욥의 후예들 방으로 발을 들이미는 순간 아, 내가 여태 말로만 들어 온 연옥이 여기구나. 솟구치는 짜증을 꿀꺽 참아 넘겨 줄 아량도 없고 좀 조용하자고 웃어른의 자세로 타이를 위엄도 없는 나는 그저 끓어오르는 짜증을 가래침처럼 입에 물고 있는 게 고작이었다.

　그런 몸부림 속에서 어쩌다 커튼을 넘어 들어오는 앞뒤가 잘린 말소리가 저절로 내 고막을 통과해 전두엽을 지나가는 동안, 그들 고통 속을 부유하고 있는 내 의식을 발견할 수 있었다. 짜증스럽기 짝이 없던 내 침대 왼편 기억상실을 앓고 있는 새댁의 새된 목소리가 문득 귀여워졌고 근육이완증으로 방안 환우에게 깊은 애정을 느끼면서 나의 짜증은 자취를 감추어 버렸다. 엄연히 있어왔고 지금도 엄연한 현실인 그네들을 대하는 의료진들의 따뜻한 태도 또한 내게는 경이로웠다.

　근육이완증으로 사 년째 투병 중인 서른한 살 딸과 예순 엄마의 애증의 악다구니, 알포트 증후군 등 처음 듣는 병명도 많다. 알포트 증후군은 눈이나 귀에 이상을 동반하는 실로 고약하기 짝이 없는 난치병이란다.

　내 침대 왼쪽 이웃인 새댁은 삼십이 년 동안 살아온 제 삶의 궤적을 극히 몇 부문 외에는 전부 잊어버렸단다. 뇌수막염의 고열이 하얗게 표백시켜버린 제 삶의 궤적을 다시 찾으려는 이 어린 부부는 매일 하루해가 다 지도록 웃음과 울음 속에서 허우적거린다. 컨디션에 따라서 기억해 낼 수 있는 범위가 달라지기도 한다.

오늘 새벽엔 새댁이 성경 읽는 소리에 잠이 깼다. 엊그제 조짐이 좋아서 그대로의 몸의 상태가 일주일 정도 변함이 없다면 내주 월요일쯤엔 집에 갈 수 있겠다는 낭보가 새댁에게 힘을 준 것이리라. 좋은 조짐이다. 적어도 애끓는 그녀의 슬픔을 반주로 들으며 아침식사를 하지는 않을 것 같은 예감에 나는 기쁘다. 어쩌면 오늘 어린 남편은 새댁의 머리를 감겨줄 거다. 물기를 잘 털어 낸 머리채가 새댁의 어깨 위에 실크처럼 부드럽게 물결치리라. 기도하는 마음으로 한 움큼씩 머리를 집어 드라이어로 컬을 잡아가는 어린 남편의 행복한 얼굴을 볼 수 있을지 모른다.

쉿! 조심! 자칫 울음보가 터지면 아무도 감당이 안 된다. 그녀가 흘리는 눈물에 젖은 7012호실 식구들은 안타까운 심정으로 그녀의 의식이 일상으로 빨리 돌아오기를 기다리고 있을 뿐이다. 울음소리가 어찌어찌 그치고 새댁의 간헐적인 흐느낌이 후렴으로 이어지는 동안 아내를 달래는 어린 남편의 말소리가 이어진다. 지친 기색도 없이, 매번 되풀이 되는 남편의 아내 달램은 현대의 처용가이다. 지방 어디 작은 읍에 산부인과 병원에서 어엿한 간호사로 근무한 그러나 지금은 세 살 정도의 아이로 내려앉아버린 아내의 지능은 남편 말고는 아무도 종잡지 못 한다. 하다못해 오늘이 며칠이고 무슨 요일인가를, 그리고 지금은 봄, 가을, 여름, 겨울 네 계절 중 언제인가를 대답하지 못하는 새댁의 영혼은 어디를 방황하고 있는 걸까.

대성통곡을 하는 아내를 제 가슴에 품고 등을 쓸어주는 어린 남편의 어두운 얼굴, 땀과 눈물에 젖어 엉켜버린 아내의 머리에 연신 입을 맞추며 울음을 그치게 하려고 애를 쓰던 난감한 얼굴, 샴푸한 아내의 머리를 드라이어로 컬을 만드는 일에 골똘한 얼굴, 얼핏 본 모습이지만 조상(彫象)인양 깊이 내 마음에 각인되어 좀처럼 지워질 것 같지 않다.

인종(人種)과 무관하게 사람이라면 누구나 가슴을 가지고 있다는 건 고통의 원천일 수도 있지만 나는 축복이라고 우기고 싶다. 하느님의 선물이라 해도 좋겠다. 남의 슬픔을 내 것과 비교하면서 상대적인 만족을 얻는 일은 그리 유쾌하지 않다는 걸 잘 알면서도 나는 지금 분명하게 위안을 받는다. 아픈 내 곁에 나 말고도 아파하는 이웃이 있다는 사실이 왜 위안이 될까. 잠 오지 않는 깊은 밤 돌아눕는 일조차 쉽지 않은 몸뚱이를 어렵사리 뒤척일 때조차도 더는 외로움 때문에 식도가 역류되지 않아도 좋을 것 같다.

시어머님을 새삼 떠올리면서 나름대로는 정신을 번쩍 차리려고 애를 쓰지만 실수가 점점 많아지는 걸 간과할 수는 없다. 부단하게 내게 이르는 다짐은 '눈에 띄게 앞서가지도 말고 폐가 되도록 늦지도 말자'이지만 과연 얼마나 지켜지고 있는지…….

일체유심조라 했던가. S병원 신경과 병동 이곳은 연옥이라기 보다는 '에덴의 동쪽'이라 불려야 더 어울릴 것 같다는 생각이 새삼스럽게 든다. 나 아직은 가족들의 곁에, 잘 빨아 손질한 시트가 덮인 침대에 누워 숲속에서 쑥쑥 자라 오르는 여름을 보고 있다.

행운목, 그 뿌리

박명순

사회사업 65, 수필

행운목 꽃이 피었다. 백합화를 백만 송이나 풀어놓은 듯이 온 집안을 향기로 채운다. 때마침 찾아온 친구들은 현관에 들어서는 순간부터 향수병을 어디다 쏟았기에 이리도 향기가 좋으냐고 수선들이다. 행운목은 10년 만에야 꽃이 핀다는데, 꽃이 피면 행운이 온다던데 하며 꽃이야기로 이야기 꽃을 피운다.

행운목은 아프리카 열대지역에 자생하는 교목으로 원명이 드라세나이지만 그 짙은 향기로 프라그란스(Fragrans)라는 예쁜 이름으로도 불리운다. 실내공기를 정화시키고 가습 효과와 유해물질을 제거하는 기능이 탁월해서 선물용으로 사랑받는 식물이다.

우리집 행운목도 친구가 선물로 가져왔다. 20년 전엔 양손에 가벼이 들리던 것이 지금은 밀어도 꿈쩍않고 2층 난간을 넘어서는 거목이 되었다. 잎새까지 넉넉해서 창가의 다른 여러 관목들과 더불어 숲을 이룬다. 해거리로 꽃까지 피워주니 행운, 행복이라는 꽃말의 이름값은 해준 셈이다.

몇 해 전까지만 해도 2년마다 분갈이를 해줬다. 매번 크기에 비해 과분하리만치 커다란 용기로 갈아주지만 화분이 터질 정도로 뿌리를 낸다. 잔뿌리까지 추려서 토닥토닥 챙겨줄 때면 이민자들의 삶도 이와 다르지 않을거란 생각이 들기도 한다.

원래 행운목의 생태가 원기둥에서 잘려나와 뿌리없이 나무토막으로 떠돌다가 새로이 뿌리를 내려야 하는 식물인지라, 조상 대대로 살던 고국을 떠나 남의 나라에 뿌리를 내리고 정착하는 이민자들의 삶과 다를 바 없겠기 때문이다.

이러한 행운목들로 이루어진 나라가 미국이다. 1620년 신앙의 자유를 찾아온 영국의 청교도들을 중심으로 유럽의 여러 나라에서 속속 들어와 뿌리를 내렸다.

그 후 4백 년. 요즘 그 후예들의 뿌리찾기 여행이 한창이다. 조상이 처음 정착한 동부지방으로 뿌리를 찾아 오는 발길이 줄을 잇는다고 한다. 따라서 역사보존협회나 도서관에서는 초기 이민선 여객 명단과 가족사를 수집해 놓고 그들의 길잡이가 되고 있다.

펜실바니아주 위멜스도프도 바쁜 도시 중에 하나다. 1720년 독일인 콘라드 가족이 아팔라치안 산맥의 살기 좋은 계곡에 들어와 정착했다. 아메리칸 인디언들로부터 신뢰를 쌓은 그는 이주민들과의 싸움을 완화시키고 서로 평화롭게 공존할 수 있도록 기틀을 만든 조상으로서 후손에게 랜드마크가 되고 있다.

가족찾기, 혈통찾기, 족보협회 등 다양한 이름의 웹사이트들도 가장 바쁜 분야로 부상했다. 몰몬교가 운영하는 웹사이트는 엄청난 양의 조상 가계도를 확보하고 있어 일일 접속량이 8백만 건에 이른다.

미국인의 60퍼센트가 조상을 찾는 일에 관심을 보인다는 연구 조사 결과도 있고 보면 나무토막을 물에 띄우면 뿌리 쪽으로 기울듯이 뿌리로 향한 귀소본능은 거스를 수가 없겠다.

호기심에서 어느 작은 공짜 사이트로 들어가 조상의 이름을 넣는 란에 지인의 이름인 엘리자벳 브라운을 찍었다. 순식간에 같은 이름의 조상이 화면을 덮는다. 어림잡아도 4백이 넘는 숫자다. 1400년대에 영국 스태포드에서 태어난 엘리자벳을 비롯해서 1500년대 프러시아 출신도 많고 독일 벨지움 네델란드 출생도 여럿이다. 그 밖에 1600년대 남아프리카 출생, 1700년대 일본에서 태어난 엘리자벳도 있다.

이번엔 내 이름을 영문으로 넣는다. 뜻밖에 3명이 1917년 하와이에서 살았던 기록이 있다. 이처럼 같은 이름으로 태어난 사람들 뿐 아니라 그 많은 조상들은 다 어떤 생을 영위했을지 뿌리를 찾다가 선조의 부끄러운 가족사까지 보일 수도 있을 것 같다.

이민은 아니지만 우리 가족 역시 이 나라에 뿌리 내린 행운목에 다름아니다. 첫 걸음마를 떼는 아기처럼 조금은 두렵고 떨리는 마음으로 신비와 환희도 경험하면서 한 발 한 발 내딛는 동안 내 두 아들아이는 이 나라 언어에 익숙해져 갔고 가랑비에 옷 젖듯이 이곳 문화에로 흠씬 젖어들게 되었다.

늦게나마 우리의 정체성이라도 챙겨주자 하고 보니 어느새 내 능력과 권한 밖의 영역으로 올라선 걸 모른거다. 첫 번 책을 낼 때만해도 심연에는 내 아이들에게 만이라도 우리의 글과 고유의 정서를 느낄 수 있게 하고픈 바람이었다.

이들처럼 먼 훗날 자손들이 뿌리를 찾아 내게 온다면 조상으로서 보여줄 건 무언지 아무리 뒤를 돌아봐도 보이는 게 없다. 자랑스럽진 못하더라도 부끄러운 조상은 아니어야 하겠는데. 한 가지 다행은, 딸랑딸랑 경종을 울려주는 방울 하나를 가슴에 품고 살아온 것만으로 낯은 서지 않을가 하고 스스로 위로해 본다.

이왕에 이 나라에 뿌리를 내리게 되었으니 자손들이 향기로운 꽃을 피워낼 수 있도록 탄탄한 뿌리가 되어 주고 싶은데 몸이 따라주지 않으니 걱정인거다.

오늘따라 거실의 행운목이 살갑게 눈길을 끈다. 그도 외로운게다.

빈자리

박상혜
국문 65, 수필

남편이 떠난 지 2개월이 지났다. 시간이 약이라기에 그런대로 하루하루를 삭히며 메꾸었다. 삭히는 시간만큼 내 마음은 더 곪는 것 같아 두렵다. 허공에 보이는 것은 온통 그의 환영(幻影)이고 땅에는 곳곳이 그의 빈자리뿐⋯⋯.

시간에 따라 엷어지기는커녕 오히려 상흔(傷痕)이 패이어 설움이 콸콸 넘치는 것 같다. 온누리는 봄빛으로 찬연(燦然)하건만, 내 마음은 침몰한 세월호의 가족들만큼이나 참담하다. 만고의 짝들이 다 사별 후에 겪는 설움의 몫이련만, 그에 대한 보은의 삶이 내 여생의 뚜렷한 목표이련만, 이토록이나 암울하고 아득해서야.

단지 내 쓰레기장으로 가는 통로 옆에 자전거 보관소가 있다. 전에는 무심히 지나쳤는데 지금은 그곳을 지나칠 때마다. 목이 멘다. 사람은 갔지만 그곳에 우리집 호수가 부착된 초라한 남편의 낡은 자전거가 나를 치켜보며

"힘 내! 아직까지 그렇게 우거지상이야."

나는 남편을 보듯, 매일 그곳을 스치며 눈물을 삼켰다.

오늘은 자전거가 바뀌었다. 아저씨들이 자전거 정비를 하면서 정말 버리고만 싶었던 그의 낡은 자전거를 상큼한 뉴패션 자전거로 교체해 버린 것이다. 망자의 설움이 또 한 번 스쳤다.

"남들은 저렇게 날아갈 듯, 생생한 자전거만 타면서 사는구나."

남편은 새 물건을 사는 것을 못 보았다. 그저 모든 것은 허름한 것을 고쳐서 자기화시키면서 살았다. 고치는 방법도 능숙해서 언제나 불편 없이 자연스러웠다. 전에는 그곳에 자전거보관소가 있는 것도 몰랐으니 남편의 자전거를 본 기억이 없다. 그렇게 난 남편에게 무심했다. '우는 아기 젖 준다고' 남편은 항상 나를 우선했고, 그의 시선은 언제나 나에게 꽂혀 있어, 난 그에게 시선을 돌릴 기회가 없었다. 그럴수록 현부(賢婦)는 깨달았어야 했는데…….

방에 들어와 난 기러기처럼, 아니 군무하는 새떼들처럼 꺼이꺼이 한바탕 또 울었다. 용모가 출중했던 내 남편이 허름하게 살다가 간 것이 내 죄 같아 오늘도 난 가슴을 친다. 그의 근면절약 자세로 난 어디서나 당당하고 행복했다. 고통을 몰라 철없는 푼수처럼 그저 태평성대만 누리던 팔자가 이제는 그의 빈자리에 함몰되었다. 빈자리는 빠져본 자만이 그 깊이를 아는 것 같다. '어느 문인이 아내를 잃고 오랜 입원 생활을 했다'는 풍문을 나는 이제 알 듯하다. 그 빈자리 밑바닥에 고인 진심, 순수가 진리였기에, 인간은 그 극복이 힘든 것 아닐까. 빠진 자만이 그 깊이를 안다는 것도 또 하나의 우리 인생의 아이러니.

"먹어야 살아! 맛있는 것 사줄게."

그가 간 후로 익히 듣는 인사말이다. 하지만 이 말도, 음식도 나에겐 먹히지를 않는다. 만시지탄의 엎질러진 물, 복수불수(覆水不收)가 된 그의 인생은 어찌 할 것인가.

"있을 때 잘 해" 하는 어느 유행가 가사가 만고의 진리일 줄이야.

다시 만날 수 없다는 사별(死別)의 현실감, 이 공포. 역시 체험의 철칙. 이 선에서 미치는 사람들이 이해가 간다. 사별의 아픔, 못 다한 미련. 아둔한 인간의 맹점……

자연스러운 인간의 생로병사가 자연스러워야지. 왜, 이토록이나 힘겨운 체험의 마지노선까지 넘어야 하는가. 어쩌면 빈자리 함몰의 상흔이 우리 인생의 마지막 꼭지가 영그는 굳은살의 아픔인지도 모른다. 이곳에서 여물은 꼭지를 딱 떼고 나와 너그럽고 유유한 인생을 산다면 그것도 괜찮을 듯싶다. 그것이 인생의 마지막 빈자리의 의미가 아닐까.

"구름 가신 하늘에 흘러가는 저 달이여!"

나도 그를 따라 유유히 흐를 것이다. 본래, 일념연기무생(一念緣起無生)이라 했다. 모든 존재의 현상은 인연따라 생기고 사라지므로 그 실체가 없는 空의 원리. 사사로운 아픈 인연일랑은 털어 고아한 사랑으로 승화시켜야 하겠다. 그리고 흘러가는 저 달처럼 초연히 그를 향할 것이다. 이것이 정각(正覺)이다. 문득, 그의 빈자리 암운(暗雲)이 거치는 듯, 시야가 확연해진다. 승화된 사랑은 추억도 미련도 승화되어 오리려 흔쾌한 사랑으로, 인생의 마무리가 충만해질 듯싶다.

오빠는 나를 믿고 있었을까

박순자

국문 60, 수필

인간은 어쩌면 흐르는 강과 달라 시간을 거슬러 지난날을 회상할 수 있다는 게 때로는 더욱 나를 성숙하게 만듦을 느낀다. 그것이 비록 슬픈 추억일지라도……

오빠는 폐암 말기로 수술도, 항암치료도 어려워 중환자실에서 산소호흡기에다, 소변줄에다, 폐에 고인 물을 뽑아 내느라 달린 주머니에 또한 영양 주삿줄까지 온몸을 여러 호스로 휘감은 채 죽은 듯이 누워 있다. 게다가 한쪽 자세만 고집해 생긴 욕창으로 더욱 고통이 심했다.

간호사가 치료하기 위해 몸을 일으킬라치면 보통 일이 아니다. 여러 줄이 얼기설기 달려 있어 균형을 제대로 잡기가 힘들다 보니 오빠도 귀찮아한다. 보조를 맞추려 애쓰는 오빠를 보면서 아무것도 해줄 수 없는 나는 오만 가지 생각이 범벅되어 나를 덮친다. 아마도 오빠 역시 오만 가지 생각에 잠겨 있으리라……

4살 위인 오빠는 부산에서, 나는 일본에서, 중국을 침범한 중일전쟁 직후에 각각 태어났다. 일본은 사회 전체가 전쟁 위주의 생활이라 더욱 혼란스러웠다.

아버지는 고향 부산에서 학생시절에 3·1독립운동 시위에 가담, 18살의 미성년자로 대구복심법원에서 집행유예로 나오셨다. 그뒤 요주의 인물로 행동의 자유가 없어지자 집안에서 아버지를 일본으로 유학을 보내셨다.

친할머니는 자나깨나 아들 걱정에 매파를 통해 어머니를 보신 후 며느리로 점 찍어 놓고는 아버지에게 장가들라는 성화에 못 이겨 한국으로 와 17살의 어머니와 결혼하고 아들 둘을 낳았지만 둘째 오빠가 태어나기 전 큰오빠는 이미 세상을 떠난 후였다.

아버지는 한국을 떠나고 싶지 않은 어머니를 달래다 결국 혼자 다시 일본으로 가셨다.

몇 해가 지나 "죽어도 박씨집 귀신이 되라"는 외할머니의 성화에 외할아버지가 어머니와 오빠를 앞세우고 일본 오사카로 가게 돼 한 집에 모이게 됐다.

나는 셋째로, 태어난 지 얼마 안 되어 계속되는 설사로 피골이 상접해 있었다. 그 무렵 병원에서는 항생제도 없고 아이 또한 면역력이 없으니 미음과 더운 물을 자주 먹이고 배를 따뜻이 하라는 처방만 받았을 뿐이다. 어머니는 열심히 죽을 떠 먹이고 밤에는 정화수를 떠 놓고 "제발 살려달라"고 비셨단다. 그래도 여전히 몸을 못추리니 주위에서는 가망없겠다며 다다미방 한쪽 구석에 밀어두자는 얘기까지 들었단다. 오빠는 말 없이 엄마를 도와 뜨거운 복대로 이곳저곳 돌려가며 지극정성으로 내 배를 따뜻이 해주곤 했더니 조금씩 좋아지더라는 것이었다. 그 이야기는 먼훗날 부산에서 나를 본 친척이 알려줘 몹시 부끄러워했던 기억이 난다. 사실 힘들었던 그때 상황에서의 내 꼴은 그런 얘기를 들을 만 했었다고 가족들은 말했다.

1941년 태평양전쟁으로 더욱 생활이 힘들 때 아버지는 북해도 탄광의 조선인 광부들의 비참한 생활상을 알게 되어 대판에서 최북단의 북해도로 거처를 옮겼다. 아버지는 늦은 밤에 조용히 라디오로 돌아가는 정세를 파악하시면서 조선인 광부들과 조선인 거주민들에게 문맹퇴치 운동을 벌이는 한편, 태극기를 만들면 오빠와 나는 남몰래 조선인 거주민들에게 갖다 주곤 했다.

나는 단순한 곡선뿐인 일본기만 보아왔다가 곡선과 직선으로 된 태극기를 보곤 묘한 울림을 받았다.

패전 일로에 있는 일본의 정세가 갈수록 포악해지고 있을 때 미군 폭격기 B29가 매일 몇 차례씩 하늘을 새까맣게 덮으며 귀청 때리는 소리로 굉음을 질러대 우리는 공습경보가 울리면 그때마다 지하 방공호로 자주 몸을 숨기곤 했었다. 부모님은 어린 우리에게 안전을 위해 더 깊이 들어가라는 말에도 아랑곳하지 않고 방공호 문틈으로 날아가는 B29를 신기하게 바라보곤 했었다.

홋카이도의 겨울은 특이했다. 사계절이 있지만 특히 봄, 가을보다 여름과 겨울이 길고 더욱 멋스러웠다. 물론 눈보라도 치지만 겨울이 길 때는 거의 6개월이 바람없이 조용히 눈만 내려 온 세상이 눈으로 덮혔다.

우리는 지하 창고에서 빗자루와 삽을 들고 현관문 앞에서부터 길을 만들기 시작했다. 하얗게 쌓인 눈을 오빠가 삽으로 앞과 양 옆으로 퍼 던지고 두드리며 나아가면 나는 뒤따라 빗자루로 쓸고 나갔다. 언덕 위의 우리집에서 큰 길까지 나가 다시 되돌아 길을 더 넓히고 다지면서 집에 오면 되었다.

하늘은 바람 한 점 없이 맑고 깨끗해 눈이 소복히 내려도 춥지 않고 아늑했다. 길이 터져 한결 나들이가 쉬워지면 오빠와 함께 언덕으로 올라가 온몸이 흠뻑 땀에 젖도록 썰매를 타곤 했다. 오빠는 10살이 지났으니 스키도 잘 탔다.

전쟁이 무섭고 불안했지만 호기심이 많았던 우리에게 북해도의 사계절

특히 겨울은 두고두고 다양한 추억을 안겨주었다.

　그 무렵 막내 여동생을 가진 어머니는 너무 힘들어 할 수 없이 내 밑의 남동생을 부산 친정집으로 보내게 되었다. 그러나 1943년 태어난 막내 여동생도 생후 8개월 됐을 때 몸이 가마솥처럼 펄펄 끓어 어머니는 딸아이를 등에 업고 동네 병원을 찾았으나 퇴짜맞고 큰 도립병원으로 향했다. 그러나 길 위에서 동생은 어머니 등에 업힌 채 기운을 잃고 팔 다리가 축 늘어져 불 같은 체온이 점점 싸늘해짐을 느끼신 어머니는 그대로 발길을 돌리셨다. 집으로 되돌아 왔을 때의 땀 범벅 눈물 범벅되신 어머니의 모습을 지금까지 잊을 수가 없다. 그렇게 해서 한일합방된 해에 태어나신 어머니는 너무나도 꽃다운 34살의 나이에 벌써 나를 가운데로 5남매를 두셨다가 치료 한 번 제대로 못받고 무려 셋이나 잃고 오빠와 나만 남게 되었다. 그래서인지 오빠는 더욱 나를 보호하게 되었고 나 또한 졸졸따라 다녔다.

　드디어 1945년 일본이 폐망하고 우리는 해방이 되었다.

　새 터전이 될 우리나라에서의 생활도 불투명해 정세를 관망하시던 아버지와는 달리 어머니의 성화에 못이겨 다음 해 일본에서의 모든 것을 버리고 오직 자식 둘만 하나씩 끼고 하관(시모노세키)에서 연락선을 타고 현해탄을 건너 부산항에 닿았다. 그러나 현해탄의 거센 물결도 우리의 불행을 삼켜 주지는 못했나 보다.

　일본은 우리나라의 고유 문화를 말살, 경제적 지배의 철저화로 우리 민족이 다시 일어날 기반을 없애려 악랄한 정책으로 일관했기 때문에 고국에서의 새로운 삶을 펼칠 수 있는 기댈 언덕이 없었다. 역시 아버지는 정세를 정확히 아셨고, 어머니 또한 친정집에 맡긴 자식의 죽음을 소식 듣고도 직접 확인하고픈 그 깊은 아픔을 뭐라 하겠는가……

　아버지는 당신의 꿈이 사라지자 암흑 속을 헤매다 결국 화병을 얻어 49세의 나이로 생을 마감하셨다.

이렇게 부모님은 파란만장한 역사의 소용돌이에 휩쓸려 나라의 슬픔에
다 우리 가정의 아픔까지 오롯이 함께 하셨다.
　내가 우연히 이화여자대학 교정에서 총장님이 한복 입은 단아한 모습으
로 제자들과 담소하는 사진을 본 후 무조건 대학은 이화여자대학으로 가
겠다고 선포를 했다. 우리는 해방을 맞았으나 그 후 6·25전쟁으로 사회
전체가 어수선했다. 게다가 1955년에 박인수 사건이 터져 나라를 온통
뒤흔들어 놓았다. 전통을 중요시하고 여성의 정조를 중시하던 한국 사회
에 혼자서 100여 명의 여성을 농락한 한국판 카사노바 사건이다. 세상에
이런 일이……? 나는 그 사건이 나와 무슨 관계가 있느냐며 시위했다.
　주위 친척들은 펄펄뛰며 부산에서도 좋은 대학이 있는데 왜 하필 그 화
려한 이화여자대학을 가려느냐고 반대가 극심했다. 어머니는 여러 생활
경험덕인지 개화된 생각을 갖고 계신터라 "말은 태어나면 제주도로 보내
고, 사람은 태어나면 서울로 보내야 된다"는 말을 평소에 자주 하셨는데
도 그때는 너 없이는 못산다며 극구 반대하셨다. 그런데 오빠는 작심한
듯 "어디에 있든 어떤 경우에도 자기 하기 나름이라며 나는 동생을 믿는
다"고 하며 오빠는 부산에 있는 대학에 갈테니 동생은 원하는 데로 해주
라며 적극 밀어주었다.
　그때는 여학교만 나와도 일등 신부감으로 쳤는데 어머니는 "네가 그토
록 이화여자대학만을 고집하니 나는 달라빛을 내더라도 끝까지 시킬테
다. 그러니 너는 일 저질러 중퇴하는 일 없이 꼭 졸업을 하겠다는 약속을
하면 들어주겠다"는 것이었다.
　나는 오빠의 적극적인 후원으로 주위의 모든 반대를 물리칠 수 있었다.
오빠는 항상 겨우 살아남은 이 여동생을 염두에 두고 내 편이 되어준 것
이다.
　그 오빠가 폐암 말기로 병원과 요양병원을 몇 번씩 구급차로 오가며 고
통 속을 헤매고 있었다. 세 번째 병원 응급실로 갔을 때는 얼마 남지 않았

으니 편하게 가시도록 해 드리라며 소개하는 요양병원으로 소견서를 갖다주라는 것이었다.

오빠는 답답하다며 인공호흡기를 자꾸 손으로 떼내려해 실랑이가 잦았다. 결국 침대 모서리에 오빠의 양손을 묶어 놓게 되었다. 그렇지 않으면 치료가 안 되니 어쩔 수 없다는 것이다.

오빠는 나를 바라보며 풀어 달라고 입으로 말하는데 인공호흡기 속의 희부옇게 가득한 입김을 나는 잊을 수가 없다. 그 누구보다 동생인 나를 믿어 내가 보이면 입김으로 인공호흡기를 가득 채우며 애원하는 것이다. 나는 빤히 쳐다보며 안된다고 손사래를 치며 자리를 옮기곤 했다. 그러다가 오빠는 가족도 없는 사이 홀로 작년 연말에 가셨다. 그토록 애타게 하소연하는 오빠의 눈에 돌아서는 이 동생의 모습이 어떻게 보였을까?

오빠는 진정 나를 믿고 있었을까? 나는 지금도 가끔 그때 그 순간을 떠올리며 사무친 회한에 젖곤 한다.

연애편지

박신열

신학대학원 05, 소설

남편을 소개팅으로 만나 두 달 만에 결혼했다. 연애편지를 매일 한 편씩 주고받았다. 밴쿠버와 토론토라는 거리의 장벽을 편지로 넘어야 했기에 한 줄 한 줄, 그리움이 담겨있었다. 마흔셋 남자와 서른셋 여자는 두런두런 나눌 인생 이야기가 많았다. 종이 위에서 인생을 보낸 시인인 남자와 소설가인 여자는 낭만적 수다를 이어갔다.

캐나다에서 25년을 살아온 남자의 정서는 한국에서 성장해온 여자와 달랐고, 그래서 흥미로웠다. 명문 토론토대학을 다녔지만 한인 문학클럽을 운영하다 졸업장을 놓친 남자, 영화에 미쳐 영화전문 대학교를 졸업했지만 영화제작에서 경제적 실패를 맛본 그이를 남편으로 반대하는 가족들과 전쟁도 치렀다.

토론토시청에서 조촐한 결혼식을 치른 후 몇 개의 국경을 넘나들며 신혼여행을 했고, 8년째 전쟁 같은, 영화 같은 사랑이 이어졌다. 부부는 말이 통했고 몸이 통했지만, 돈 버는 재능이 달랐다.

예술적인 남편에게 영감을 받은 아내는 세속 한복판에서 돈을 벌었고,

세속의 때를 남편은 묵묵히 지워나갔다.

아내가 집을 사고 재테크에 성공할 때마다 남편은 낭만적 세상에서 멀어지는 아내가 안쓰러웠다.

소설이 쓰여 지지 않자 아내는 당황했지만, 남편이 보내 온 연애편지를 읽으면서 공허해진 내면을 채워갔다. 나를 잃어가는 과정이 너무 화려해. 현란한 슬픔이 싫어. 당신처럼 고요한 시라도 쓰고 싶어져.

건강을 잃고 내면을 잃으면 모든 것을 잃는 거야. 아내가 비인간적이 될까봐 노심초사하는 남편의 모습은 다정했고, 욕은 따뜻했다. 회사에서 경쟁을 너무 많이 하지는 말아. 남편에게 충분한 사랑을 받고 있는데, 내 사랑이 부족하니?

남편의 편지는 아빠가 철없는 딸에게 보내는 글이 되기도 하고, 바람난 여동생에게 충고하는 친오빠의 글이 되기도 했다. 마음을 둘 곳이 필요할 때마다 남편이 보낸 메일을 열고 몸을 숨겼다.

결혼 생활 동안 종이로 만든 집을 짓고 있다. 따뜻한 말 한마디가 모이고 모여서 춥지 않은 둘만의 집이 되어갔다. 근사한 유혹들이 집을 흔들어도, 흔들리지 않는 진심이 있었다. 남편은 아내를 위해 정원을 가꾸었고, 언어의 씨앗을 뿌려 꽃들을 가꾸었다.

두 번의 유산과 남편 실직도 둘만의 정원에서 슬픔을 나누었고, 계절이 바뀔 때마다 나무들은 잎이 무성해졌다. 차곡차곡 쌓이는 추억들, 다툼들도 낯설지 않은 손님이 되었다. 극진히 초대하고 보내주고, 다시 만났다.

남편이 곁에서 속삭인다. 수필은 적나라한 자기 이야기야. 소설처럼 꾸미면 안 돼. 서툴고 어색할수록 진심이 묻어난단 말이지. 투박한 진심을 사람들은 좋아해. 나는 당신의 맨얼굴이 보기 좋아. 근데, 여보, 수필이 소설보다 훨씬 쓰기가 어렵다는 거 알아? 영업과 연애엔 둘 다 용기가 필요해. 수필은 소설보다 투명한 글쓰기라서 훨씬 용감해야겠다.

영업적인 아내와 연애적인 남편은 오늘도 한 집에서 티격태격 사랑을 이어간다. 지금까지 연애편지가 아니면 불가능했을 일이다. 마음과 마음을 이어주는 연애편지 때문에 가난도 부유도 한 몸이 된다. 슬픔과 기쁨도 끌어안는다. 남자와 여자는 그렇게 이어진다.

이상 신호

서성림
국문 75, 시

외출 후 쉬고 있는데 왼쪽 입술이 뻣뻣하여 좀 이상하다고 여겼지만 자고나면 괜찮겠지 하고 잠을 청했다. 그러나 아침에 일어나려는데 다리에 힘이 없이 철퍽 주저앉고 말았다. 깜짝 놀라 입술을 만져보니 감각이 없고 여전히 뻣뻣이 굳은 상태가 아닌가. 급히 남편을 깨워 응급실에 데려다 달라하여 여러 검사를 해보니 혈관 속에 혈전이 떠다녀 잘못하면 말을 못할 수도 있다는 게 아닌가.

바로 입원을 했다. 내가 입원하면 남편 밥과 집안일은 어떡하지? 걱정할 아들과 딸의 얼굴이 떠올랐다.

뇌졸중 집중치료실에서 해파린이라는 혈관주사를 꽂고 손가락 구부리기, 다리 들고 버티기, 단어 따라 하기 등을 하며 이틀 밤을 지나니 일반 병실로 옮겨도 좋다고 했다.

남편은 혼자 밥을 해먹으며 출근 전과 퇴근 후에 병실에 들렀다. 딸도 세 아이를 어린이집에 맡기고 분당서 서울까지 여러 번 다녀갔다.

피검사에서 혈액응고 속도가 2.0이 넘으면 퇴원할 수 있다는데 난 유난히 더디게 수치가 올라갔다. 커다란 기계를 달고 침대에 누워 있으려니 불편하고 갑갑했다. 창밖을 내다보며 이런저런 상념에 잠겼다.

어려운 가정에 태어나 대학까지 마치고 순조롭게 결혼해서 세 아이를 낳아 그런대로 잘 키웠다. 대학교수인 남편 덕에 부유하진 않지만 쪼들리지도 않고 무난히 살아온 것 같다. 젊었을 땐 남편과 갈등도 많았고 잔소리도 많이 했지만 이제 아이들도 다 크고 나니 싸울 힘도 없어졌나보다.

아침저녁 들려 있어주니 고맙다. 평소에 집안일이라곤 거의 하지 않던 사람이 혼자 밥 차려 먹고 설거지까지 하려니 얼마나 귀찮았을까. 내가 아프면 자기 바지 다려 줄 사람이 없어 불편하다며, 빨리 나으라고 내 팔다리를 주물러 준다.

점점 기운이 회복되어 입원한 지 일주일이 지나니 링거 거치대를 밀고 휴게실로 가서 TV도 잠시 볼 수 있었다. 드디어 열흘이 지나고 혈액수치도 높아져 퇴원을 했다.

외래로 다니며 꾸준히 약을 먹어야 한다고 의사 선생님께서 말씀하셨다. 약 잘 챙겨 먹기로 둘째가라면 서러워할 난데 퇴원하고 한 달도 안 되서 이상 신호가 나타났다.

운전을 하고 오는데 갑자기 머리가 핑 돌아 핸들을 놓칠 것 같았다. 속도를 줄이고 비상등을 켠 후 잠시 지체했다. 겨우 집에 와 누웠는데 계속 머리가 아프고 어지러웠다. 머리를 방바닥에서 들 수 없을 정도였다.

다시 응급실을 찾아 재입원을 하고, 뇌졸중에는 먹지 말아야 할 음식이 꽤 많다는 것을 알았다.

치료제 와파린의 흡수를 방해하는 비타민 K가 많은 식품은 피해야 한단다. 소위 시금치, 부추, 상추 등 진녹색 채소와 허브차, 오메가 3, 홍삼 등 한약제도 제한식품이다.

얼마 전부터 먹었던 홍삼이 문제가 됐을 수 있다는 말씀이었다. 그래도 이번엔 일주일 만에 퇴원했다.

내가 평소에 혈압이 높았다면 반신불수가 올 수도 있었다고 남편은 큰 걱정을 덜은 듯 지극정성이다.

병 덕에 호강하나 싶다. 나도 못이기는 척 받아준다.

송운(松韻)과의 인연
— 다섯 남매들 보아라

이명환
영문 64, 수필

내가 예산여고 다닐 때 아버지가 사시던 예산읍내 신흥동 집에 친구 몇 명과 함께 몇 번 드나든 일이 있었다.

역사를 가르치던 우리 담임 김광회 선생님이 시인이셨는데 어느 날,

"장차 한국 시단을 이끌 대단한 시인이 예산농고 영어 선생님이다. 그는 정식으로 문단에 데뷔한 서울 문리대 영문과 출신이다." 했다.

이 말을 들은 엄마 친구 홍경희가 자기 친척이라 그 집을 안다는 바람에 몇 명이 가게 된 것이다.

날 잡아 경희의 안내로 단짝 친구 네 사람이 장래가 촉망된다는 젊은 시인의 집을 방문했다. 그날, 서기 2000년 늦가을 95세로 천수를 다 누리고 떠나신 40대의 너희들 할머니가 마당에 있는 우물가에서 무얼 하시다가 웃는 낯으로 일어서시면서,

"찬경아! 학생손님들 왔다." 하시자 다소 안색이 창백한 20대 청년이 방에서 나와 우리를 맞아들였어. 당시에 성 선생은 건강이 좋지 않았던 모양이더라만 안광(眼光)이 강렬했던 게 기억난다.

엄마 친구 강봉순이는 라이너 마리아 릴케의 『문학을 지망하는 청년에게』를 들고 갔었지. 내 하숙집 주인 딸이기도 했던 멋쟁이 봉순이는 늘 그런 책들을 옆에 끼고 다니기를 좋아했었거든. 이것저것 문학에 관한 대화를 나누던 중에 내가 피아노 친다는 친구들의 말을 듣고는 아버지가 상당히 반색하는 눈치더라구. 화제가 음악 쪽으로 옮겨지던 중 자리에서 일어나더니 부시럭부시럭 슈베르트 가곡집을 찾아가지고 오시더구나. 악보를 넘겨가며 원어로 흥얼흥얼 노래하다 말고, 언제 내 반주를 곁들여 제대로 불러보고 싶다면서 몇 개를 뽑아 연습하라고 그 책을 빌려주셨어. '물방앗간의 아가씨' '겨울 나그네' '백조의 노래' 순으로 독일어 가사 밑에 일본어 번역이 들어가 있는 자그마한 책이었어.

얼마 후 예산농고 교장 선생님 댁에 피아노가 있다면서 나더러 그 책 가지고 그리로 오라는 전갈이 왔어. 그날 아버지가 큰 소리로 노래를 부르는 바람에 나는 어쩐지 조마조마했다. 피아노가 있는 방에는 아무도 얼씬하지 않았고 그 집은 아주 조용했거든. 그런데 며칠 후 훈육주임이 나를 부르더니 남자 학교 선생하고 저녁때 피아노 치고 노래한 일이 있느냐며 농고 교장이 교감 선생님께 전화를 했더라네. 그분이 우리 학교 교감 선생님과는 아는 사이였대나봐. 별로 꾸중을 들은 것은 아니지만 앞으로 조심하라는 투여서 상당히 기분이 나쁘더라구.

여학교 졸업한 지 몇 해 후 4·19 나던 해에 대학 선배인 너희들 당고모가 근무하던 『사상계』 잡지사(종로 2가) 근처에 갔다가 우연히 성 선생을 만났어요. 『사상계』에서 청탁받은 4·19 시를 제출하러 왔다던가. 아무튼 반갑게 만나 셋이서 이런저런 얘기를 나누다가 예산에서 슈베르트 노래 반주를 하던 일이 생각난거야. 그래 그 후일담을 말했더니, 교장이 자기한테는 한마디도 안하고 왜 여학교에 전화를 했는지 괘씸하다나 뭐라나 하면서 열을 올리더라구. 훈육선생한테 크게 혼이 난 것은 아니었다는 말로 진정시켜드리기는 했다만.

어느 날 장시(長詩)를 탈고했다면서 몇 장을 끈으로 묶은 타이프 용지를 우리 넷에게 보여주셨어. 아버지의 첫 시집 제목이기도 한 그 유명한 「화형둔주곡」을 필사한 것이었지. 14연이나 되는 7행시를 굵은 펜으로 썼으니 부피가 상당했다. 문학소녀인 우리들이 「화형둔주곡」을 읽은 첫 독자가 아니었을까 싶어. 우선 길이를 보고 놀라는 우리들에게 한 연씩 자상하게 해설을 해주시더구나. 다 이해가 되는 것은 아니었지만 뭔지 아프게 청춘을 장사(葬事)지내고 새롭게 비상(飛翔)하려는 성숙한 한 영혼의 미래에 대한 다짐이랄까 깊은 고독이 전해져 우리도 덩달아 비장(悲壯)해지던 기억이 난다.

그해 겨울 방학 때 뜻밖에 성 선생이 보낸 우편물이 송산(松山)의 고향 집으로 배달됐다. '용 항아리와 사각제기' 이렇게 큰 글씨로 쓰고 실제로 용 항아리와 사각제기를 색깔이 있는 선만으로 단순하게 그리고는 "May you have the celestial music in your happiest season!" 1957. Chan. 이라는 영문을 곁들인 수제 크리스마스 카드와 짧막한 편지였어. 처음 보는 celestial이라는 단어를 사전에서 찾아가며 "행복한 계절에 하늘의 음악을 누리소서!" 이렇게 뜻을 새기노라 애쓰던 일이 생각난다. 왜 하필 'celestial(천상의) music(음악)'이라 했을까. 아버지가 천상으로 떠난 지금에 와서 생각해보면 무슨 예언적인 말 같기도 하다. Chan. 이라는 영문 수결(手決)로 내가 받은 몇 백 통의 편지 중 최초의 것이었을 텐데 어쩐 일로 이 빛바랜 성탄 카드가 묵은 편지들 속에서 나왔어. 헤아려보니 1957년 전 얘기구나.

어린 시절 피아노로 해서 받은 상처와 고생에 비하면 내 인생에서 피아노는 아무런 쓸모나 도움이 안 됐던, 그야말로 허망한 도로(徒勞)였다는 생각으로 착잡했었다. 헌데 근래, 보잘 것 없는 나의 피아노 솜씨나마 아버지와 나를 잇는 끈이 됐던 게 아니었을까 하는 생각이 문득 들었어. '고통의 제물을 많이 바치는 삶이/ 참으로 귀하다는 생각이 든다./ 까닭은 역시 신비이리라.'는 아버지 시구(詩句)를 대하면서였을까. 피아노는 그 당시의 내게 정말 '고통의 제물'이었다.

중학교에 입학하면서 처음 만난 피아노라는 괴물에 매료되어 왕복 40리가 넘는 시골길을 도보 통학하는 와중에 피아노를 배우노라니 어린 나이에 얼마나 힘이 들었겠어. 그때는 버스도 없었고 하숙은 엄두도 못 내던 시절이었다. 아무리 빨리 걸어도 꼬박 두 시간 이상 걸리는 거리를 방과 후에 악보가 잘 안 보일 때까지 연습하고 두려움에 떨면서 오밤중에 집에 와 한숨 자고는, 날이 밝기도 전에 새벽밥 먹고 또 학교로 달려가는 생활의 반복이었으니 이만하면 피아노가 '고통의 제물'이 아니겠느냐.

요즘 나는 틈틈이 아버지의 시를 외운다. 아버지한테 너무 미안한 일이 많아 보속(補贖)하는 심정이기도 하다.

매월 공간시 낭독회 때 가서 한 편씩 아버지의 시를 읊어보는 건 어떨까 하는 생각을 방금했다. 너희들도 알다시피 공간시 낭독회는 아버지 생전에 초창기부터 40여 년 간이나 이어온 역사 깊은 모임이 아니냐. 이번 달 첫째 목요일(4월 3일)에, 얼마 전 아버지 일주기(一週忌) 때 회원들이 참석해준 답례로 1986년 작「삶」을 암송(暗誦)해보니 그냥 보고 읽는 것과는 그 맛이 아주 다르더구나. 19행으로 된 송운의 「삶」을 간추려본다.

번뇌 많은 삶이다.
겪을 만큼 겪지 않고
번뇌를 넘는 방법은 없다.
(──)
즐거움은 날아가 버리고
슬픔은 남아 가라앉는다.
(──)
슬프고도 황홀한 삶이다.

길을 걸을 때나 아버지가 늘 텔레비전을 보시던 그 자리에 앉아서나 혹은 내 컴퓨터 앞에서 앞 동(棟) 꼭대기, 새가 날아와 하늘을 배경으로 앉아 있던 곳을 바라보면서 시구(詩句)로서가 아니라 그냥 내 말로 '슬프고도 황홀한 삶이다.' 이렇게 중얼거리곤 한다.

5월 첫째 목요일에도 공간시 낭독회에 참석하여 기왕에 외워둔 짧은 시 「눈물」을 또 암송해볼까.

'눈물을 통해서 세상을 본다.' 이렇게 시작되는 아버지의 오십대 중반의 시다. 이 시를 외우다가 나는 「눈물을 통해서 세상을 본다」는 제목의 시 같은 수필을 써보면 어떨까 하는 생각을 참으로 오랜만에 하기도 했다. 슬프고도 아름다운 슈베르트의 가락으로, 아니 나의 사랑 청금루주인(淸衿樓主人) 송운(松韻) 성찬경 사도요한의 가락으로.

'눈물이 마음 안에 고운 노을로 퍼진다.'는 마지막 구절을 떠올리며 전철 안에서 눈 감고 앉아 있노라면 정말로 내 온몸에 따뜻한 눈물이 고운 노을로 퍼지는 것 같아서 아릿해지고 그런다.

2014년 4월 19일
어미가 썼다.

마흔 내 모습, 그리고 딸의 마흔

이주남
영문 69, 시조

링컨이 말했다. '사람은 마흔이 되면 자기 얼굴에 책임을 져야 한다'고.
예전에 누군가에게서 '서른이 되면 자기 얼굴에 책임을 져야 한다.'고
들었던 것 같은데, 딸아이가 서른이 아니라 벌써 마흔이다. '엄마 나 마흔
이 되어도 내 얼굴에 책임질 수 있을 것 같아. 좀 둥글하지만 인상 좋은
만며느리 모습 아냐, 그리고 내 이 안경 너머로 샤프한 눈매도 아직은 조
금 남아있지? 그건 엄마 닮아서. 안 그래?'

위로 아들 둘 낳아 놓고, 기도로 낳은 막내딸이다. 귀하디 귀엽게만 키
웠다. 이 녀석이 벌써 내일 모레면 마흔이 된다며, 최근 학교에서 찍은 사
진을 보내왔다. "스무 살까지는 부모님 낳아주고 키워주신 모습 그대로
사는 거고, 2,30대에 자기 길을 찾아 마흔에는 진짜 자신의 모습을 찾아
내 '나'로 살겠다."는 당당한 편지글이다. 한편으로는 기특하고, 또 한편
으로는 '이 녀석이 이제 내 곁을 확실히 떠나고 있구나.' 하는 아쉬운 생각
이 들기도 한다.

딸아이의 편지를 받고 나니, 문득 내 마흔에 '나는 어떤 모습이었을

까?'를 생각해 본다. 우리 때는 진정한 '나'가 없는 시대다. 나 역시 '나'보다는 누구의 아내나 누구 아이의 엄마로 내 모습을 대신하고 살았다. 마흔 전 남편이 대학에 자리를 잡으면서부터 명절마다 찾아오는 학생들이 나를 '사모님'이라고 불렀던 것 같다. 요즘도 백화점에 가면 흔히 듣는 소리지만, 그때는 갑작스런 그런 호칭이 어떻게 당황스럽던지 부끄럽기조차 했다. 그리고 고등학교를 다니던 큰아들 때문에 그 덕에 입시바라지를 하게 된 '학부모'가 되었다.

그런 '무명'의 마흔을 넘겼다. 그리고 틈틈이 써두었던 시가 신춘문예에 당선됐다. 신문에 李周南이란 이름이 처음으로 실렸다. 나는 기뻤지만, 누구는 '그렇게 돈도 안 되는 문학은 왜 하냐?'고 빈정댔다. 말하자면 내 딴엔 세상에 누구의 아내가 아닌, 누구의 엄마가 아닌, 바로 '내'가 된다는 것에 얼마나 자랑스러웠던지 모른다. 신문사에서 내 사진이 필요하다 길래 파마까지 새로 했다. 동네 사진관에 가서 얼굴 사진도 찍었다. 이때 찍은 사진이 아마 마흔을 갓 넘자 찍었던 사진이 아니었을까 싶다. 아니 요즘 딸아이 말처럼 '쿨 하게만으로 마흔이었다.'고 해본다.

그렇다면 나는 마흔에 내 얼굴을 책임지고 살았던가? 마흔을 앞둔 딸아이의 목표가 '자신의 모습에 책임지는 사람'이라 했는데, 나는 마흔에도 아예 그런 생각조차 해보지 못한 채 살았던 것 같다. '누군가의 아내'로 '아이들의 엄마'로 만족해야만 했다. 하루하루 가계부까지 써야만 했던 평범한 여자였다.

지금도 그렇지만, 30년 전에도 서울 아파트 가격은 보통 월급쟁이에게는 벅찬 편이었다. 우리도 아들딸을 위해 학군 좋은 곳으로 가기 위해 잔뜩 빚을 져 집을 사던 그때 그 시절의 '하우스 푸어' 신세였다. 남편 월급 봉투로 집 대출 갚고 살던 시절이라 동네 야채가게에서 두부 한 모 사더라도 그 크기에까지 신경이 써지던 시절이 아닌가. 그런 각박한 시절 어찌 그런 생각을 해볼 수나 있었을까?

'내일모레면 마흔이 된다.'는 딸아이는 신문에 오르내릴 만한 유명한 사람은 아니다. 그래도 자기 말로는 자기 전공 분야에서는 세계 첫째라는 대학서 공부를 한 후 미국에 자리를 잡은 프로페셔널. 스물일곱에 대학에 자리를 잡더니, 이젠 '경력 12년 차의 베테랑 교수'라고 한다. 그런 딸이 공부만 하는 줄 알았더니, 어느 날 갑자기 신랑감이라며 남자를 데려왔다. 결혼 후 일만 하는 일벌레인 줄 알았더니, 벌써 자식 둘을 낳았다.

이 녀석을 임신했을 적엔 '딸이었으면 좋겠다.'는 생각에 껍질 매끈하고 아주 예쁜 사과만 골라 먹었다. 그런데도 뭐가 잘못 되었는지 아직도 어떤 때는 성격이 까칠해서 가끔 부모 마음을 긁어놓기도 한다. 하지만 때로는 그와 반대로 나와 남편의 가슴을 뿌듯하게 해주는 기특한 짓을 하는 녀석이기도 하다.

세월이 흐르면서 아들딸들도 우리 손을 떠나 훌쩍 커버렸다. 이제는 마냥 우리 시대의 잣대로 자식들을 평가할 수가 없다. 서른에 낳은 막내가 벌써 마흔이 된다니, '나도 이제는 일흔이 되는구나.' 하는 적적한 생각이 든다.

그때는 내가 하지 못 했던 생각들을 딸아이는 생각하고 있는 듯하다. 내가 하지 못 했던 일을 딸아이는 하고 있다. 어미로서는 이보다 더 행복할 수가 있을까. 지금의 내가 어찌 지금의 딸아이의 생활관을 평가할 수 있을까. 미국 사람들은 '요즘 일흔 세대를 새로운 마흔'이라는 말로 표현한다고 한다(Seventy is the new forty). 내일모레 일흔인 나는 내 얼굴을 끝까지 책임을 질 수 있을까?

넝쿨 사랑

정연희
국문 58, 소설

　매미와 쓰르라미가 쓸고 간 햇살은 청량했다. 산등성을 넘어 들어선 한옥의 청정한 마당 건너에 발(簾)을 느린 방이 객을 맞는다. 발 사이로 수줍게 불어오는 바람이 잘 결은 장판방에 머물고, 사방탁자 하나에 찻상이 전부인 방은 사람이 있는 듯 없는 듯 고즈넉했다. 더러 늦더위가 서성대고 있는 발 너머 마당에는 맨드라미며 끝물 봉숭아의 꽃빛이 꿈결이다.

　주인이 찻잔에 따뜻한 물을 붓자 찻잔에서 문득 꽃구름이 피어올랐다. 뽀오얀 김 속에 피어오르던 자줏빛 꽃구름. 발 사이로 아른거리는 끝물 꽃들의 빛깔과 어우러져 찻잔 위로 피어오른 꽃구름은 신비스러웠다. 이름하여 자운차(紫雲茶). 칡꽃을 그늘에 말려 곱게 가루 낸 차, 칡꽃 차였다.

　"칡꽃이 흔하기는 해도 이렇게 꽃빛깔이 살도록 말리기는 어려운 가 봅니다. 귀한 분이 아니면 잘 내어 놓질 않지요……."

　꽃구름을 피워 올리며 따뜻한 물에 녹기 시작한 자운차의 향기는 곧장 가슴으로 스며들었다. 너울너울 잘도 퍼지던 칡넝쿨 언덕이 송두리채 가슴으로 안겨들었다.

"칡꽃 차는 주독을 풀어주고 숙취를 씻어 주는 영약이기도 하지요. 본초강목(本草綱目)이 가르치고 있지만 현대인들이 그런 것에 관심을 갖질 않지요"

모시적삼 소매를 살짝 들어 찻잔을 내어밀며 잔잔한 미소를 짓는 주인의 입매가 칡꽃을 닮았다. 아직 여인의 향기가 그윽한 그네가 깊은 산골에 홀로 살면서 꽃구름 일렁거리는 자운차를 만들고 있다니……. 아무도 몰래, 이 꽃구름 피어오르는 신비스러운 차를 받들어 올릴 '그 사람' 하나쯤 가슴속에 간직하고 있을 법도 하련만. 그러나 언제 보아도 그는 혼자였다. 니승(尼僧)이 아니건만 겨울이면 무명에 먹물 들여 솜옷을 입었고 여름이면 먹물들인 모시치마를 즐겨 입었다. 가슴속 어디 깊은 자리에 그리움을 담은 우물이 있겠는지……. 짓궂게 눈치를 살펴도 그는 출가(出家)한 사람처럼 인연에 얽혀있는 흔적이 보이지 않았다. 의연(毅然)했다. 무엇을 걸치지도 않았고, 천만, 누구에게 기대지도 않은 의연함이었다. 사방 걸친 것 없이 홀로 서 있는 사람이었다. 그러면서 꽃구름 차를 대접하는 손길과 마음이 한량없이 따뜻했다. 내가 사내였다면……, 모든 것 아낌없이 던져 사랑할만한 여인이었다. 그네에게서는 늘 칡꽃 향기가 일렁거렸다.

무심코 걷던 산길이나 숲에서 문득 어지럼증처럼 가슴으로 스며드는 향기. 몽롱해지면서 그대로 풀섶에 눕고 싶게 만드는 향기. 칡꽃의 향기는 숲 그늘에서 그렇게 애련하다. 마음 놓고 퍼지는 넓은 잎사귀에 가려서 잘 보이지 않는 꽃이지만 자홍색(紫紅色)을 띤 꽃송이는 질긴 넝쿨이나 크고도 싱싱한 잎, 그리고 어마어마하게 땅속 깊이 파고드는 뿌리에 비하여 여리고 아리따운, 조롱조롱 매달리는 꽃이다.

칡에도 암수(雌雄)가 있어 수컷의 뿌리는 길고 씁쓸해서 별로 환영을 못 받는 편이고. 통통하게 살이 찐 암컷은 달고 수분도 많은 데다 분말이 많이 생겨 칡국수, 칡냉면 등을 만들어 먹게 해주는 고마운 식물이다. 요즘 들어 시골 길섶이나 산골길에서 칡즙을 짜서 파는 사람들이 더러 있을 뿐, 칡넝쿨은 천덕꾸러기가 되어버렸지만, 우리네 옛날 살림에서 칡처럼 고마운 자원(資源)이 따로 없었다.

명주는 물론 무명도 구경하기 힘든 산골 살림에서 아이가 태어날 때, 삿자리 대신 산모 아랫도리에 깔던 것은 칡가루를 빼어내고 남은 칡 짚이었다. 칡넝쿨로 소쿠리도 짰고, 바구니도 만들었고, 칡넝쿨 섬유로 마대 같은 옷도 지어 입었다. 갈건(葛巾), 갈혜(葛鞋), 건과 신을 삼아 신기도 하면서, 집 지을 때, 벽(壁)을 치는데 섞어 쓰기도 했다. 이렇듯 칡이야 말로 사람들 입치레에다 옷치레, 그리고 집장만까지를 도왔으니 심고 가꾸고 거두는 수고 없이 인간의 삶을 든든하게 도와준, 더 없이 고마운 자원이었다.

이제는 산골에서 농사짓는 사람들도 눈길 한번 건네주는 일 없는 신세가 되어 고속도로 양 옆의 언덕을 뒤덮거나, 나무나 전주(電柱)를 휘감고 올라가 아름드리 나무의 목을 조이는 우절덩어리 풀이되고 말았지만, 넝쿨 손은 얼마나 잘 뻗쳐 닿는 대로 휘감고 올라가는지……, 질기기는 왜 또 그렇게 질기며 펴지기는 왜 그렇게 잘도 퍼지는지, 걷잡을 수 없는 것이 여름살이 칡이라는 넝쿨이다. 요즘 들어 칡국수니 하여 더러 칡을 주인공 삼는 일도 있는 듯하지만, 옛날처럼 눈에 불을 켜고 칡뿌리까지 캐거나 칡넝쿨을 말려 쓸 일이 없으니 한여름이면 산이고 언덕이고 들판이고 칡이 천지를 뒤덮어 칡 천지를 만들어도 그 기세(氣勢)에 대하여 관심하는 사람은 없는 듯하다.

나는 한때, 칡이라는 이름만으로도 진저리를 쳤던 시절이 있었다. 한 지아비에게 기대어 사는 것을 마지막 소원으로 품고 살던 젊은 한때를 불지옥처럼 살고 난 뒤의 일이었다. 무엇으로도 끌 방법이 없던 맹목(盲目)의 열기(熱氣)였다. 열애(熱愛)라는 이름으로 그는 나의 전부여야 한다고 믿었고, 그 믿음 이상으로 나의 모든 것을 아낌없이 그에게 진상하노라했었다. 어쩌면 신(神)도 찾아낼 수 없을 비밀스러운 것까지를 발굴 또 발굴하여 그에게 주고 또 주기를 영원토록 할 것 같던 그런 몽매(蒙昧)에 빠져 헤어나지 못했던 때가 있었다. 누가 무어라 하여도 지고지순(至高至純)하지 않으면 안 된다고 믿어 그 가당찮은 열기를 플라토닉이라 불러 스스로를 속여가면서……. 절절한 외로움 속에도 그가 있었고, 깊이를 알 수 없는 슬픔 속에도 그가 있었다. 함께 있어도 그 속에 똬리를 틀고 있는 이별 때문에 기쁨보다는 언제나 상심(傷心)의 칼날에 가슴을 저미던 한 때였다. 이유는 오직 한 가지, 함께 있고 싶은 욕망을 이루지 못한다는 것뿐이었다. 내 울타리 안에 그를 가두고 '내 사람'이 되기를 열망하던 열병이었다. 출구가 보이지 않는 몇 년이 흐른 어느 날, 나는 홀연히 내가 넝쿨 같은 존재가 되어 그를 얽어매고 있는 것을 보았다.

관계에서 비롯되는 슬픔은 에로스의 유한성을 이미 알고 있었다. 외로움 또한 사랑이라는 이름의 관계에서 스스로가 만들어 낸 자기학대라는 것도 알고 있었다. 사랑이라는 이름의 슬픔도 외로움도, 이미 독점욕의 한계가 어떤 것이라는 것을 내면에서 알고 있었다. 그 모든 고통은 사람을 내 것으로 소유하려던 욕망에서 비롯된 갈애(渴愛)의 고통이었다. 고통은 외줄이었다. 소유욕, 욕망이란 격렬한 허기짐이 깊어지는 것. 결국 갈애는 상대방에 대한 맹목적 행패요 자기파괴라는 것을 깨달았다.

내가 칡넝쿨이 되어 한 사람을 한없이 감아 올라가고 있다는 것을 알았을 때, 견딜 수 없는 자기혐오 때문에 절망에 처박혔다. 딛고 일어날 바닥이 보이지 않았다. 독점욕이나 소유욕에서 홀연히 벗어나 홀로서기가 되지 않고는 어떤 관계도 이루어지지 않는다는 것을, 그 지옥을 거쳐서야 깨달았다. 그래서 한동안 넝쿨 식물이 눈에 띄는 것조차 질색했다.

여러 해 전 영화 제목「잉글리쉬 페이션트」를 볼 기회가 있었다. 주인공 백작이 친구의 아내와 첫 정사(情事)를 갖던 날, 그들의 대화가 제법이었다. 여자가 백작에게 "가장 싫어하는 것이 무엇이냐?"고 묻자, 백작은 서슴없이 "소유!"라고 대답했다. "그러면 그 다음에 싫어하는 것은?" "소유를 당하는 것!"이라고 간단하게 대답한 남자는 말을 이었다. "이제 이곳(정사의 현장)에서 나간 뒤에는 나를 잊어 달라." 그 시점 정도에서는 그래도 제정신이 있었던 듯. 욕망의 절제, 소유욕이 끌어들일 재앙에 대한 두려움이 눈을 뜨고 있었던 모양이다. 그러나 에로스라는 갈증은 자기확인(自己確認)의 방법으로 상대방에게 족쇄를 채워가며, 그 과정에서 '너'와 '나'와 '그'를 단계적으로 파괴해 나갔다. 나와 너, 그리고 그를 죽이고서야 그 불은 꺼졌다. 갈애(渴愛)의 비극이다. 그들의 정염(情炎)이 부른 종말을 아름답다 할 것인가. 무엇으로도 못 말릴 소유욕의 결말은 사막에서 끝난 세 사람의 죽음뿐이었다. 여덟 개인가 아홉 개의 아카데미상을 받았다고 떠들어 대지만 그것은 결국 에로스에게 파괴의 미학(美學)이라는 관을 씌워준 이상도 이하도 아닌 영화였다.

속도와 현대화된 기계적인 일상에 식상하여 「잉글리쉬 페이션트」 같은 영화가 새로워 보였을까. 아니면 드라이아이스 같은 근래 남녀관계가, 칡넝쿨처럼 얼크러진 그 정염의 세계를 고전(古典)으로 보이게 만들었을까.

이 무시무시하게 앞질러가는 과학문명의 오늘을 살고 있는 사람들의 인간관계는 어떠한가. 남녀의 관계, 부부, 부모 자식의 관계, 친구, 동료, 이웃, 스승과 제자······, 여운(餘韻)이 없어져가는 지 오래되었다. 남녀관계에서 맹목의 열기조차 없어지는 삭막함. 하지만 그 삭막한 관계는 또 다른 이름의 넝쿨로 서로의 목을 한없이 조여가고 있음에랴. 자식을 소유물로 알고 있는 부모, 부모를 휘감고 올라가 얼마든지 목을 조일 수 있는 대상으로 여겨 조이기를 늦추지 않는 자식이 있는가 하면, 부모가 자식을 버리고, 자식이 부모를 죽이는 어그러진 경우도 허다하게 늘어간다. 부모를 걷어차고 거리로 뛰쳐나가 아무것이나 닿는 대로 휘감는 넝쿨이 되어 사회의 구석구석에서 목을 조여 가는 젊은 군상도 늘어간다. 현대인들의 소유양식(所有樣式)의 허기짐이 한없는 더듬이를 뻗쳐 닥치는 대로 서로 무너뜨리는 이 풍속은 어느 지점쯤에 가서야 방향을 돌이키겠는지. 차라리 「잉글리쉬 페이션트」같은 파괴의 미학으로라도 인간성, 아니 에로스의 관계가 회복되기를 바라야 하는 것은 아닐는지······.

아들을 위한 기도

최석희

영어교육 68, 수필

아침 7시, 막 출근하려고 할 때다. 다섯 살짜리 아들이 부스스한 머리를 만지며, "엄마, 선생님 그만 해." 하며 가방을 붙잡는다. 콜록콜록 기침소리, 누런 콧물을 흘리며 우는 것이 아닌가! 5분 후면 스쿨버스를 타야 될 시간이다. 놓치면 지각이다. 2년 만에 학교 평가를 받는 날, 마음이 급하다. "조금만 참아. 엄마 일찍 집에 올게. 아빠랑 병원에 가면 괜찮을 거야. 집에 올 때 딸기 아이스크림 사 올게, 아휴! 우리 욱이 착하기도 해." 하며 안아주고 뽀뽀하고 억지로 달래고 나서 급하게 집을 나섰다. 아픈 아이를 남겨두고 온 엄마의 마음을 어찌 다 표현할 수 있을까. 자책과 자괴감으로 눈물만 났다. 왜 하필 감사는 오늘이야. 짜증이 났다.

학교 평가가 끝날쯤 집에서 전화가 왔다. 불길한 마음에 손이 떨린다. "당신, 정신 나갔소. 어린애가 그렇게 아프다고 울었는데도……. 지금 뭐 하고 있는 거요." 남편의 성난 목소리다. 정신 나간 사람처럼 달려와 입원실에 들어가 보니 아들은 큰 링거주사를 맞으며 깊은 잠을 자고 있었다. 그 야윈 모습을 보니 난 할 말을 잊은 채 죄인처럼 주저앉았다. 눈물이 볼을 타고 흘러 내렸다. 불현듯 지난날의 악몽이 되살아났다. 선친의 모습, 동생의 마지막 얼굴이 떠오르니 무섭기도 하고 두려움마저 들었다. 얼른 화장실로 가서 거울을 보니 내 얼굴도 잔뜩 겁에 질린 모습이다.

다시 입원실에 들어가 보니 남편은 눈을 감고 돌부처럼 앉아 있고, 그 옆에 어린 딸이 고개 숙이며 기도하고 있다. 인기척을 하며 딸아이 옆에 앉았다. "엄마, 또 학교 갈 거지?" 난 아무 말 못하고 어린 딸을 안아주는데 왜 또 눈물은 나는지. 폐렴 증상으로 일주일 정도 입원치료를 받아야 된다고 했다. 공든 탑 깨는 엄마가 되면 어떡하나, 막연한 불안감마저 든다. 그동안 나는 집보다는 학교가 우선이었다. 내가 왜 이렇게 사는지 바보 같다.

일주일간 학교에 연가를 내고 나는 줄곧 아들 곁을 지켰다. 속죄의 심정으로 성경책을 읽으며 기도와 침묵 속으로 빠졌다. 2, 3일 후 아들이 조금씩 기운이 들자 그림책을 읽어주고, 간단한 게임도 함께 하며 많이 웃어 주었다. 어느 날, 『성 아우구스티누스의 고백록』을 읽다가, 다음 구절에서 멈추었다. 그 느낌이 뜨겁게 가슴에 다가왔기 때문이다.

"아들이 있는 곳에 어머니도 함께 있을지어다가 아니라 주님이 계신 곳에 아들도 있게 되느니라. (중략) 아우구스티누스를 위해서 눈물로 땅을 적셨다. 어느 주교는 이와 같은 '눈물의 아들'은 결코 쓰러지지 않으리라." 퇴원하는 날 아침, 아들은 엄마를 제일 먼저 찾았다. "엄마, 학교 갈 때 안 울 거야."하면서 엄마 손을 잡는다. 빙그레 웃는 아들 모습을 바라만 보아도 기쁘고 감사했다.

2005년 볕 좋은 봄날, 관정 장학금으로 미국 조지아 공대 유학길에 오른 지 6년 만에, 포닥(post-doctor: 박사취득 후 연구원)까지 모두 마치고 아들이 귀국했다. 31세 최연소 Y공대 교수가 되었다. 떨어지는 가랑잎에도 가슴 조이며 기다려온 세월이다. 치열한 교수 사회가 아닌가. 꿈인가, 생시인가! 식구들 모두 감격의 눈물을 흘렸다.

이렇게 좋은 날 아들에게 미안했던 고등학교 3학년 때의 기억이 되살아나는 것은 웬일일까. 잊었으면 좋으련만, 더 생생하게 떠오른다. 고3 학생을 둔 엄마들은 그 시절이 언제 터질지 모르는 시한폭탄 같다고 했다. 자식이 상전인 양, TV도 마음 놓고 볼 수 없고, 애들 눈치 보느라 늘 긴장을 하고, 행여 성적이 잘 나오지 않으면 온 식구가 비상이 걸린다고 했다. 그럴 때 난 세상을 너무 몰랐다. 가장 힘든 시기, 고3 엄마가 어떻게 이럴 수가 있을까 싶다. 지금 생각해보니 정도가 심했다. 아들이 스스로 알아서 공부를 잘 하고 있으니 걱정하지 않아도 된다고 믿고, 덜컥 대학원에 진학하고는 늘 강의 숙제, 시험 준비, 졸업논문 준비에 허둥대며 집안일에 소홀했다.

아들과 떨어져 있는 6년 동안 나는 거의 매일 새벽에 일어나 고백과 간구의 기도로 하루를 열었다. '아들 생각' 나면 평소 내가 즐겨 읽는 『시편(Psalms) 구약시가서』를 대학 노트에 정성껏 옮겨 적으며 마음을 달랬다. 『시편』 150장을 전부 적고난 후 나는 삶의 기쁨과 슬픔, 감사와 찬양, 죄의 고백과 회개에 대한 깨달음을 적지 않게 얻었다. 지금도 그 시편 노트는 아주 소중하게 간직하고 있다. 가끔 펼쳐보며 이 많은 분량을 어떻게 쓸 수 있었을까. 그 힘은 어디에서 발원되었을까 반문해본다.

지난해 12월, 아들이 전기 · 전자 · IT분야에서 미래창조과학부 주최 '젊은 과학자상' 대통령상을 수상했다. 그날 시상식에서 시편 126: 5~6의 말씀이 떠올랐다. '눈물을 흘리며 씨를 뿌리는 사람은 기쁨으로 거둔다. 울며 씨를 뿌리러 나가는 사람은 정녕 기쁨으로 단을 가지고 돌아온다.'

3부

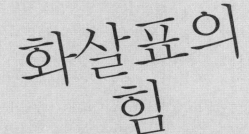

화살표의
힘

파고다 공원

고영자
영문 60, 평론

　나는 새벽에 눈을 떴으나 어쩐지 일어날 마음이 내키지 않는다. 어디서부터 오는지 모를 우울감이 가슴을 무겁게 누른다. 실체가 없는 것에서 왜 이렇게 마음이 무거운지 모르겠다. 셰익스피어의 『베니스의 상인』의 안토니오의 '우울'이라는 대목이 떠오른다. 무역상인 안토니오는 '어떤 이유인가 나는 우울하다. 싫은 기분이다'라는 이유를 알 수 없는 우울에 대한 고백을 하고 있었다. 물론 나의 우울은 '안토니오의 우울'과는 차원이 다를 것이다.

　나는 잠시 우울의 정체가 무엇인가 생각에 잠긴다. 일제 감정기를 찬양하는 발언들을 하던 한승조나 문창극의 얼굴이 떠오른다. '일본의 한국지배는 불행 중 다행, 일본에 먹힌 것은 오히려 축복이다' '종군위안부는 좌파적인 심성표출의 하나이다' 등등. 이는 고려대학교 명예교수 한승조의 말이다. 그것도 일본의 대표적 우익성향의 월간지에 게재한 발언이다. 우리 민족을 큰 수치로 몰아 놓고 일본인의 조롱을 받게 하고서도 아무런 반성도 표하는 일이 없다.

얼마 전에는 총리 후보로 나선 교인 문창극은 우리 민족의 일제의 지배는 '하나님의 뜻'이라고 하여 물의를 일으켰다. 그의 그러한 말 같은 것은 종교인들 세계에서는 큰 문제가 되지 않는다고 한다. 종교인으로서 종교적 신념을 특히 기독교인들 앞에서 밝히는 것이어서 큰 문제가 안된다(국회의원, 『중앙일보』 2014. 6. 14.)는 주장도 공개적이다. 참으로 그러한가. 나로서는 무척 놀라지 않을 수 없는 일이다.

일본이 대한제국의 국권을 찬탈한 당시 일본의 기독교계는 대환영의 말을 연일 쏟아내었는데 한승조나 문창극의 발언과 무척 일치한다. 맥을 같이 하는 것 같다.

지금부터 100년 남짓한 전의 일본의 지식인과 기독교인들의 언설이 100년 후인 오늘날 우리나라 지식인들을 통해 다시 되살아나고 있는 듯한 느낌을 받는다.

우리나라가 일본에 합방되었던 1910년경 당시 일본의 지식인들과 기독교계는 대환영의 말을 거침없이 쏟아냈다. 그들의 대한제국 멸시는 극에 달하고 있었다. '대한제국의 멸망은 폐병환자가 눈을 감고 죽은 것과 마찬가지다' '한국민은 옛부터 시기심이 많고 뇌물수수 등을 잘 한다.'

한일합방을 연일 주장하던 복택유길(福澤諭吉)은 '한일합방' 이전부터 '한국인민을 위해서 그 나라의 멸망을 축하한다'라는 제목으로 시사논평을 계속 썼다. 그는 망국민이 된 한국인은 '전도가 없는 '치욕 속의 죽음'보다는 일본이라고 하는 '강대한 문명국의 보호'를 받아 적어도 생명과 재산을 '안전하게 하는 것은 불행 중 다행'이므로 오히려 기뻐할 일이어서 '멸망을 축하한다'라고 연일 목청을 높였다. '한국의 통곡 – 망국의 비극도 역시 축하받기에 족하다'라는 것이 기본적인 자세가 되고 있었다.

일본 기독교계는 '韓國倂合後의 일본의 책임'이라는 제목으로 합방을 환영하면서 동시에 일본의 책임을 기술하였다. '일본은 이 반도(*대한반도)를 개발하여 그 인민을 인도하고 가르쳐 동양의 진보에 공헌하여 널리 인도를 할 천직(天職)을 갖고 이 대업을 부담할 아주 좋은, 즉 이미 하나님으로부터 '선조들에게' 조선국은 '주어진' 것이기 때문에 이(대한제국)를 병유할 권리가 있다.'

일본 기독교회계의 『福音新報』는 '大日本의 朝鮮'이라는 제목으로 '한국합방은 신명기(申命記)에 있는 것처럼 하나님에게서 주어진 것으로서의 합방의 권리를 가졌다'고 정당화하였다. '한국은 마침내 일본제국의 판도에 병합되었다. 우리들(*일본인) 마음에 축하이고 하느님에게 기도할 일이다. 망국의 비극도 역시 이러하여 축하하기에 족해서 예를 들어 甲인민의 환호는 乙자의 통곡을 의미할만하다고 해도 이로 하여 만족의 뜻을 표할 만하다.'

피난 시절, 대구에 살면서 극장에서 영화로 보았던 독립운동가들의 그 처참한 모습, 일제 경관들에게 가지가지의 악독한 고문을 당하는 모습, 그중에서도 지금도 잊을 수 없는 고문의 기억은 일본인 경찰이 주전자에 고춧가루를 가득 푼 물을 콧속으로 계속 부어 넣던 장면이다. 그 영화를 보던 관객들은 온통 흐느껴서 극장 안은 눈물의 바다였다.

나는 이화대학의 여학생의 몸으로 옥중 고문으로 희생된 유관순을 생각하게 되면 좁디좁게 칸막이 되어 있는 서대문 근처의 감방이 떠오른다. 그 좁은 짐승 우리 같은 감방에 갇혀 어떻게 견디고 있었을까. 가슴이 저려온다.

유관순뿐만이 아니다. 그 감옥에는 일제 강점기 우리 민족의 독립운동가들이나 그 혐의로 차디찬 감방에 갇히어 잔인한 고문과 추위와 굶주림으로 죽어가던 애국지사들의 형상이 새겨져 있다. 사철을 두고, 겨울에도 허름하고 헐렁한 무명 흰 바지저고리를 입고 짚으로 만든 벙거지를 머리부터 뒤집어써서 얼굴이 가려진 채 수갑을 차고 굴비처럼 엮이어 줄지어 그 감옥으로 끌려가던 지쳐있는 모습들.

그런 우리 민족의 수난의 일제 강점기를 두고 문창극이나 한승조 같은 사람들은 이제 주저 없이 '일제 강점기는 우리 민족의 '축복'이다. 불행 중 다행이다'라고 하고 '우리 민족에 대한 '하나님의 뜻' '축복'이다'고 한다.'

나는 별 생각 없이 배달되어 온 『유심(唯心)』이라는 시문학지를 집어들었다. 이전에도 여러 번 이 시문학지는 우리집에 배달되어 오고 있었으나 이 문예지에 별 관심을 두지 않았다. 그런데 편집 란을 보면서 이 문예지가 만해 한용운 선생께서 창간한 잡지를 2001년 봄에 다시 복간한 시전문 월간지라는 기사를 읽고 무척 놀랐다.

한용운 선생은 나의 증외삼촌이다. 내가 초등학교 1학년 때 학교에서 돌아와 마당에 들어섰을 적에 증외삼촌의 사망 소식이 전하여졌던 기억이 있다. 너무나 잘 알려져 있듯이 그 가혹한 조선 통독 시절 수많은 인사들이 차차로 변절하였지만 한용운 선생만은 결코 변절하지 않은 유일한 분이셔서 명망이 높았다.

그분은 3·1항일만세 당시 33인의 한 분으로 파고다 공원에서 독립선언문을 낭독하였다. 그분들이 어째서 파고다 공원을 선택하였는지는 나는 아직 모르고 있다.

파고다(pagoda)는 버마지방에서의 탑파를 말하는데 서양에서는 동양의 절의 탑을 말한다. 파고다는 영어로 우리나라의 파고다 공원의 탑도 역시 파고다로 번역된다.

버마에서 볼 수 있는 파고다의 원추형의 형식은 인도 쪽에서 전하여져 온 것으로 스리랑카 같은 나라에서는 '다고바'라고 불린다고 한다. '다고바'는 '납골당'이라는 뜻인데 이것이 다시금 바뀌어 '파고다'가 되었다고 전하여진다. 그래서인지 버마의 파고다에는 2가지 뜻이 있다. 하나는 '납골당' '사리탑'으로 종(鐘)을 엎어놓은 것 같은 형이고 다른 하나는 피라미드형의 불당인데 이것도 '파고다'라고 불린다.

버마는 유명한 불교 숭상 국가여서 가는 곳마다 어느 곳에서나 불상을 만날 수 있다고 한다. 버마는 파고다의 나라라고 불릴 정도로 파고다, 원추형의 불탑이 세워져 있다. 그래서일까 그들 파고다나 불상들은 어설픈 것들이어서 거기에는 조형적인 미적인, 예술적인 고안은 없다고 한다.

서울에 있는 파고다는 인도의 파고다가 중국에 전하여지고 우리나라에 전하여졌던 것으로 알려져 있다. 서울의 파고다는 버마의 조잡한 것들과는 달리 어떤 건축미를 보이고 있다. 반드시 건축미를 보이고 있어서가 아니라 어떤 경건한 마음으로 올려다보게 한다. 같은 파고다이지만 우리의 파고다 공원의 파고다에는 깊은 역사가 담겨져 있고 그 역사를 오늘날에도 묵묵히 전하고 있어서일 것이다.

나는 이제 다시 파고다 공원으로 가서 다시금 세세히 둘러보겠다는 생각을 하며 자리에서 천천히 일어났다. 마음은 여전히 무거운 채다.

오늘 하루를 감사하게

김소엽
영문 65, 시

언제부터인가 나에게 구두가 필요 없게 되었다. 모양보다도 발이 편한
게 제격이었다. 굽이 낮은 구두가 한 십여 년 지속되더니 요즘엔 그것도
필요 없어져서 신지 않는 구두가 마치 나의 지난날을 말해주듯 신발장에
즐비하게 주인을 기다리며 누워있을 뿐 좀처럼 신게 되질 않는다.

그뿐이 아니다. 핸드백도 아무리 명품인들 무슨 소용있겠는가. 소위 명
품백이라는 것은 한결같이 무거워서 들기가 편치 않다. 딸이 육순이다 칠
순이다 생일이다 하여 맘먹고 사 준 고마운 선물이지만 들고 다닐 수가
없어 이 역시 장 안에 모셔두고 있다.

옷도 마찬가지다. 제아무리 명품인들 무엇하리. 내가 입었을 때 부담을
느끼지 않고 편한 옷이라야 가장 내게 좋은 옷이다. 이런 좋은 옷들은 대
부분 싸구려 옷들이다. 백화점 안에도 못 들어가고 입구쯤에서 가판대에
올려놓고 무더기 덤핑하는 옷들 중에 상당히 좋은 옷들이 있고 남대문이
나 동대문 시장 안에도 그런 편안하고 좋은 옷들이 있다.

나이 들어가면서 나는 신발도 가방도 옷도 내게 편안함과 안락함을 주

는 것이 좋다.

이 어찌 물건뿐이겠는가. 사람도 마찬가지다. 만나서 그냥 부담없이 마냥 즐겁고 편한 사람이 좋지 긴장하며 말해야 하고 한마디 잘못 말한 것이 그냥 넘어갈 수도 있는 것을 꼬투리 잡아 옳고 그름을 따지며 달려드는 너무나도 잘나고 똑똑한 사람도 거북하다.

이제는 그날그날 편안하게 무탈하게 식구들 무사하게 하루를 잘 지내면 그것으로 감사하고 감사하다. 그 이상 더 바라는 것은 욕심일 것이다.

그 마음이 어찌 가족에게 머무르겠는가. 나의 신앙공동체와 이웃들 그리고 우리나라가 하루하루 사건사고 없이 제발 편안하게 지냈으면 좋겠다.

그러나 사람이 살고 있는 세상은 늘 혼잡하고 사건사고의 연속이다. 개인도 역경을 이겨내고 견뎌야 성숙하듯이 나라도 사건사고를 어떻게 수습하고 대처하는지에 따라서 시민의식도 성숙해지고 나라도 발전할 것이다.

금년 봄 세월호 참사는 온 국민이 함께 울고 아파했던 너무나도 큰 환난이었다. 그러나 국가가 최선의 노력을 다 한다 해도 60년 적폐를 한꺼번에 완치하기에는 너무 비리 연결 고리가 깊었던 것 같다. 이제는 국민들 모두가 지쳐있고 이로 인한 경제 손실과 피로감에 지쳐 있어서 이젠 그만 유족들도 양보하고 끝내기를 국민 모두가 바라고 있다. 우리 모두가 아픔에 동참했지만 이 사건이 정치 이슈화되고 날조되고 이념화되어 정부를 전복하려는 무서운 음모에까지 뻗쳐간다면 종북세력이 아닌 다음에야 누가 이 일에 동조하겠는가.

이 대형 참사를 막기 위해 앞으로 정부는 제도적 장치를 강화해야겠지만 우리 모두 의식을 바꾸어 건전한 시민의식을 가지고 참으로 나부터 거듭나는 사람되어 대한민국이 다시 새롭게 태어난다면 이는 가신 분들에 대한 우리들의 최소한의 보답이라고 나는 생각한다.

각자 자기가 처한 분야에서 정직하게 최선을 다하며 비리에 연루되지 말고 사명감을 가지고 임한다면 가신 분들의 희생이 그나마 헛되지 않을 것이다.

나는 어떤 지인으로부터 세월호 사건을 보면서 해외 동포가 보내온 카톡을 전달받았다. 거기에는 이런 내용이 적혀 있었다.

2014년 대한민국의 민주주의가 잘못되어 가고 있다는 걸 절감한다. 아니 한 편으로 이건 민주주의가 도를 넘어 거의 통제불능의 상태인 방종으로 가고 있는 게 아닌가 싶다. 대한민국 국민 누구 하나도 세월호의 침몰을 바라지 않았다. 그러나 슬프게도 거짓말처럼 일어났고 또한 예기치 못한 인재에 온 국민들이 슬퍼하고 있고 나 역시 너무나 슬프다. 하지만 침몰 이후 그야말로 아수라장 같다. 종북좌파들은 기다렸다는 듯이 벌떼같이 들고 일어나 정부와 대통령을 성토하고 죽은 사람을 살려내라고 한다. 심지어는 대통령의 하야서명까지 받는 사이트도 있다고 한다. SNS에서는 대통령에게 차마 입에 담지 못할 욕들과 저주를 퍼붓고 또한 전혀 근거 없는 유언비어로 광주사태까지 운운하며 대한민국이 곧 어떻게 될 것 같이 일부 방송들까지 합세해서 국민들을 불안하게 하고 있다. 나는 미국의 버지니아에서 대형 총기사고가 난 이후 한 번도 외신에서 미국 국민들이 오바마 대통령에게 책임을 지라는 소리와 하야하라는 이야기를 들은 적이 없다. 또한 내가 사는 말레이시아에 비행기가 실종되어 현재까지 행방을 찾지 못하고 있지만 정부와 총리에게 책임을 지라고 하거나 하야하라는 이야기와 기사를 단 한마디도 들은 적도 본 적도 없다.

그런데 왜 우리나라 대한민국에만 특이하게 모든 책임을 대통령과 정부에게 돌리는지 참으로 알 수가 없다. 물론 국가를 책임지고 있는 대통령과 정부에게도 도의적으로 당연히 책임이 있다. 그리고 다시는 이런 사태가 발생하지 않도록 시스템을 만들어야 하는 막중한 책임이 있다. 하지만 대한민국의 대통령은 신이 아니고 사람이며 침몰된 세월호 사태를 보면서 가장 가슴 아파하고 슬퍼했을 사람 중 한 사람이다. 그리고 대한민국의 대통령은 오직 세월호 침몰에만 매달려 있을 수 있는 한가한 사람이 아니며 오천만을 책임져야 하는 막중한 임

무를 지니고 있는 자리임을 우리는 인정해 줘야 한다.

한국을 사랑하는 교포가 전합니다.

나는 이런 내용의 글을 읽고 한 참을 부끄러운 마음에 휩싸였다.

우리는 나의 잘못을 반성하기 전에 남에게 돌을 던지고 책임을 시키고 남을 원망함으로써 나의 잘못을 합리화하고 정당화시키려는 나쁜 습성에 젖어 있을 때가 많다.

나도 가족을 잃어 본 아픔을 가진 사람이기 때문에 그 아픔을 누구보다 잘 헤아릴 수 있다. 그러나 언제까지 슬픔과 분노로 지낼 수는 없다. 빨리 떨쳐버리고 나의 고통을 나눈 이웃도 돌아보며 조금은 양보도 해야 할 시점이라고 생각한다. 온 국민이 너무 피로감에 싸여 있어 이제는 이 사건을 잘 마무리 짓고 앞으로는 이를 타산지석으로 삼고 온 국민이 대한민국의 역사를 새로 써야 할 것이다.

나 사는 날까지 이런 참혹한 일들이 다시는 일어나지 말기를 바란다. 우리 모두는 어쩌면 진짜 세월호를 타고 가는 나그네 아닌가 오늘 하루도 나의 가족 그리고 나의 이웃들과 신앙공동체와 온 나라가 붕붕 뜨지 않고 나라의 정체성을 지키며 가슴 철렁한 사건사고 없이 안정되게 오늘 하루 잘 보내기를 바란다. 마치 내 분수에 맞게 운동화든 뭐든 편한 신을 신고 명품이 아니더라도 부담 없이 가벼운 가방을 메고 그리고 누가 뭐라든 말든 유행에 뒤쳐진 옷이라도 내게 편안한 옷을 입고 무탈하게 오늘 하루 참으로 편안하게 지내고 싶다.

이 소박한 소망이 감사요 행복이라면 갈릴 지브란의 말처럼 오늘로 하여금 추억으로서의 과거를, 동경으로서의 미래를 꿈꾸며 오늘 하루 그저 무탈한 것을 감사와 행복으로 지낸다면 이 평범한 일상이 이어져 내 평생 행복이라는 말로 장식해도 좋지 않겠는가.

분열된 사회

김용희
국문 71, 소설

한국전쟁 이후 헐벗고, 굶주리며 비바람도 막을 수 없는 움막 같은 곳에서 살던 사람들이 제대로 된 집과 세 끼 밥을 먹으며 전쟁 후보다는 상대적으로 풍요로운 생활을 하는 것으로 보이는데 사회는 평화스럽지도 않고 사람들은 행복해 보이지도 않는다. 자유주의와 자본주의의 기치 아래 치열한 경쟁이 계속된 결과가 현재의 우리 사회이다. 지난 2,30년 간 구소련을 비롯한 공산주의 국가의 몰락과 붕괴는 자본주의의 극단적인 경쟁을 미화시키며, 당당하게 밀고 나온 것으로 보인다.

극소수의 부자와 대다수의 빈자로 양분되는 현재의 사회 모습이 자본주의가 추구하는 궁극적인 목표일까? 자본의 소유 정도에 따라, 권력의 유무에 따라 사람의 신분이 명확하게 구분되는 현대사회를 아무 저항 없이 받아들이는 것이 미덕인가? 새로 급부상한 중국의 재벌 아리바바의 총재 마윈은 35세 이후에도 가난한 것은 본인의 책임이라고 자신 있게 말한다. 10대 초반에 영어를 공부하기 위해 자전거를 타고 1시간이나 되는 길을 왕복하며 노력했다는 것부터 수많은 영웅적인 일화들이 우리에게 전해질 것이다. 그런가 하면 직장에서 명퇴 당한 가장이 퇴직금 전액을 투자하여 시작한 치킨집이 안되어 문을 닫는다는 이야기가 끝도 없다. 이제 우리 사회에서 동등하게 주어진 기회를 잘 이용하지 못해서 도태된 것은 본인의 능력이 부족한 것이고, 노력하지 않은 결과이니 감수해야 하는 것으로 보인다.

봉건사회의 엄격한 위계질서는 현대사회에서는 자본과 권력 등으로 너무도 확고하게 자리를 잡았다. 양반들의 서슬 퍼런 권세에 저항하던 민중들의 이야기가 주류를 이루었던 개화기 소설이 출판되었던 것이 백 년 남짓인데, 이제 민중들은 또다시 자본과 권력 앞에서 고달픈 삶을 살아간다. 희망이 보이지 않는다는 것이 더 절망스럽게 한다. 그들에게 위로가 되는 것은 절대적으로 다수인 동일한 상황에 처해있는 사람들의 숫자인지도 모른다.

조류 독감, 구제역으로 닭, 오리, 돼지들을 집단으로 살처분하는 것이 무섭고 끔찍했는데, 며칠 전 해남지방에 출몰한 갈색 메뚜기 떼는 화면으로만 보기에도 공포스럽다. 어디에 잠복해 있다가 갑자기 출몰하여 지역 전체를 뒤덮고 있을까? 곤충의 번식력에 대해 어렴풋이 짐작할 뿐인 어른들도 논과 밭, 도로 위에 뒤덮인 메뚜기 떼는 무서웠다. 대부분의 사람들은 펄벅의 대지에 나오는 메뚜기 떼를 떠올리며 불안스러워 했다. 집단으로 움직이는 것들은 사람이든 가축이든, 곤충이든 공포스럽다. 그럼에도 현대의 자본과 권력은 대단한 위력을 가지고 있어서 현실 사회에서 소외된 대다수 사람들에 대해 두려움이 없는 것으로 보인다. 답답한 현실을 알리기 위해 시위를 해보겠다고 모인 사람들을 차량과 인간 띠로 압박하는 경찰들의 태도는 시위 참가자들이 질병을 확산시키는 닭이나, 돼지나 메뚜기 떼처럼 보이는 모양이다.

세상은 왜 이렇게 무섭게 현대를 살아가는 사람들을 압박할까? 이스라엘과 팔레스타인의 끝없는 전투, 인종 차별에 대한 저항, 세계 곳곳에서 일어나는 지진, 홍수와 같은 자연재해와 대형 여객기의 추락사고 등 엄청난 숫자의 인명 피해는 연일 발생한다. 이는 과거에 비해 우리가 위험한 상황에서 살아가기 때문이기도 하겠지만 세계의 모든 뉴스가 실시간으로 전달되는 것도 한 이유이다. 통신 산업의 발달로 세계의 모든 뉴스가 동시에 지구 구석구석까지 전해진다. 이처럼 시간의 축소와 함께 공간의 축소는 이 시대를 살아가는 대부분의 사람들에게 주어진 혜택이지만 동시에 그 충격은 우리가 감수해야 하는 부분이다.

시간과 공간의 축소는 정보의 과잉으로 연결되며, 다양한 정보는 이를 습득하지 않을 경우 현실 사회에서 도태 될 듯한 불안감으로 엄습한다. 초등학교에 들어가기 전의 어린 아이들이 받는 영어 사교육의 수준은 상당하지만 경제적, 시간적 여유를 가진 부모들이나 이를 실현해 볼 수 있다. 부모들의 욕망은 학생들의 능력보다 훨씬 강해서 학령 전의 아이들은 영어뿐만 아니라 미술, 음악, 체육 등의 과외교육으로 분주하다. 하루 종일 뛰어놀고 싶어 하는 아이들을 이렇게 억압하는 교육의 과잉은 이러한 세상에서 살아남기 위해서는 이렇게 하지 않으면 안 된다고 믿기 때문이다. 본인들은 물론이고 자식들이 소속한 사회에서 최고를 향한 열망은 어린 자식들에게 가해지는 교육을 통해 표현되고 있으며, 이는 벌써 과부하가 걸려 소화 장애가 되어있는 상태이다. 세계 여러 나라에서 부러운 대상으로 이해되기도 한다는 한국의 교육 방법과 과열 현상은 결코 정상적으로 보이지는 않는다. 인간의 수명이 길어졌고, 삶의 질이 높아졌다고 하지만 건강한 삶을 유지하기 위해, 상대적으로 고품질의 생활을 하려고 어린 나이부터 그렇게 피나는 노력을 하고, 경제적인 부담을 져야 하는 것은 결코 바람직하지 않다. 아이들 교육에 소요되는 엄청난 액수의 금전은 한국 가정경제에 병적인 요인으로 작용한다. 이는 소속된 집단에서 극소수의 사람들에게만 가능한 최고의 지위에 오르기 위한 유일한 방법이라고 믿기 때문이다.

교육문제에서 대부분의 한국 사람들의 의식은 최고만을 지향하기 때문에 거기에서 도태되는 것은 바로 나락으로 떨어지는 것으로 인식하는 분위기이다. 5,60년대에는 다른 부처에 비해 상대적으로 후순위에 있었던 교육부가 이제는 정부 부처 중 가장 상위에 위치한다. 거기에 지방 자치제에서 관할하는 교육청까지 교육에 매달리지만 교육 현실은 개선의 조짐이 보이지 않는다. 한국에서 대다수 국민이 공감할 수 있게 교육문제만 원만하게 해결된다면 정치, 경제, 사회적 제반 문제들이 사라질 정도로 파급 효과가 클 것이다. 이는 국민 개개인의 인생관의 문제이며, 결국은 철학적 문제와 통한다. 나이 들어가며, 많은 사람들이 결국은 자연으로 돌아가는 것이 인생이고, 젊었을 때 쫓았던 현실적 가치들이 그렇게 대단한 것이 아님을 알게 된다. 돈과 권력이 우리를 모든 어려움으로부터 지켜줄 수 있는 것처럼 생각했지만 결국 중요한 것은 다른 곳에 있음을 안다. 이제 우리는 표피적인 가치만을 추구하며 살아온 생활의 극단에 왔음을 안다. 가치관의 변화가 절박하게 요구되는 시점이다.

동해와 니가타 시민헌장

김정희
불문 63, 번역

내가 일본 니가타(新潟) 대학의 연구생으로 간 것은 1991년 가을이었다. 마카베 고로(眞壁伍郎)교수의 초대로 지인과 그의 서재에 걸려있는 니가타 시민헌장을 읽고 참신한 감동을 느꼈다. 일본의 시민헌장은 구미의 헌장 개념을 모태로 하여 독자적인 형식으로 내용이 간결하며 상징적이고 문학적이다. 형식은 고장의 자연환경, 지리, 역사, 자부심, 제정 경위를 정리한 전문과 시운영이나 생활의 목표를 말한 본문으로 구성되어 있다. 그중에는 형식을 초월한 유니크한 것도 있다. 니가타 시민헌장은 1989년에 제정되었다. 한국어 번역을 권유받았을 때 동해를 일본해로 칭하는 것은 충격 그 자체였다. 1992년 7월 21일 니가타일보에 실린 시민헌장이다.

우리가 지향하는 니가타
시나노강, 아가노강의 풍요로운 물줄기가 바다로 흘러 들어가는 곳, 이곳이 우리의 고장 니가타입니다. 일본해(동해)로 지는 저녁노을이 아름답습니다. 바다 저편 여러 나라를 향해 열려 있는 이 항구도시는 시냇가의 나무처럼 나날이 자라 번영해 왔습니다. 사람들은 예부터 서로 힘을 모아 끈기 있게, 이 자유로운 도시를 일구어 왔습니다.

자, 우리도 이제 힘찬 한 걸음을 내딛어 봅시다. 우리가 바라는 니가타를 향해서!

풍부한 해산물과 논밭의 곡식.
니가타는, 자연을 가꾸며 지켜온 도시.

일하는 기쁨, 휴식의 평안함.
니가타는, 활기차면서 차분한 도시.

건실한 생활은 우리 모두의 바람.
니가타는, 모두가 잘살기 위해 서로 돕는 도시.

가꾸고 다듬는 마음으로 생명을 키우며.
니가타는, 한 사람 한 사람을 소중히 여겨 육성하는 도시.

바다 건너 저편은 벗이 될 나라들.
우리들은, 세계평화의 가교가 되리.

시청의 국장과 절충하여 일본해(동해)로 번역한 이후, 나는 동해에 관심을 갖게 되었다. 일본 근대문학의 대표 아쿠타가와 류노스케(芥川龍之介, 1892-1927)를 전공한 나는 작품 「사종문(邪宗門)」을 읽다가 깜짝 놀랐다. 아쿠타가와가 그의 작품 안에서 동해를 일본식으로 '일본해'로 부르지 않고 '동해'로 표기하였기 때문이다. 그 내용이다.

한때는 수재로 이름이 높았던 스가하라 마사히라 라고 하는 분도 이 아가씨에게 사랑을 품고, 그 사랑이 이루어지지 않은 한 때문에 갑자기 세상을 버리고, 지금도 쓰쿠시(筑紫, 현재의 큐슈) 끝에서 유랑하고 계신다느니, 혹 동해 파도를 타고 중국으로 건너갔다느니, 전혀 행방을 모른다고 합니다.

(一時は秀才の名が高かった菅原雅平とか仰有る方も、この御姫様に戀をなすって、しかもその戀がかなわなかった御恨みから、俄に世を御捨てになって、ただ今では筑紫の果に流浪して御出でになるとやら、あるいはまた東海の波を踏んで唐土に御渡りになったとやら、皆目御行方が知れないと申すことでございます。)

이 「사종문」은 아쿠타가와 류노스케의 미완의 작품이다. 1918년 10월부터 오사카 매일신문에 연재되었다. 이 스토리는 호리카와(堀川)의 오토노(大殿樣)의 아들인 와카토노(若殿)가 아버지와는 모습, 성격, 취향 모두 정반대로 아버지는 남자다운 장군같은 모습이고 아들은 여자와 같은 얼굴로 조용한 인물이었다. 시가(詩歌), 관현을 좋아하고 예술에 깊은 뜻을 둔 와카토노의 생애는 평온무사한 것이었으나, 단 한 번 불가사의한 사건이 있었다고 한다. 지면상 내용을 상세히 적지 못함이 유감이다.

1918년은 1919년 3·1운동이 일어나기 전 해인데 만약 그 당시 일본해라 하였다면 아쿠타가와는 '일본해 파도를 타고 중국으로 건너갔다' 라고 하는 것이 정설일 것이다. 작자는 무의식 중에 당시 사용하던 언어인 '동해'라고 하였으리라. 이는 일본에서의 아쿠타가와의 영향력을 생각하면 중대한 발견이다. 아쿠타가와는 그의 이름을 딴 순수문학상이자 일본 최고의 문단 등용문인 아쿠타가와상이 제정될 정도로 지식인이며 저명한 작가이다. 이 지면을 통해 다시 한 번 '동해'는 일본해가 아니라고 지적한다.

저 깊은 해원을 향해 흔드는 영원한 슬픔의 아우성

김현숙
영어교육 73, 소설

요즘 세상엔 참 이성적이고 냉철하고 똑똑한 사람들이 많다는 걸 절감하곤 한다. 똑같은 상황을 두고도 그것을 받아들이는 시각이나 정서, 반응, 태도 등이 각각 다른 다양한 인종들이 모여 사는 게 우리 사회이긴 하지만 최근 어느 여류 명사의 발언을 접하곤 정말이지 적잖은 충격을 받았다. 온 국민이 공분하며 집단적 슬픔과 우울에 빠진 세월호 사건과 그 후의 사태에 대한 아나운서 출신 모 여성 정치인의 망언은 도무지 이해가 되질 않았다.

건국 이래 최대의 재난이라 할 근 3백여 명에 달하는 꽃다운 젊음이 차가운 바닷속에 수장된 채 몇 날 며칠이 지나도록 책임지는 사람이라고는 없고 구조체제 전무한 이 땅의 총체적 비리, 업무태만, 부정 앞에서 땅을 치고 분노하며 울부짖는 유족들을 향해, '품위없이 쌩난리 친다'고 혀를 차는 그 여성의 고아한 품격은 어찌 해석해야만 하는 것인지 망연할 따름이었다.

여성 정치인, 그녀의 망언은 여기서 끝난 게 아니었다. 세월호 진상 규명 집회에 어린 알바생들을 돈 주고 매수하여 선동한다는 식의 근거도 없는 유언비어를 날리는 따위 더없는 경솔함은 차치하고라도, 전 국민적 애도로 온 거리, 국토 곳곳마다 나부끼는 노란 리본의 물결을 향해 '나라 전체를 성황당으로 만든 비이성적 행위라고, 그런다고 죽은 사람이 돌아오느냐, 제발 이성을 찾으라' 일갈하는 그의 심장은 대저 무엇으로 만들어졌는지 헤아릴 길이 없다.

이성적인, 너무도 이성적인 그녀의 강철 심장으로 인해 문득 청마 시인의 시 한 구절이 변형되어 떠올랐다.

이것은 소리 없는 아우성
저 깊은 해원을 향하여 흔드는
영원한 슬픔의 손수건.

그 여성 정치인은 어찌하여 유가족과 온 국민의 아우성, 그 절규를 외면하곤 그런 망발을 토해낸 것일까. 그 의중과 저의는 무엇일까. 자식 잃은 부모의 결코 이성적일 수 없는 마음을, 그야말로 소위 '멘붕' 상태의 심정을 단 한순간이라도 헤아려 보았던 것일까. 초혼의 의식. 막막하고 막막한 천지 허공을 향해 그 넋이라고 불러 함께 하고 싶은 그 애절한 마음을…… 단지 샤머니즘이라고 치부하거나 과학적, 혹은 비과학적 쟁점을 떠나 초혼의 의식을 통해서라도 한순간 넋이라도 불러보고 싶은 그 애절한 마음을 어찌 그리 매도해버릴 수 있을까.

울부짖는 유가족의 모습에, 문득 십자가에 매달려 피 흘리며 죽어 간 예수, 그 아들을 지켜보는 성모 마리아의 통고가 겹쳐왔다. 치솟는 분노와 비탄을 다스릴 길이 없었다. 세월호 사고 이후 평소 낮엔 전혀 보지 않던 TV를 두어 달간 거의 하루 종일 틀어놓고 살았다. '세월호 참사는 한국 행정부와 관리 능력의 침몰이다.' 2014년 4월 23일자 프랑스 유력 일간지 『르몽드』지의 보도는 세월호 참사와 한국 정부의 총체적 문제를 단 한 마디로 압축한 기사였다.

눈만 뜨면 시야엔 늘 진도의 그 험난한 바다가 출렁였고 소조기, 중조기, 운운하며 별 성과도 없이 이어지는 지리멸렬한 멘트가 온통 내 속을 뒤집었다. 봄부터 여름 내내 TV 화면을 통해 팽목항의 무심한 바다만 바라본 까닭에 한동안은 생선도 먹기 싫고 바다 근처에도 가기 싫은 기이한 증상이 왔다.

더구나 다리를 다쳐 장기간 입원 치료한 후라 외출을 자제하며 재활에 힘쓰던 시기여서 침체와 우울이 더욱 심했는지도 모를 일이었다.

우울을 떨쳐내려 유독 일찍 찾아 온 더위와 씨름하며 단편 한 편을 써내려갔다. 조금씩, 조금씩……. 그 사이 가까이 사는 딸과 함께 안산에 마련된 세월호 희생자들의 분향소를 찾아 조문했고 그곳 야외음악당에서 집전하는 추모 미사에도 참례했다. 푸르디 푸른 나이에 세상을 떠난 젊은이들의 영정 앞에서 새삼 가슴 저미는 슬픔이 몰려왔다. 끔찍한 재난이 발생했는데 아무도 책임질 사람이 없는 나라에 산다는 건 참으로 두렵고도 쓸쓸한 일이었다. 그러나 분향소 곳곳에 텐트를 치고 뙤약볕 아래 길게 줄을 서 차례를 기다리는 조문객들의 마음과 그들을 위해 물과 음료, 그리고 한 송이 국화꽃을 건네주는 자원봉사자들의 땀 흘리는 모습에서 그나마 이 땅에 일말의 희망을 보았음은 다행이었다.

한 달쯤 지나자 짬짬이 써내려간 작품의 마지막 문장에 마침표를 찍으며 안도의 숨을 내쉬었다. 때는 한밤중이었고 순간 피로감이 엄습, 그만 원고를 저장한 후 노트북을 닫으려 급히 자판 위로 손가락을 움직였다. 순간 노트북 화면에 '덮어쓰기' 사인이 떴다. 몇 개의 문장을 수정한 끝이라 다시 저장을 해야만 하나 어쩌나, 순간 판단이 흐려지며 그만 덮어쓰기에 손가락을 대고 말았다. 사알짝!! 그러나…… 아뿔사, 순간 모든 것은 날아가고 말았다. 그동안 겨우겨우 완성해 온 작품이 완전히 삭제되고

만 것이다. 화면엔 계속 하얀 백지만이 떴고 작품은 하얗게 증발되어 버렸음을 알았다. 단 영점 몇 초 손가락을 잘못 누른 탓에 발생한 엄청난 결과에 그야말로 완전 백지 상태가 되고 말았다. 머리를 쥐어짜며 한 칸 한 칸 여백을 메워 간 그 많은 글자와 단어, 그 많은 문장, 묘사들을 어찌 다 복원해낼 수 있단 말인가.

황망히 컴퓨터 119에 연락하여 복원을 의뢰했다. 파일의 복구를 위해 업체에 노트북 PC의 하드를 내맡긴 채 조바심 치며 며칠을 기다렸으나 일주일이 지나도록 희소식은 날아오질 않았다. 확률 50프로. 운이 매우 좋으면 혹여 복구가 가능할 수 있으나 어쩜 영영 불가능일 수도 있다던 업체 직원의 말이 떠올라 내내 맘이 불안했다. 무려 몇 십만 원에서 몇 백만 원이 든다는 비용은 차치하고라도 복구의 난이도에 따른 1단계, 2단계, 3단계까지 의뢰 업체를 바꿔가며 모든 노력을 기했으나 결과는 무위였다. 파일복구 불가! 그것이 근 한 달 만에 접한 판정이었다. 미치고 팔짝 뛸 일이라고 자탄을 거듭하며 난리를 쳤으나 그런다고 삭제된 파일이 돌아올 리 없었다.

그런 중에도 세월호 참사 보도는 연일 이어졌다. TV 화면을 통해 팽목항을 뒹굴며 처절히 울부짖는 유가족의 모습을 목격하는 순간 가슴 때리는 자각이 몰려왔다. 그깟 원고 한 편을 놓곤 이리 야단을 떨다니…… 졸작이건 무엇이건 적어도 작가에겐 작품 한 편, 한 편을 다 자식에 비할 수 있다지만 정말이지 그건 아니었다. 눈에 넣어도 아프지 않을 생떼 같은 자식들을 차가운 바닷물에 버려둔 채 신속한 구조조차 이루질 못하는 부모의 그 억하심정을 잠시 잊었던 것일까. 노력하면 어느 만큼은 복원할 수 있는 것과 절대 그렇게 할 수 없는 것. 그것의 차이는 비교조차 할 수 없이 엄청난 것임을 절감한 너무도 슬프고 잔인한 계절이었다.

이 글을 마치는 저녁, 마침 TV 화면엔 세월호 참사의 책임자, 그의 장례식을 알리는 뉴스가 떴다.

순간 톨스토이 작품, '사람은 얼마만큼의 땅이 필요한가'의 탐욕스런 농부 바흠이 생각나 잠시 착잡한 기분에 빠졌다.

'바흠의 하인은 괭이를 들고 주인을 위해 구덩이를 팠다. 그 구덩이는 바흠의 머리에서 발끝까지 단 2미터의 길이밖엔 되지 않았다. 그는 그곳에 묻혔다.'

작품의 마지막 문장이 생각났다. 목회자임에도 살아생전 진리에 눈 감고 세상 모든 것을 탐하며 황금에 눈이 멀어 게걸스레 살아 온 세월호 참사의 원흉, 그 또한 궁극엔 더없이 초라한 죽음 끝에 구원파 본부 야산 어느 작은 나무 아래, 단 한 뼘 땅에 묻혔을 뿐이었다. 사람에겐 정말 어느 만큼의 땅이 필요한 것일까. 그의 말로(末路)는 실로 인간 본성의 많은 것을 되새기게 하는 죽음이었다.

노랑 창포꽃 필 무렵

김현숙
영문 69, 시

세월호 침몰 후 47일째, 벌써 달력 두 장을 넘겼다. 모두의 생환(生還)을 기다리던 우리들 앞에 나날이 늘어가는 고인과 행방불명된 희생자들 소식만 돌아왔다. 그리고 그들을 구조하던 해경과 잠수부의 사망소식까지 곁들여졌다. 긴 겨울을 벗고 만물이 소생하는 봄, 이 땅의 산과 들에 새움을 틔우는 새싹들의 함성이 천지를 열어가는데, 정작 단원고교 꽃봉오리들이 무더기로 엉뚱한 팽목항 그 바다에서 졌다. 안산에 언제 벚꽃이며 목련과 개나리가 피고 졌는지, 안산 시민은 모르리라. 거리에는 봄의 물결 대신 "고인의 명복을 빈다"와 "지켜주지 못해 죄송하다"는 내용인, 통한(痛恨)의 현수막이 온 거리를 덮고 있으며 애도의 노랑 리본이 곳곳에서 나부낀다. 그저 그림자처럼 묵묵히 고개를 떨구고 현수막 앞을 지나는 사람 그 누구라도 가슴을 찌르는 통증에 시달린다. 그들이 할 수 있는 건 다만 고인들에게 바치는 절절한 구원의 기도뿐이다.

처음 올림픽회관에 차려진 분향소에 들렀을 때, 감히 눈을 들어 하얀 국화 속에 묻혀있는 사진 속 그들을 마주 봤는데 영정이라기에는 너무나 청순한 얼굴들이 웃음을 머금고 있어 가슴이 먹먹했다. '저들은 앞으로 이 나라를 바로 세우고 지켜갈 이 나라의 기둥이 아닌가. 왜 여기에 갇혀 있는가. 누가 가두어놓았는가!' 그날 이후 나는 계속 몸살을 앓았다. 저들을 내몰아 간 어른들, 구조도 반성도 늦은 사회의 나도 한 일원이었으며 세력 앞에 무력한 나 자신에게도 새삼 분노했기 때문이다.

합동분향소가 가까운 화랑유원지로 옮겨오고, 아들 내외가 소리 없이 다녀온 지도 한참 되었다. 이제는 애통함을 누르며 지인들과도 몇 마디 나눌 수 있게 되었는데 어제는 『청계문학』 시인들이 내려와서 함께 분향소를 다시 찾고, 고인의 명복을 비는 편지도 띄웠다. 우리들은 저들의 고귀한 피가 이 땅에 얼룩진 비리를 반드시 척결할 수 있는 계기가 되기를 간절히 염원했다. 그들을 배웅하는 고잔역까지는 노랑 창포꽃 피어 있는 화정천 길로 안내했다. 거기, 참 이상하게도 작년에 볼 수 없었던 노랑 창포꽃이 노랑 리본을 달고 다투어 피어나기 시작했던 것이다. 분향소를 오가는 길목을 지켜, 그들 부모형제나 지인들 그리고 이웃들과 나누려는 영혼의 속삭임처럼! 나는 시인으로 돌아와 떨리는 가슴에 한 편의 시를 새긴다.

    화랑 합동분향소를 나와
    햇살과 바람이 눈물을 닦아주는
    꽃개울을 따라 걸으면
    봄은 온 적 없다 하고
    꽃봉오리 너희들도 핀 적 없다 하네

    그래, 어디선가
    너희들의 맑은 얼굴과 목소리를
    언뜻 스쳤던 게다

마을버스 정류장에서 마주친 미소
'숲의 광장' 위 하늘을 날아오르는
너희들 날갯짓을 분명 보았던 게다
그때, 참 좋은 시절이었다

청정한 하늘로 떠난 꽃봉오리들
지금 그곳에서 피고 있는가
오늘은 이 길목 노랑나비로 날아와
피눈물 얼룩진 부모형제, 친구들의
눈에 어리는가
새까맣게 타버린 숯덩이
어버이들의 가슴을 헤집으며
이 땅의 순한 풀꽃들마저
노랑 리본을 잔뜩 매달고 왔네.

— 「노랑 창포꽃」 전문

더불어 살기

서용좌
독문 67, 소설

    오랜만에 강의를 준비했다. 독문학 강의 몇 십 년을 늘 낯설어하며 결국 정년을 채우지 못하고 도망치듯 나왔었는데. 그 뒤 외국인 대학생들에게 교양과목 한국어 강의를 몇 학기했었지만 그건 말하자면 강의는 아니었다.

    도서관에서 만나는 인문학—스무 개의 강의로 이루어진 문화체육관광부 지원 인문학 강좌라 했다. 그중 두 강좌를 맡게 되어 제목을 결정하기에 앞서 내가 어느 속성에 속하는가를 생각해보았다. 나는 무명이지만 소설가임에 틀림없다는 생각이 먼저 떠올랐다. 그러나 강의를 할 수 있는 소설가로는 어림없다고 느껴졌다. 어쨌거나 독문학 분야에서라면 너스레를 떨 수 있을 것 같았다. 그러나 망설여졌다. 인문학이 쓸모없다고 홀대받으니까 권장하는 이런 (억지)강의에서—물론 자발적인 수강생들의 숫자는 예상보다 많아서 흐뭇하기까지 했다.—전문적인 독문학 강의는 어울릴 것 같지 않았다. 결국 '인류의 지적 진화와 사회의 발전 단계'라는 주제로 1) 신에게서 인간에게로 2) 인간에게서 물질에게로 라는 강의 제목을 잡았다. 마음으로는 두 번째 강의에 역점을 두기로 하면서, 물질이, 물질의 풍요가 어떻게 인간을 '삼켜버리게' 되었는가를 역설하고 싶었다. 초봄의 일이었다.

그리고 '4월은 가장 잔인한 달'이란 시가 현실이 되었다. '죽은 땅에서 라일락을 키워내고 / 기억과 욕망을 뒤섞고 / 봄비로 잠든 뿌리를 뒤흔든다.' 그 정도면 얼마나 좋았을까.

강의는 6월이었지만 말하면서 속으로는 울었다. 물질을, 돈을 숭배하는 우리의 가치관이, 교황님의 말씀처럼 '돈이라는 새로운 우상 숭배'가 몰고 온 참극 이후 우리는 무엇을 할 수 있을까, 무슨 인문학 강의가, 무슨 소설이, 무슨 시가……

우리는 먹고 사는 일부터 다시 돌아보아야 한다고 강의를 끝냈다. 아프리카 최빈국 에티오피아는 커피를 수출한다. 하지만 커피 농장 노동자의 하루 평균 임금이 1달러도 안 된다. 그들에게 돌아가는 몫은 아무리 높게 잡더라도 소비자 가격의 1%도 되지 않는다. 유엔식량기구의 발표대로라면 오늘날의 농업시스템에서 생산되는 식량은 일일 성인 기준 2,200칼로리로 계산해서 120억 인구가 먹고살 수 있는 양이다. 현재 세계 인구는 71억 5,500만 명이다. 그러니까 식량이 절반 가까이 남아도는데, 매일 기아로 5만 7,000명이 죽고 8억 4,200만 명이 기아상태라고 한다. 기아로 죽는 사람은 암살당하는 것이고, 살인자는 동족을 잡아먹는 식인적인 '글로벌' 경제 질서다.

이 경쟁에서 질새라 우리는 일을 너무 많이 한다. 한국의 연간 노동시간은 2,092시간으로, 경제협력개발기구 국가 중 가장 심한 수준이다. 스위스의 1,636시간과 비교하면 엄청나다. 고대 그리스 로마에서는 시민계급은 사유와 학문이나 하고 노동은 노예들의 몫이었다. 개신교에서 노동은 '신의 소명'이 되었다. 인문주의 시대에는 인간은 주체요 자연은 객체로서 정복의 대상이 되었다. 이제 과학 기술이 전권을 쥐더니 인간 노동을 효과적으로 지배하고 추출하는 (귀)신이 되었다. 우리는 컨베이어벨트의 리듬이 명령하는 대로 정확히 인간 노동을 제공해야 한다. 그러므로 인간 노동은 신성한 것이 아니라 저열한 것이다.

노동은 소득과 비례하지도 않는다. 미국 CEO의 연봉이 일반 사원 평균보다 331배라고 한다. 1983년에는 46배였었는데. 우리나라도 어느 그룹 회장은 301억 원, 다른 어느 그룹 회장도 140억 원을 급여로 받으셨다고 한다. 대기업 일반 직원들 평균 연봉의 500배, 200배에 해당한다. 월드컵 첫 골의 주인공 이근호의 연봉이 178만8000원으로 이번 월드컵 출전 선수 700여 명 중 최하라고 했을 때 우리는 (군인이라서 당연한 일인데도) 다 놀랐다. 선수들 중 최고 연봉 742억 원은 4만 배, 우리나라 선수 최고 연봉 40억 원도 2천 배가 넘는다니 '살인적인' 격차다. 군인들 상호간도 예외가 아니다. 창군 당시 이등병과 대장의 월급 차이는 30배였지만, 지금은 200배라고 한다.

노동 시간은 삶을 위한 필요 정도로 규제되어 마땅하다. 생명과 안전 그리고 환경관련 규제는 강화되어도 모자라다. 필립 제닝스 국제사무직노조연합 사무총장은 어느 신문과의 인터뷰에서 '규제완화가 경제 성장에 기여하지 못한다는 것은 이미 알려진 올드 버전이며, 민주주의에 해악을 끼친다. 규제완화가 아니라 심화되고 있는 불평등을 완화하기 위한 사회적 대화를 해야 한다.'고 했다.

그런대도 우리 코끝엔 '474목표'라는 홍당무가 걸려있다. 성장률 4%, 고용률 70%, 국민소득 4만 달러를 달성을 목표로 하는 경제혁신 3개년 계획 말이다. 지금 국민소득 2만 5천 달러라 해도 대부분의 4인 가족 가정이 연 1억을 전혀 체감하지 못한다. 4만 달러 소득은 어느 계층 소수에게만 집중될 것인지? 허무한 꿈이다.

우리는 경쟁이 성공의 열쇠라고 교육받았고 또 우리의 아이들을 그렇게 가르치고 있다. 열매 많은 것이 곧 진리라는 생각, 인간이 원하는 것은 값

있는 무엇, 태환권이라는 생각, 생활에서 현금 구실을 할 수 있는 지식이 진리라는 생각이 미국에서 들어와 우리나라 초창기 교육자들의 정신을 지배했기 때문이다. 결과는 행복한가? 이럴 때엔 노자의 '절학무우'가 떠오른다. 다석 유영모 선생은 그 구절을 순 한글로 번역하시면서 '써먹기부터 흐런 배움을 끊으면 근심이 없을 것이오라.'라고 쓰셨다.

독일어에서는 경쟁사회를 '팔꿈치사회'라는 단어로 말한다. 동료를 친구를 심지어 형제를 팔꿈치로 젖히고서야 내가 앞으로 나아갈 수 있는 사회―결국 승자가 누리는 모든 것은 승자의 팔꿈치에 밀려 떨어져나간 많은 패자들이 함께 누렸어야 할 것으로 이루어진 것이다. 지구상의 자원도 재화도 한정되어 있으므로.

봉건 피라미드 위에 '신 대신 돈이 자리한' 시대에 상대적 박탈감은 절대빈곤 못지않게 사람을 절망하게 한다. 인구 10만 명 당 33명, 경제협력개발기구 국가 중에서 연속 8년간 자살률 1위를 기록하고 있는 나라―우리는 어떻게 함께 더불어 살아야 할까?

사람다운 사람

안혜초
영문 64, 시

목숨은 누구에게나 천하와도 바꿀 수 없는 유일무이한 것. 세월호의 참사를 계기로 아무리 강조해도 지나치지 않음은 책임감과 도덕성의 문제이다. 사회적으로나 국가적으로 중책을 맡고 있는 사람일수록 더욱 그렇긴 하지만, 사회 각계각층의 구성원 저마다 절실히 가슴을 치며 우리 사회에 만연해져 가고 있는 개인이기주의와 성장제일주의, 물질숭배와 도덕성 해이에 대해 대오각성, 가치관을 재점검하고—요즘 '혁신'을 여기저기서 내세우고 있지만—정신재무장을 하지 않으면, 언젠가 또 제2, 제3의 참사를 맞게 되는지 모른다.

더 많은 돈을 벌기 위해 짐을 지나치게 많이 실은 선주(船主)의 탐욕, 승객의 안전을 위해 누구보다도 솔선수범해야 할 선장과 선원들이 나 먼저 살겠다고 도망치기에 급급했던 그 무책임함과 비도덕성에 모두들 치를 떨며 분노하다가도, 침몰해 가는 선박 안에서 '선원은 맨 나중'이라며 승객들의 구명에 앞장서다가 의로운 죽음을 맞이한 승무원 박지영 씨에게서 그나마 귀감의 사례를 보기도 한다.

그리고 자신은 미처 챙겨 입지도 못한 채 '빨리 구명조끼를 입으라'고 5층에서 4층, 3층으로 뛰어다니며 19명의 가장 많은 제자들을 살려낸 단원고의 의인 유니나 담임선생과 단 한 명의 학생이라도 더 살리기 위해 어머니의 간절한 전화까지 매정하게 끊으며 마지막 순간까지 사력을 다한 전수영 담임교사와 역시 눈물 겹도록 의롭게 숨겨간 양승진 체육교사, 그리고 또 단 한 명의 실종자라도 더 구출키 위해 목숨 걸고 연일 참사현장으로 몰려드는 수많은 자원봉사자들을 생각할적마다 그래도 이 나라엔 참되고 의롭게 살려는 사람들이 더 많고 장래가 밝다는 희망이 가슴 뭉클하게 샘솟기도 한다.

참사 직후, 전국민 트라우마의 나날 속에서, 나 자신 기도조차 제대로 할 수가 없고 글 한 줄 써지지 않았지만, '세월이 약'이런가, 하루 또 하루 애써 마음의 평정과 일상생활의 리듬을 되찾아가면서, 어느 날 어느 순간 아주 자연스럽게도, 고심해오던 '애도시' 한 편을 낳게 되었다.

문학이란 진정 무엇인가, 글은 왜 써야만 하는가, 우리 모두 '보다 사람다운 사람' '보다 사람답게' 살기 위함이 아닌가.

하얀 나비

한 명이라도 더
살아있게만 하소서
어디 한 군데
크게 다친데 없이
한시 빨리
가족들의 품안에 안겨주소서

세월호 참사로 인해

봄이 봄같지 않은

일주 이주 삼주

다시 또

일주 이주 삼주

오늘도 태양은 어김없이

다시 떠오르고

하루 하루 점점 더

따사로워지는

무심한 햇살에 이끌리어

아파트 뒷산길을

기도하는 마음으로

잠시 거닐고 있는데

흐느적 흐느적

나풀 나풀 나풀

하얀 나비 한 마리

눈앞 가까이서

맴돌듯 애처러이

날개짓하고 있다

그들 중 누구인 것일까

깊고도 차가운

검푸른 바닷물 속에서

아직도 엄마 아빠를

목터지게 불러대고 있는 피멍든 원혼들이여!

— 2014년 6월, 세월호의 아픔을 보듬고

오늘도 일체유심조(一切唯心造)

육영애

초등교육 69, 수필

   우리나라 만년 소녀로 유명했던 오페라의 개척자였던 '김자경(1917~ 1999) 씨는 연세가 어떻게 되셨냐'고 물으면 으레 '선생님과 동갑입니다' 라고 재치있는 대답을 하며 작고하기 직전까지도 열정적으로 활동을 했다고 합니다.

   우리는 모두 그런 시니어의 길을 가고 싶은 거지요?

   어떤 분이 자기의 나이를 부위 별로 얘기하는 걸 얼핏 들은 적이 있습니다. 정신적 나이는 20대. 상체는 30대. 하체는 40대, 호적에 적혀 있는 건 50대이니 가중치로 합산해서, 평균을 내면 39세쯤이니 아직도 혈기 왕성하게 일할 수 있는 나이라고 자신만만해 하는 거였습니다. 얼마나 재미있고 유쾌한 일입니까? 주눅 들지 않고 나 자신을 칭찬과 격려를 해 가며 살아가면 되는 일인 거지요.

   어느 누구나 20대에는 젊음과 패기가 넘쳐 나는 법. 그러나 시간이 물같이 흘러가면서 우리에게 덜도 더도 아닌 정확하게 나눠주는 일이 있습니다. 알게 모르게 더해지기만 하지 빼기가 없는 나이라는 밥만 먹여 주는 거지요. 소화제도 안 챙겨주고 조금씩 말없이 그저 먹이기만 하는 세월이란 녀석에게 받아먹다가, 거울보고 소스라치게 놀라는 50대(美醜)에 예쁘니 밉니 따져보면 뭐 합니까? 눈가에 늘어지기 시작하는 주름들과 사이좋게 지내야지요.

60대가 되어서 내가 더 똑똑하다며 뽐내봐야 무슨 소용이고, 70대에 돈이 좀 있네! 없네! 로 거드름 피워봐야 눈꼴만 사납지 곱게 봐줄 사람이 별로 없지요. 물론 없는 것 보다는 돈이 있어야 하는 건 맞지만, 눈에 나게 돈푼 자랑은 할 일이 아닌 세상이 된 겁니다. 왜냐하면 이젠 100세 시대라 합니다. 80까지는 살아야겠다고 욕심내던 사람들은 바로 물을 만난 거지요.

세월이 가면서 달력을 찢어내는 '달력 나이'나 건강 체크를 해가면서 얻는 '생물학적 나이', 대화나 생각과 지식으로 측정해 내는 '정신적 나이' 혹은 '지성적 나이'를 벗어나도록 자기 자신을 관리해 가야 할 거 같습니다. 마음을 편하게 가지고 될 수 있는 한 긍정적으로 자연스럽게 떠오르는 호기심들을 놓치지 말고 실천해 보려 노력하며 살아가는 기회를 시니어들은 얻은 것이라 믿는 것이 필요한 거 아닐까요?

20, 30대에 자주 포기하는 정신을 키우지 않도록, 진심으로 아껴주고 의견을 경청해주는 시니어의 태도가 필요한 시대가 도래한 거라고 믿어집니다. 젊음을 깨닫지 못하고 모든 것을 시큰둥하게 받아들이는 습관은 버려야 된다는 것을 시니어들이 모범이 되어 보여 줄 기회가 왔다고 믿습니다. 우리가 바로 그들의 부모이니까요. 일자리도 부족하고, 자식 양육하기에 허겁지겁 심신이 피곤한 그들에게 활력소가 되어 줄 일이 뭔지 연구해 가며 지내야 할 나이라고 억지춘향격으로라도 자부해 봅시다.

얼마 전에 작고한 '박완서' 씨가 요즘 나이는 옛날 같이 생각하면 안 된다고 했지요. 지금 흘러 온 세월에 0.7를 곱해야 생물학적, 사회적, 정신적으로 올바른 나이가 된다는 말입니다. 60대에 0.7를 곱하면 40대가 됩니다.

예전 어른들의 말씀대로 '모든 건 마음먹기에 달렸다'는 일체유심조(一切唯心造)란 말이 확연하게 떠올랐습니다. 나이 또한 마음먹기에 달려 있다는 얘기 아닐까요? 나이가 새파랗게 젊음에도 불구하고 애늙은이란 별명을 지니는 사람도 있고, 시니어임에 틀림없는 사람이 '오빠'로 불려도 전연 어색하지 않게 어울리는 사람들이 그래서 생겨나는 거 같습니다.

40대의 정열로 자기 자신을 업그레이드시켜서 힘차게, 모두가 힘을 합해 망백(望百)의 마음으로 온화함과 조용함을 지닌 시니어! 젊음의 기운을 되살려 모범이 되고, 그들의 길을 닦아가 주는 여생이 되도록 노력해 가며 산다면 후회는 없을 듯. 계단을 차례차례 올라가야 한다는 기다림을 알게 해주고, 다정한 그러면서 신뢰 깊은 손을 내밀어 이끌어 가주는 시니어로, 거듭나는 마음으로, 오늘도 일체유심조를 되뇌어 봅니다.

오대호의 물 소동

이경숙

의직 72, 소설

"수돗물 마시지 말라네"

텔레비전을 보고 있던 남편이 말했다. 토요일 아침이라 느즈막히 침실에서 나오던 나는 얼른 텔레비전 화면으로 고개를 돌렸다. 화면 아래쪽으로 이머전시라는 단어가 굵직한 글씨체로 깜박인채, 앵커 두 명이 심각한 얼굴로 톨리 도시의 수돗물에 독성이 있으니 마시면 안 된다는 말을 하고 있었다.

"말도 안 돼. 어느 놈이 독이라도 풀었단 말이야? 일단 커피부터 좀 마시고 정신을 차려야지" 중얼거리며 부엌 쪽으로 향하는 내 등 뒤로 남편이 외쳤다.

"커피를 어떻게 만들어? 수돗물로 양치도 하면 안 된다는데."

"뭐? 난 방금 양치하고 물도 한 잔 마셨어."

이미 마신 물에 대한 걱정보다 커피를 못 마신다는 사실이 더 한심했다. 그동안 여기는 바다같이 넓은 오대호 주변이라 미국 어느 곳보다 물이 좋다고 자랑을 했었는데 이게 어찌된 일인지 혼란스러웠다.

앵커들 말에 의하면 오대호에 녹조현상이 너무 심해 독성이 발생했다는 것이다. 그동안 무절제하게 흘려보낸 비료가 문제라고 했다. 드넓은 옥수수밭, 콩밭뿐 아니라 골프장과 각 가정의 잔디밭에 뿌려댄 비료가 강을 타고 오대호로 흘러들어 녹조를 번성케 했던 것이다.

끓일수록 독성이 심해지니 절대 끓여서는 안 되고 필터에 걸러도 소용이 없다, 그릇을 씻어서도 안 되고, 샤워조차 해선 안 된다는 말을 앵무새처럼 되뇌이는 금발의 앵커는 빛나던 머리카락이 후줄근하고 지저분해 보였다. 중년의 그녀는 눈 밑 주름이 두드러질 정도로 지쳐 있었다. 새벽 2시부터 방송을 하고 있었을 테니 그럴만도 했다. 구토나 어지름증 정도의 증상은 한국인의 의지로 버텨낸다 쳐도 간에 손상을 줄 수 있다는 대목에 정신이 번쩍 들었다.

자칭 환경론자인 나는 병물을 싫어한다. 병물을 사는 사람에게 못마땅한 눈길을 보내기 일쑤고, 페트병이나 스티로폼이 지구를 얼마나 망가뜨리는지 아느냐고 기회가 있을 때마다 추궁하듯 따진다. 따라서 우리집에는 병물이 한 개도 없다.

물을 사와야겠다며 나간 남편은 한 시간이 넘어도 돌아오지 않았다. 가게마다 병물이 동이 나 찾아다니는 모양이었다. 혹시 미시간 쪽으로 올라가면 살 수 있지 않을까 하는 생각이 퍼뜩 들어 남편에게 전화를 걸었다. 그는 평소의 습관대로 전화를 받지 않았다.

그릇도 씻지 말라니 아침마다 먹던 야채, 과일은 먹을 길이 없고, 커피 없는 토스트는 전혀 구미가 당기지 않았다. 식당들도 다 문을 닫았을 거라는데 생각이 미치자 배가 더 고팠다.

남편은 거의 두 시간이 다 되어 돌아왔다. 그의 손에는 작은 물병 열 개와 커다란 얼음 한 봉지가 들려 있었다. 식품점마다 물이 떨어져 난감하던 차에 주유소 생각이 나 가봤더니 마침 있더라며 자신의 민첩한 행동을 과시하던 그는 그나마 다른 사람을 위해 물을 싹쓸이 하지 않고 열 개만

들고 왔다며 배려심까지 자랑했다.

그러나 그중 여섯 개는 들쩍지근한 탄산수였다. 조그맣게 그려진 딸기 모양이 안 보였느냐 묻고 싶은 걸 꾹 참고 나는 커다란 냄비를 꺼내 얼음을 끓이기 시작했다.

인구 40만의 작은 도시 톨리도는 8월의 첫째 토요일, 미국 전역을 떠들썩하게 만들기 시작했다. CNN을 비롯한 각 텔레비전 방송에서는 계속 오대호에 떠 있는 녹조와 걸쭉해진 호숫물을 보여 주었다. 바람의 방향이 바뀌어 녹조를 호수 가운데로 몰아가면 사태가 나아질지도 모른다고 말하는 앵커는 피곤으로 목소리까지 잠겨 갔다. 다행히 오후가 되면서 병물 공급이 원활하게 돌아갔다.

물을 사러 식품점에 들어선 순간 눈에 들어온 건 텅 빈 야채 선반이었다. 수시로 물을 뿌렸을 테니 야채를 폐기한 건 당연할 터. 꼬치에 꿴 닭들이 빙글빙글 돌아가던 대형 오븐도 불이 꺼진채 우두커니 서 있었고 노릇노릇 잘 구워진 통닭들이 주르니 놓여 있던 선반 역시 비어 있었다. 그 모습은 가게 한가운데에 산처럼 쌓여있는 물병들과 묘한 대조를 이루고 있었다.

그러나 마치 전쟁이나 터진 것처럼 불안감을 조성하던 뉴스와 달리 사람들의 태도는 평온했다. 아무 일도 없다는 듯 차분하게 식료품과 물병들을 카트에 싣고 있었다. 그렇지만 평소의 활기가 느껴지지 않았다. 마치 어느 영화 속의 한 장면처럼 사람들의 얼굴에 표정이 없었다. 거의 말도 하지 않는 채 천천히 걷고 있는 그 광경이 이상하게 마음을 서늘하게 했다. 마치 어디선가 축축한 바람이 불어오는 것처럼 울적한 기운이 스멀스멀 올라왔다. 아프리카의 가난한 나라도 아닌 미국에서 시민들에게 물을 공급하지 않을 리 없고, 물값이 비싼 것도 아닌데 왜 이런 기분이 드는 걸까. 너무나 믿었던 오대호에서 이런 일이 벌어졌다는 점에 배신감이 든건가. 그동안 숱하게 들어왔던 지구 온난화, 물 부족, 이상 기온, 지구의 종말 등이 드디어 현실로 닥쳐오고 있다는 공포감 때문인가.

그곳에서 교회 장로님을 만났다. 80이 넘은 그는 이게 오히려 잘된 일이라며 열을 띠었다. 이런 일이 있어야 정치가들이 정신을 차릴테고 시민들도 각성해서 의식있는 지도자를 선출할 거라는 것이었다. 어느 정도 수긍이 가는 말이었다. 그 말 때문인지 기분이 좀 나아지는 것 같았다. 집으로 오는 길에 보니 늘 불이 켜있던 맥도날드를 비롯한 모든 식당에 클로즈 사인이 붙어 있었다.

다음날도 사태는 호전되지 않았다. 물 샘플을 여러 곳에 보내어 의뢰한 검사결과가 아침에 나올 거라더니 정오가 되어도, 오후 5시가 넘어도 계속 기다려달라는 말뿐이었다. 저녁이 되자 다음날에 예정되었던 각종 행사와 모임의 취소 광고가 나오기 시작했다. 그중에 눈에 띄는 것이 병원 수술실과 치과대학 실습실이었다. '어머 저를 어째' 소리가 절로 나왔다.

그 와중에 캘리포니아의 산사태 소식이 들렸다. 심한 가뭄으로 목이 타들어가던 캘리포니아 한 귀퉁이에 갑자기 비가 쏟아져 30여 채의 집이 진흙에 묻혔다는 것이었다. 매년 11월부터 2월 사이에만 비를 볼 수 있는 지역인데 8월이라니. 게다가 비가 얼마나 많이 쏟아졌길레 그런 일이 벌어졌다는 말인가. 지구가 몸살을 앓고 있다는 사실을 다시 확인해 주는 것 같았다.

월요일 오전 열한 시쯤, 차를 타고 가는데 라디오에서 속보가 흘러나왔다. 검사결과 톨리도 수돗물이 안전하다는 것이었다. 안심은 되면서도 한편 사흘만에 문제가 해결되었다는 사실이 믿기 힘들었다. 그동안 비도 한 차례 왔고 기온도 내려갔으니 바람이 녹조를 호수 가운데로 몰고 갔을 수도 있겠다 싶지만 혹시 화학약품을 지나치게 사용한 건 아닌가 하는 의구심이 들었다. 톨리도 시장이 수돗물을 한 컵 받아 벌컥벌컥 들이키는 장면을 텔레비전에서 보았노라고 스포켄에 사는 친구가 알려주었건만 신뢰감이 가지 않는 건 마찬가지였다.

물 소동이 난 지 3주가 지난 현재, 내 집 부엌에는 병물이 많이 있다. 엊그제 남편이 새로 사다 놓은 것들이다. 환경문제에 민감한 나는 그 물병들을 볼 때마다 갈등을 느끼지 않을 수 없다. 거의 매일 뉴스를 통해 톨리도 물이 좋으니 안심하라고 외치는 정치가들의 말을 그대로 믿어야 하는 건지, 아니면 나 혼자 살자고 계속 병물을 사와야 하는 건지.

문득 햄릿의 절규가 떠올랐다. 무슨 생뚱맞은 소리냐는 퉁박을 들을지는 모르지만 어쩌면 그보다 더 심각한 문제일 수도 있지 않을까?

노년은 인생을 살아온 벌일까

이예경
교육 70, 수필

엘리베이터에서 윗층에 사시는 교수님을 뵈었다. 운동복 차림인데 아침 산보를 다녀오시는 길인 것 같다. 인사를 건넸더니 손을 내저으며 귀를 가리키신다. 보청기를 안 하고 와서 듣기가 어렵다는 뜻인가 보다. 팔순이 넘으니 건강이 나빠져 한심하다고 한숨을 쉬신다.

교수님은 대학 강단에서 반생을 보내셨고 저서도 많고 고전음악 들으며 독서하는 일이 유일한 취미셨다. 그런데 요즘 그저 동네 산보가 유일한 취미일 뿐, 보청기를 해도 귀가 어둡고 시력까지 나빠져 책도 음악도 즐기지 못한다고 하셨다. 의사소통이 어려우니 보호자 없이는 외출이 어렵고 일상생활은 물론 부부간에도 의사소통이 쉽지 않아 불편하시다. 노인한 분이 돌아가시면 도서관이 하나 없어진 것과 맞먹는다던 속담이 생각나서 안쓰럽고 국가적 차원에서 보더라도 불로초라도 구해 드리고 싶은 마음이다.

그러면서 오랜 와병상태 중에 돌아가신 아버지도 떠오르고, 중풍 후유증으로 9년째 힘들어하시는 구십 시어머니, 가끔씩 기운이 없으신 친정

어머니 등 내 주위 친척 어르신들의 미래의 모습들이 머릿속에서 빙빙 돌아간다. 얼마나 여생을 더 보내실 수 있을까, 그리고 얼마 후 내 차례가 될 것이다. 시간을 거꾸로 돌릴 수는 없을까. 세상을 얻은 솔로몬 왕도 세상을 헛되다 했고 불로초를 구해오라 했다는 진시황의 그 안타까운 마음을 알 것도 같다.

노인복지관의 회원 관리 일로 최근 2년 이상 이용 실적이 없는 회원들의 상태를 알아본 적이 있다. 이사, 병환, 사망 등으로 분류를 한 다음, 다시 오지 못할 회원들의 이름엔 개인정보 보호 차원에서 내용을 삭제하는 일이다. 처음 회원 등록했을 당시에는 영어나 컴퓨터, 댄스도 배우는 등, 활기 있게 여생을 보냈을 그분들의 연락처, 학벌, 가족관계, 전직, 취미활동 수강과목 이력 등을 일일이 삭제하면서 컴퓨터 속에서 살던 몇백 명 회원들을 내가 밖으로 날려 보낸 것 같아 나도 모르게 한숨이 나온다.

어떤 어르신은 혈압 고지혈약을 복용 중이고 보청기 없이는 듣지 못한단다. 백내장, 축농증, 임플란트, 척추수술, 무릎수술 등 웬만한 수술을 거의 다 받았음에도 자신이 의학이 발달된 세상을 만나 고비를 잘 넘겨서 '인조인간'으로 살아있을 뿐이라고 하신다. 솔로몬 왕이나 진시황도 현세에 계셨다면 온갖 수술을 다 받았을 지도 모르겠지만 그렇다고 200살을 넘길 수 있었을까.

시아버님은 팔십에 백내장 수술을 위해 종합병원에 입원하셨을 때 그곳이 감옥 같다고 하셨다. 누구는 폐암으로 누구는 위장병으로 각자 자기의 죗값을 등에 지고 들어와 침대를 하나씩 차지하고 고통을 겪는 것 같다고 하셨다. 그렇다면 노년은 인생을 살아온 벌일까.

아기로 태어나서 세월 따라 청춘이 왔듯이, 노경도 바라서 온 것이 아님에도 마음 한쪽이 슬퍼진다. 만물의 생로병사는 조물주가 정해준 인생의 과정이 아닌가. 나무가 사계절을 따라 새싹이 나서 성장하여 열매를 맺고 모두 떨어져 겨울을 맞이하면 나무는 제몫을 한 것이다. 누구든 맘대로 순서를 바꿀 수 없고 건너 뛸 수도 없다.

다른 과정으로 넘어갈 때는 통증이 따른다. 진통의 과정을 거쳐야 어미의 몸에서 분리되어 세상 구경을 할 수 있고 사춘기의 성장통을 거쳐야 성인이 될 수 있다. 짝을 만나 자손을 낳고 키우면서 인생의 쓴맛 단맛을 보아야 중년고개를 넘어가고 회갑이 지나야 노인이 되는 것이다. 젊음은 아름답지만 늙음은 고귀하다고 볼 수 있다.

세월은 약, 세월만큼 좋은 스승은 없다며 지혜가 그만큼 늘어간다는데, 그래서 위대한 나라는 젊은이들이 망치고 노인들이 회복시킨다는 말도 있는데 벌이라는 말에는 왠지 불편하다.

그렇다면 노화의 과정 또한 진도가 나간 것이라고 볼 수 있지 않을까. 조물주가 정해준 인생의 숙제를 잘 이루고 다음 과정으로 가려는 것이다. 출생통 성장통 성인통 뒤에 오는 것이 노화통이다. 어느 과정이든 앞쪽 단계를 졸업해야 다음 단계로 갈 수가 있는 것이다.

어찌 보면 슬퍼할 일이 아니고 자랑스러운 일이다. 고3 때 열심히 공부해서 대학에 진학하면 축하를 해주듯 회사에 입사하여 과장 부장 그 이상으로 계속 승진, 다음 과정까지 잘 가기 위해 얼마나 노력을 했으며 긴 세월 견디어 왔는가. 노화통 역시 열심히 인생의 마무리를 위한 준비를 하는 과정인 것이라고 볼 수 있다. 그러니까 삶에 대해 감사해야 하는 것이 아름다운 마무리가 되어야 하는 것이 아닐까 싶다.

노화통의 마무리는 언제든 이 세상을 떠날 채비를 갖추는 것이라고 생각된다. 그 준비로 법정 스님은 누구나 빈손으로 세상에 왔듯이 애초의 마음으로 돌아가는 것 즉 비움, 용서, 이해, 자비라고 하신 글을 본적이 있다. 살아오는 동안 나도 모르게 쌓여진 물건들은 정리할 생각을 하고 있었지만 이 글을 쓰면서 감정들까지 정리할 생각은 미처 하지 못했던 것을 알았다. 세상에 태어나는 일이 쉬운 일이 아니었듯이 아름다운 마무리를 하는 것 또한 나이 들었다고 저절로 되는 일이 아닌 듯하다.

화살표의 힘

임덕기
국문 72, 수필

환승역이다. 사람들이 전철 안에서 봇물처럼 쏟아져 나와 긴 통로를 쭉 걸어간다. 노란 화살표가 바닥과 계단에 즐비하다. 오랜 세월 왼편으로 걷던 사람들에게 돌연 오른편으로 걸으라고 화살표가 친절히 안내한다. 논에 물꼬를 반대로 터놓은 것처럼 당황스럽다.

고개를 두리번거리니 벽에는 왼편보다 오른편이 걷기에 더 편리하다는 홍보사진이 나붙어 있다. 아직 그 내용을 잘 모르는 사람이 많아서인지, 대부분의 사람은 바뀐 화살표는 안중에도 없이 예전 방향으로 걷고 있다. 마주 오는 이들도 우왕좌왕하며 걷는다. 사람들이 제대로 따라 할지 의문이다. 오른편 보행이 제자리를 잡으려면 시간이 꽤 걸리지 싶다.

그런데 얼마 후, 우려한 일은 일어나지 않고, 사람들은 화살표를 따라 묵묵히 방향을 바꿔 걸어가고 있지 않는가. 누군가 곁에 서서 방향을 알려주지 않아도 그들은 화살표가 인도하는 길로 순한 양처럼 따라가고 있다. 오랜 세월 철옹성처럼 굳어진 습관을 화살표가 단숨에 무너뜨리고 있다. 화살표의 위력이야말로 말없는 힘이다. 생각의 물꼬를 짧은 시간 안에 바꿔 놓으니 말이다.

사람들이 길들여진 오랜 습관에서 하루아침에 벗어나기란 여간해서 쉽지 않다. 하지만 화살표만 보면 그들은 최면에 걸린 양 가던 길도 멈추고 고분고분 잘 따라가고 있어 마냥 신기하다. 산길을 걸을 때도 이정표를 믿고 말없이 따라 걷지 않는가. 누구도 한 가닥 의심 없이 화살표는 의례 바른길로 인도하리라 생각하고 걸어간다.

그런데 그 길이 옳은 길인지 아닌지 가늠을 못한 채 사람들이 따라간다면 그 파장은 얼마나 클까. 벼랑 끝으로 몰고 갈 수도 있지 않을까. 성난 물결처럼 도도히 걸어가는 사람들 뒷모습을 바라보면 더럭 겁이 난다. 그들이 거대한 파도를 일으킨다면 어떤 방파제인들 당할 재간이 있겠나 싶다.

언젠가 강남에 있는 환승역에서 헤맸던 기억이 난다. 그날따라 모임에 가려고 부리나케 걸었다. 그 전철역은 평소에 내가 잘 이용하지 않던 낯선 곳으로 사람들도 별로 많이 다니지 않는 한산한 시간이었다. 더구나 누군가에게 물어볼 이도 없을 정도로 사람이 뜸했다. 전철과 전철 사이에 있어 몇 정거장 가지 않고 다시 바꿔 타야 하는 곳이다. 거리는 짧아도 은근히 시간이 많이 걸려 전철 노선을 잘못 선택했나 하고 후회를 하던 참이었다.

환승하려고 화살표가 가리키는 대로 무작정 걸었다. 한참 가다보니 목적지와는 달리 처음 전철을 내렸던 곳이 도로 나오지 않는가. 에스컬레이터를 타고 올라갔다가 다시 내려오고 같은 장소를 자꾸 맴돌았다. 어디로 가야 할지 몰라 가슴이 서늘해졌다. 한 아주머니도 나처럼 계속 같은 곳을 헤매다 서로 마주쳤다. 그러다 그녀는 갑자기 볼멘 목소리로 불만을 털어 놓았다.

"아이고 힘드네, 화살표시를 제대로 해놓을 것이지……."

결국 근처에 있는 옷 파는 상점 주인에게 물어서 그곳을 빠져 나왔다.

전철 타는 이들에게 출구를 가리키는 화살표는 생명줄과 같다. 만약 위급한 상황에 지상으로 나가는 방향을 몰라 땅속에서 허둥댈 일을 생각하면 두렵다.

영화관에서도 위급한 순간을 대비해 영화를 상영하기 전에는 반드시 비상구를 화살표로 알려준다. 화살표의 위력을 새삼 느끼게 하는 순간이다. 우리 일상에는 알게 모르게 화살표가 차지하고 있는 자리가 크지만 평소에는 신경을 그다지 쓰지 않는다. 화살표가 없다면 갈피를 잡지 못해 허둥지둥할 사람들이 눈에 선하다.

지나가는 이에게 길을 물을 때도 마찬가지다. 엉뚱한 방향을 손가락으로 가리키는 사람이 간혹 있다. 낯선 이에게 친절을 베푸는 마음도 좋지만 길을 잘못 알려주면 아예 처음부터 모르니보다 못하다. 자꾸 엉뚱한 곳을 헤매게 된다. 친절도 좋지만 미심쩍으면 처음부터 모른다고 하는 편이 더 낫지 않을까.

우리의 인생길에도 삶의 방향을 붙박이 별처럼 잡아주는 길잡이가 있으면 수월하지 않을까 싶다. 그가 가리키는 화살표만 묵묵히 따라가면 되니 말이다. 그동안 살아온 나의 날들을 돌이켜보면 잦은 시행착오를 겪어 넘어지고 일어서고, 내 마음은 성할 날이 없었다. 그래서 가끔 화살표 같은 멘토가 있었으면 하고 생각한 적도 있다.

마지막 편지

임인진
국문 58, 아동

얼어붙은 하늘 아래
녹슬어 문드러진 철길만큼
핏줄을 가른 형벌이 강물처럼 넘친다.

타들어 굳은 숯덩이 어미 가슴에
고운 미소, 뺨 볼그레하던 아들 돌아와
주름살 얼굴을 묻는다.

손끝 닳아 뭉개지도록
백팔염주(百八念珠) 헤아리며
삼백예순다섯 밤을 쉰 번 지새운
그 염원(念願) 다 어디로 가버렸나
말이 떠오르질 않는다.

헝클어진 실타래 늘여놓고
그 마루턱은 언제나 바다로, 산으로 향한
이상(理想)의 실마리 마주쳤다 엇갈리는
이분법(二分法)의 구분원리(區分原理)가 도사려

바다로 간 사람
산으로 되돌아올 수 없듯
산으로 간 사람, 바다로 못 오는
허공에 매달린 형기(刑期) 다할 그날까지

가슴 찢는 선혈(鮮血)을
안으로, 안으로 삼켜야 하리

— 졸시 「어떤 상봉(相逢)」

2000년 8월 워커힐호텔에서 있었던 첫 번째 '남북이산가족 상봉' 장면을 TV화면으로 보고 쓴 글이다.

반세기 동안 남북으로 나뉘어 소식조차 모르고 지내던 어머니와 아들의 모습이 화면으로 떠올랐다. 꿈에도 못 잊었을 아들의 얼굴을 끌어안아 자신의 볼에 비벼대며 두 눈을 꼭 감아버리던 어머니 신재순(申在順, 당시 88세) 씨, 그의 왼팔 소매 끝에는 밤톨만한 염주 꾸러미가 걸려 있었다. 어머니 손에 얼굴을 내맡긴 아들 조주경(趙周璥, 당시 68세)은 백발이 성성한 모습으로 얼굴엔 엷은 미소를 담고 있었다.

모자는 말을 잊은 듯 한참 동안 볼을 맞대고 있었다. 주변에 다른 사람들처럼 와자지껄 소리쳐 울지 못하는 모자의 눈에서는 눈물이 비 오듯 흘러내렸다. 오십 년 세월을 온갖 풍상을 겪으며 맘고생을 누구보다도 많이

했을 어머니와 아들의 의연한 모습이 어찌 그리도 똑 닮았는지, 복받치는 설움을 애써 삼키는 처연한 모습을 보고 있으려니 가슴이 미어질 것 같았다.

아들이 두 살 되던 해에 남편을 여읜 청상(靑孀)으로 오직 아들 하나만을 위해 살려던 어머니였다. 그런 아들이 20세(당시 서울대 수학과 재학)때 6·25 전쟁이 일어나자 북한의 의용군으로 끌려가 낙동강 전투에 투입되어 왼쪽 팔을 잃은 채 북으로 간 뒤, 어머니는 홀로 아들의 무사안일을 위해 염불을 외며 손에서 염주를 놓아본 적이 없었단다.

아들은 북에서 북조선 최고의 수학자로 인정받기까지 수많은 저서와 논문을 발표하면서도 한시도 어머니를 잊어본 적이 없었노라고 했다. 그런 그가 남한에서 어머니를 만났을 때, 북한의 체제와 수령에 대한 찬양을 하지 않고 눈물을 흘렸다는 이유로 당위원회로부터 집중적인 성토와 비판을 받았다는 것이다.

2007년 북한의 대외 홍보용 월간지 『금수강산』 7월호에는 조주경 박사가 2004년 수면제 과용으로 사망했다는 기사와 함께 그가 세상을 등지기 전에 어머니에게 썼다는 마지막 편지를 공개했다.

가슴이 찢어져요. 어머니, 함께 살자고 떨어질 줄 모르던 어머니,

통일을 그토록 바라던 어머니 모습이 사라지지 않아요…….

최근 한 탈북 인사로부터 전해진 이 이야기에 14년 전 모자의 상봉 장면을 지켜봤던 모든 사람들은 또 한 번 가슴을 쓸어내려야 했다.

불행인지 다행인지, 아들의 애끓는 마지막 편지조차 못 본 어머니 또한 아들을 만나본 지 4년 뒤인 같은 해 92세로 아들의 뒤를 이어 한 많은 생을 마감했단다.

일제 식민치하에서 벗어나면서 나라가 반으로 동강난 뒤, 참혹한 동족상잔의 전쟁을 겪으며 눈물 마를 사이 없는 비극을 겪은 주인공들이 얼마

나 많았던가? 북녘에 가족을 남겨놓고 떠나와 한을 품고 생을 마친 이들은 또 얼마나 많은가?

목숨 붙어있는 것을 천행으로 알고 이산(離散)의 아픔은 때가 오면 만날 수 있겠지 싶어 한도 끝도 없이 시간만 흘려보냈는데 말이다.

속속들이 파헤쳐보면 구구절절 아픈 사연 간직한 사람들로 온 나라 안이 울음바다가 되고도 남을 일이다.

엎친 데 덮친 격으로 진도 앞 바다에서 벌어진 일로 우리는 또다시 눈물바다에서 헤어나지 못하고 있다. 팽목항 방파제 앞에는 돌아올 줄 모르는 아들딸들에게 띄우는 부모와 가족들의 '마지막 편지'가 바닷바람에 펄럭이고 있다.

쪽빛물결 넘실대는 먼 수평선 바라보며 혈육의 이름 부르며 목 놓아 울부짖는 엄마 아빠들의 뒷모습 보노라면 하루에도 몇 번씩 가슴이 미어진다.

4부

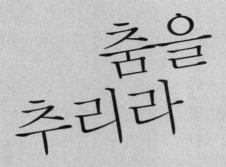

춤을
추리라

이삭줍기

김국자
가정 66, 수필

봄

새싹들이 입맛을 다시며 땅을 비집고 올라오고 있다. 땅이 목말라하면 봄비가 사랑하는 이의 입술처럼 대지를 촉촉이 적셔 준다. 이곳저곳에서 연한 싹들이 나오고 있다. 나는 허리를 굽혀 땅을 보며 그 싹들과 인사하기에 바쁘다.

꽃봉오리를 벌리고 있는 노루귀 꽃잎 속에 하얀 점이 박힌 꽃술이 앙증스러워 보이고, 할미꽃 순은 엄지손가락만큼 땅을 뚫고 나와 있다. 추위를 견디어 낸 매발톱의 푸른 잎이 신통하고 귀엽다. 모란, 작약 싹은 부끄러운지 발갛게 얼굴을 붉히고 있다. 그중에도 제일 신통한 것은 다닥다닥 맺힌 진달래와 철쭉 봉오리들이다. 해마다 성실함을 보인다.

봄의 생동함을 보면서 방에 계신 올해 미수이신 어머니를 생각한다. 금년 들어 왼쪽 다리가 힘이 없으신지 마루를 손으로 짚으며 나오시는 모습이 퍽 안쓰럽다. 지팡이를 준비해 드려야겠다.

어머니는 비교적 건강하신 분이다. 지난겨울은 감기 한 번 앓지 않고 지내셨다. 그런데 허리가 굽으면서 몸이 서서히 무너져 내리고 있다. 팔다리가 쑤신다고 하시기에 신경통 약을 사다 드렸더니 약알의 크기가 눈곱만 하니 효과가 없을 것이라며 큰 알약을 사 오라고 하신다. 어머니는 큰 알약만 잡수시면 금방이라도 다리에 힘이 솟을 것만 같으신가 보다. 이제까지 건강하게 지내신 것도 마음이 순수하기 때문인 것 같다. 어린애 같은 마음이시다. 고집도 대단하시다. 아마 그 고집으로 버티시는지도 모른다. 나는 약방에 가서 영양제인 큰 알약을 사다 드렸다. 몇 해의 봄을 더 보실지 모르지만 큰 알약을 잡수시고 다시 힘이 솟아 마루로 손을 짚지 않고 나오셨으면 하는 희망 없는 바람을 가져 본다.

여름

잔디가 푸르다. 비 맞은 잔디는 더 푸르다. 비에 젖은 나리꽃이 담 너머로 고개를 내밀고 있다. 키가 작은 노랑 장미는 발돋움을 해 보지만 담 너머 길을 볼 수가 없다. 식물도 자기가 보고 살 수 있는 한계가 있는 것이다.

도라지꽃이 피어 있다. 어떤 분은 도라지꽃을 이승의 꽃이 아니라 저승의 꽃이라 했다. 깨끗하고 맑다. 아기 꽃봉오리는 연녹색이지만 점점 보라색으로 짙어지면서 꽃봉오리를 터트린다. 그 속은 빈 봉지 같다. 그러다 그 색은 퇴색하여 흰색으로 바래면서 꽃잎은 힘을 잃고 쪼그라진다.

6 · 25전쟁 터의 유골 발굴 현장. 한 어린 병사의 주머니 속에서 나온 편지 한 장이 공개되었다.

"어머니, 사람을 죽였어요. 어머니, 상추쌈이 먹고 싶어요. 집 앞 우물에서 시원한 냉수를 몇 사발 벌컥벌컥 들이키고 싶어요. 어머니, 저들이 또 코앞에 왔어요. 또 쓸게요. 안녕, 어머니 안녕."

이 세상에서 이보다 더 감동적인 시가 또 있을까.

가을

가을 햇빛은 엷다. 그래도 잎은 마른다. 호스를 대고 물을 뿌려 보지만 환자에게 링거를 꽂는 기분이다. 가을에는 생명이 땅속으로 스민다. 이제까지 보이던 노루귀 잎이 보이지 않는 이유는 땅속으로 스몄기 때문이다. 하지만 나는 슬퍼하지 않는다. 그 생명이 죽지 않았으며 내년 봄이면 그 모습을 다시 볼 수 있기 때문이다. 이것이 식물의 축복인 것이다.

하늘로 오르지 못한 낙엽의 영혼이 거리를 헤매고 있다. 그들이 내는 소리가 귓가에 들린다. '아베마리아'라고 하는 것 같기도 하고 '관세음보살'이라고 하는 것 같기도 하고 그들이 내는 주술 같은 소리에 나는 멍해진다.

산마루 포도원 아래로 민가가 있다. 할머니 한 분이 평상에 앉아 계셨다. 마당에는 빨간 고추가 널려 있었다. 우물가에 피어 있는 닭벼슬 같은 맨드라미와 남치마빛 과꽃을 한 묶음 꺾어 주며 내년 가을까지 당신이 살 수 있을지 알 수 없으니 이 꽃을 가져가라고 하신다. 할머니 주름진 얼굴에 가을 햇빛이 떨어진다.

겨울

소금강 산행에 나섰다. 소금강은 이이(李珥) 율곡 선생이 부모님을 여의고 이곳에서 지내면서 쓴 글 중에 산의 생김새가 금강산과 같다 하여 지어진 이름이라고 한다.

계절은 초겨울, 산새들의 모습이 쓸쓸해 보였고 나뭇잎을 떨군 나뭇가지들의 마른 자태도 초췌해 보였지만 잎이 떨어진 나무의 벗은 모습에서 나무의 아름다움을 본다. 산도 그 속내를 보여 주고 있었다. 계곡물에 씻긴 흰 돌의 모습이 깨끗해 보였다. 계곡을 끼고 금강사 절까지 가기로 마음먹었다. 우리보다 먼저 그곳에 다녀오는 사람에게 금강사까지는 얼마나 남았느냐고 물어보았다. 한 4킬로미터 남았다고 하는 사람이 있는가

하면 조금만 가면 된다는 사람도 있었다. 그런가 하면 거의 다 왔다는 사람도 있었다. 실제 거리가 2.7킬로미터인데 4킬로미터라고 하다니…….

같은 거리를 두고 사람마다 다르게 말하는 것이었다. 아직 멀었다고 하는 사람은 아마 산행이 서툴러 힘들어서 그렇게 느꼈을 것 같고, 조금만 가면 된다는 사람은 건강도 좋고 산행을 자주하는 사람 같았다.

세상을 살아가는 이치도 이와 같다는 생각이 들었다. 건강하고 재력이 있는 사람은 세상살이가 쉽게 느껴지겠지만 늙고 힘없고 재력도 약하면서 병까지 들어 있는 사람에게는 세상살이가 퍽 힘들게 느껴지는 것과 같은 이치가 아닐까.

어울리는 사람과 친구

김남순
영문 65, 수필

중학생이 된 손자에게 친구는 많이 사귀었는지 물었더니 그렇다고 한다. 그 다음 하는 말이 그냥 어울리는 아이들이라고 했다. '그냥 어울리는 아이들'이 무어냐고 물었더니 함께 운동하고 매점 가서 간식 사먹고 게임하고 같이 등·하교 하는 애들이란다. 하기는 어울린다고 모두 친구는 아닐 터이다.

'친구가 많다는 것은 친구가 없다는 것', '모든 사람의 친구는 누구의 친구도 아니다' 라는 경구를 손자 녀석이 알고나 하는 말이었을까. 사전 속 '친구'의 뜻풀이를 보면 가깝게 오래 사귄 사람, 벗, 나이 비슷한 사람이나 별로 달갑지 않은 상대방을 낮추거나 친근하게 이르는 말이라고 쓰여있다.

방과 후에 여럿이 우르르 몰려다니며 소소한 얘기로 웃고 떠들며 빵이나 아이스크림을 먹고 다녔던 예전 학창시절을 생각하면 손자에게도 그 또래가 지니는 낭만이 조금은 있는지 모르겠다. 요즘 아이들은 방과 후에도 학원 스케줄이 꽉 차 있어 공부 외에는 아무것도 할 수 없다는데, 또래들과 짬짬이 운동도 하고 컴퓨터 게임도 하는 손자 녀석을 보면 나름 여유 있게 중학생활을 시작하는가 보다.

손자 녀석도 언젠가는 어울려 다니는 무리 중에서 좋은 친구를 만날 것이다. 평생 몇 명의 친구를 갖게 될지 모르지만 옥석을 가려볼 줄 아는 눈이 생기기를 바랄 뿐이다. 학교 생활에서나 사회 생활에서나 좋든 싫든 여러 종류의 사람들을 만나고 어울리게 된다. 내 의지보다는 환경에 따라 만나는 사람들이고 보면 그들 가운데 좋은 친구를 만나는 것은 소중한 인연이라는 생각이 든다.

살면서 막막하고 절박한 일이 닥쳤을 때 어울리는 사람과 진정한 친구를 구별할 수 있다고 한다. 어려운 상황에서 대처방법을 궁리하면서 살피며 판단하는 지혜를 얻게 되고 주변을 정리하는 계기가 되기에 그리 운나쁘게만 여길 일은 아니다. 넘어져봐야 일어나는 법을 깨닫게 될 테니까. 평소 가깝게 지내던 사람이 뒤통수를 치기도 하고, 별로 친근하게 여기지 않던 사람이 정 깊은 마음을 안겨주기도 하니 말이다. 믿었기에 속내를 다 털어놓았다가 그 일로 곤욕을 겪게 되면 사람에 대한 불신감을 극복하는데 시간이 걸린다. 뜻하지 않게 급전이 필요할 때 선뜻 금붙이가든 주머니를 내밀던 어느 친구의 마음은 지금까지 잊히지 않고 감동으로 남아있다. 삶이 지치더라도 같이 마음을 나눌 친구가 있는 한 살만한 세상 아닌가. 나이 들면서 인생은 희극이라는 말에 공감하게 되고 요즘 유행하는 말로 웃픈(웃기고 슬픈) 세상살이가 재미있기도 하다.

친구가 있느냐 없느냐는 자신에게 달려있다고 한다. 처신하기에 따라 짧게 또는 길게 유지되는 사이. 기울지 않게 중용을 유지해야 좋은 관계로 오래 간다. 아는 사람이든 어울리는 사람이든 친구든 많으면 많을수록 윤택한 생활을 이룰 수 있어 좋다는 부류가 있는가 하면 없다고 해서 삭막한 생활은 아니라는 독립심 강한 부류가 있다. 동물의 세계에서 보듯 무리지어 살든 홀로 지내며 살든, 선택의 문제이지 어느 쪽이 좋다거나 나쁘다고 할 수 없는 일이다. 자신에게 맞는 삶의 방식을 구가할 뿐이다.

요즘은 홀로 살기를 선호하는 사람들이 많이 생겨서 컴퓨터가 있는 찻집, 1인 테이블 음식점, 식품점, 영화관, 관광여행 등 '나홀로족'에 대한 상품개발 서비스가 활발하다고 하니 친구의 필요성을 덜 느끼는 추세임이 분명한다. 앞으로 '친구'라는 낱말의 정의를 새롭게 내릴지도 모르겠다.

내 이익과 필요에 의해 친구를 사귄다면 잘못된 생각이다. 살아가며 좋은 일 궂은 일을 함께 겪고 부대끼며 이해하고 서로 충실한 의리로 배신하지 않을 때 전우애 같은 숙명적인 정이 배어서 진정한 친구로 자리매김할 수 있다.

벽아절현(伯牙絶絃)이란 고사가 있다. 거문고의 명인 백아와 그의 음악을 이해하는 종자기(鍾子期) 사이에 생긴 말이다. 종자기가 죽자 백아가 거문고 줄을 끊고 평생 거문고를 타지 않았다는 여씨춘추전의 이야기와 같이 백아 같은 친구, 종자기 같은 친구를 만난다면 로또 당첨에 버금가는 행운이다.

이제 의젓해진 손자에게 말해줄 참이다. 친구와 책은 좋은 것을 조금만 가지라는 말도 있듯 참된 친구가 한둘만 있어도 인생 성공이라고. 매일 먹어도 질리지 않는 음식 같은 친구, 이따금 좋은 약 같은 친구가 옆에 있다면 신의 축복이라고. 무엇보다도 앞으로 살아가며 내가 참된 친구가 되어주는 것이 중요하다고.

사랑의 씨앗

김남주
국문 63, 수필

잊고 있다가 문득 떠오르면 죄지은 사람처럼 불편하고 답답한 느낌은 어쩔 수 없는 현상이었다. 그렇게 50여 년을 지녀온 짐이었지만 한편 가장 귀한 사랑의 씨앗이었다. 그 씨앗, 마음 한곳에 간직하고 세월의 무게만큼 깊숙이 품어두었던 희망이며 부채이던 씨앗을 이제야 제자리 찾아 심게 되었다.

2010년 7월 14일, 불볕더위가 쏟아져 내리는 한낮인데도 더운 줄 모르고 남편과 함께 서울대학병원을 찾았다. 미리 연락을 하지 않고 갔더니 병원장은 외출 중이었다. 며칠 전 비서실에 전화하여 수일 내 방문하겠다는 의사를 전하고 오늘 예고 없이 찾아간 것이다. 병원장은 부재중이었지만 비서실장에게 가지고 간 봉투를 내놓으며 병원장께 전해 달라 부탁하고 방을 나섰다. 봉투 안에는 50여 년 전 내가 수술받을 수 있었던 경위와 당시 서울대학병원장, 수술을 담당했던 서영환 교수, 주홍재 인턴, 최삼출 간호사의 고마움에 대한 감사의 글과 얼마간의 기부금이 들어있었다.

"수고했어요. 병원장은 만나보았소?"

밖에서 기다리던 남편이 조금은 긴장한 듯 묻는다.

"아니요. 출타중이래요. 전에 전화 받던 여직원이 비서실장에게 안내해주어 봉투만 주고 왔어요."

"잘 했어요. 갑시다."

남편도 편안해 보였다.

7월의 오후는 열기로 가득했지만 마음은 가로수 신록처럼 산뜻하고 푸르렀다. 하늘의 구름조차 아름다운 무늬를 그려가며 퍼져 오르고, 거리를 오가는 사람들이 나를 향해 밝게 웃으며 잘했다고 인사를 하는 것 같았다.

인천행 전동열차는 그날따라 더욱 시원하고 상쾌했다. 세상은 노인들에게 무임으로 승차할 수 있는 좋은 환경이 되었다. 우리 가정도 안정이 되었는데 이제 겨우 병원을 찾아왔구나 생각을 하니 조금 전의 홀가분한 기분도 잠시, 갑자기 가슴이 멍해지면서 숨이 찼다. 너무 늦은 것이다. 만시지탄이지만 약속을 지킬 수 있어서 그나마 다행이라고 다시 마음을 추슬러 다잡았다.

집에 들어서는데 비서실장이 전화를 했다. 큰 금액을 기부해주어 감사하다는 인사와 함께 병원장 계시는 날 연락하겠다며, 이름과 주소를 물어왔다. 봉투 안에 내 이름과 주소는 밝히지 않았었다.

"괜찮아요. 그냥 저처럼 어려움을 당한 이들을 위해 써주세요."

대학 3학년이 되던 해에 특별한 계기로 여름 방학 동안 농촌 봉사활동에 참여했는데 힘이 부쳤던 것 같다. 2학기 개강 후 체육 시간(당시 우리 학교는 전 학년 체육학점이 필수였다.)에 허리가 아프고 다리를 구부리기 힘들어 시간을 채우지 못하였다. 여러 병원을 다니며 진찰한 결과는 척추 사이의 연골이 빠져나와 신경을 누르고 있기 때문에(추간판탈출증) 연골 제거 수술을 받아야 한다는 것이다. 요즘은 조기 발견하고 쉽게 치료되는 흔한 병에 속하지만 그 시절에는 까다로운 병이었던 듯하다.

4학년이 되던 1961년은 나라가 정치적, 사회적으로 혼란스러웠다. 아버지의 사업도 영향을 크게 받아 부도가 나면서 공부를 계속할 수 없는 형편에 이르렀다. 학교에 휴학계를 내고 취직을 하려고 여기저기 뛰어다니는 동안 통증은 더 심해지고 마음도 지쳐갔다. 급한 대로 약물과 물리치료를 병행했으나 이렇다 할 차도 없이 그 해가 다 저물 무렵 이 상태로 가만히 있을 수 없다는 긴박감이 몰려왔다. 뒤이어 잦아드는 절망감에 어찌할 것인가, 어찌해봐야 하나 주문하듯 뇌이며 가슴으로 밀려들었다.

무작정 서울대학병원장 앞으로 장문(長文)의 편지를 썼다.

무슨 용기가 생겼을까, '궁하면 통한다.'란 이럴 때 쓰는 말이었다.

'나는 여자대학 3학년을 마친 휴학생이며, 서울대학병원의 진찰결과는 수술을 해야 한다는 것이었으며, 지금은 형편이 안 되어 우선 수술을 해주면 건강을 되찾아 학업을 마친 후에 수술비를 갚겠다.'는 간절한 내용으로 써서 보내었다.

며칠 후 뜻밖의 기적이 일어났다. 내원해보라는 신경외과 담당 선생의 답신을 받고 꿈결인 양 염치를 차릴 겨를도 없이 달려가 수술을 받게 되었다.

당시의 어려운 나라 사정에서 누릴 수 있는 복지 혜택이었는지, 아니면 병원장의 배려였을까? 신의 뜻이었나? 어찌되었건 절망에서 벗어나 희망이 보였다.

퇴원하는 날 병원장은 "병원비는 갚지 않아도 되니 남은 학업을 마치고 훌륭한 사람이 되라"는 격려까지 해주었다. 그날부터 편지에 약속한대로 내 수술비는 꼭 갚겠다는 결심을 굳혔다. 자신에게 한 약속이고 다짐이다.

어렵사리 졸업을 했으나 어느새 나는 집안의 가장이 되어 있었고, 힘겨운 생활의 연속이었다. 스스로 결심한 약속을 실행하지 못하고 가슴에 묻은 채 삶에 허덕이며 세월과 씨름하며 지냈다.

결혼한 후에도 생활은 나아지지 않았다. 삼십여 년의 직장생활은 삶이란 쉬운 일상이 아님을 일깨워주었다. 다행히 잘 자라준 아들들이 고맙고, 한결같은 남편의 격려가 있어 어렵고 고통스럽던 순간들을 손쉽게 넘길 수 있었다. 그런데도 고비마다 힘겨운 현실을 실감하게 되면서 칠십에 이르러 고희를 준비한다는 아들, 며느리에게 처음으로 이야기를 풀어놓았다. 고맙게도 며느리들이 내 약속을 지키겠다고 했다. 그러나 이 일은 내 자신과의 약속이었고 남편의 격려를 받으며 마무리하고 싶었다. 남편은 기꺼이 헤아려 주었다.

그동안 마음속에 묻어두었던 약속의 씨앗을 바로 펴지 못하고 지내온 오십여 년의 세월이 미안하고 부끄럽다. 많이 늦었지만 내 몫을 할 수 있게 되었으니 다행이라 여기면서 긴 시간이 필요했던 지난날을 교훈삼아 그 심정으로 다가올 날들과 소통하려고 마음을 다잡는다.

연말 즈음에는 사방에서 아름다운 일들이 조용히 일어나고, 감동을 주는 따뜻한 이야기가 가슴을 훈훈하게 한다. 나도 그 대열에 서서 조금씩 사랑의 씨앗과 닮은 새싹들을 파릇하게 틔우며 보듬어가는 노년을 꿈꾸고 있다.

시원하게 불어오는 한줄기 바람에 진초록으로 물든 가로수 잎들이 햇빛을 받아 더욱 빛난다. 내 마음처럼 파란하늘이 오늘따라 더 맑고 투명하다.

치유, 그 시간의 끝자락

김선진
국문 66, 시

지난 8월, 프란치스코 교황님께서 우리나라를 다녀가셨다.

여든에 가까운 연세의 노구를 이끄시고 온통 절망과 혼돈의 이 땅에 감동과 감격의 빛을 심어 주시고 가신 참 어른!

오랜만에 꽉 막혔던 가슴이 뚫리는 며칠간이었다. 하느님을 믿지 않는 비신자들이라도 교황님의 바르고 겸손하신 일거수일투족의 모습에 많은 느낌을 안았으리라 믿는다. 우리가 살아오며 너무 많이 보아 온 위엄과 아주 높은 곳에 근접할 수 없던 성직자, 종교인들의 모습은 아예 찾아볼 수가 없었다. 무한한 자비와 인자로운 할아버지 같은, 내가 떠맡은 고통의 무게는 무엇이든지 다 어루만져 주시고 품어만 주실 것만 같은 교황님.

지난해 봄 베르골리오 추기경이 프란치스코 교황으로 뽑혔을 때 "나를 위해 기도해 주세요"하고 시골 수도원으로 떠나셨다 한다. 우리나라 방문 중에 충북 음성 꽃동네에 가서 수도자들을 만났을 때 마지막 부탁도 "나를 위해 기도해 달라. 제발 잊지 말아 달라" 로마서에 나오는 사도 바울을 무척 닮고 싶으셨을까.

겸손과 검약한 모습으로 하나에서 열까지 솔선수범과 덕목으로 낮은 곳으로 더 낮은 곳으로 품어 안으시는 경이로움. 오랜만에 느껴보는 감동과 마음의 평화가 지속되었다.

편견을 염려하며 마지막 떠나시면서 남기신 그 말씀, 내 가슴에 큰 징소리로 울려 퍼진다.

"내게 잘못한 이를 일곱 번 하고도 일흔 번을 용서하라"

사람의 얼굴이 모두 다 다르듯이 마음의 얼굴도 모두 다 다를 것이다.

모가 나거나 찌그러졌거나 둥글둥글하거나 갈기갈기 찢어져 너덜거리거나 원형, 삼각형, 사각형, 오각, 육각, 다각형, 다면체의 마음의 얼굴들.

더러는 사람의 도리를 지켜 가며 이치에 맞게 둥글게 둥글게 살아가는 삶이 있다. 또 더러는 언제 어디서나 부딪치고 할퀴며 가진 자는 더 가지려 시기, 질투, 음해, 중상모략으로 점철된 한 생애를 쌓다가 와르르 무너지기도 한다.

견디다 못해 너덜너덜해질 때까지 아니 생명이 다할 때까지 자신의 본모습을 눈치채지 못하고 깨닫지도 못하고 한 생애를 마감하는 사람들.

아량과 배려는 허울뿐 타인을 사랑할 줄도 사랑을 받을 줄도 모르는 철벽같은 사람들.

막다른 골목에 다다른 듯한 절망에 물을 주며 키워 가는 벼랑에 매달려 있는 사람들.

타인을 배려 않는 이기심은 하늘을 찌르고 오만불손 방자함으로 똘똘 뭉친 군상들이 예나 이제나 도처에 웅크리고 있다. 그래서 사람들은 깊이 파이는 상처가 두려워 아예 두 눈을 감아버리고 마음의 빗장을 걸어두고 싶기도 한다.

바람이 잠들면 나뭇잎도 함께 잠이 든다.

오색무지개 꿈도 마음껏 꿔 보고 물관을 타고 하늘 높이 팔을 뻗을 수 있으며 다디단 흙내에 마음 놓고 발을 뻗어도 본다. 그러나 천둥과 우레 소리에 간이 콩 알만한 튼실한 나무는 어느 날 폭풍우에 송두리째 뽑혀져 나가기도 한다. 제자리를 지키려고 발버둥 치며 남모르게 얼마나 간절한 도움을 청했을까. 바람이 건드리지 않으면 춤추지 않는 나뭇잎처럼 마음의 형상에도 잦은 폭풍우와 천둥, 우레, 번개가 건드리지 않는다면 마음의 평정심은 또 얼마나 더 성숙해 가고 있을까.

사람은 어머니 뱃속에서 태어나면서부터 어머니의 품을 스스로 찾게 되고 주위 가족 여러분의 사랑을 갈구한다. 혼자되기를 은근히 두려워하여 그래서 친구를 사귀게 되고 이웃과의 교류를 도모하기도 한다. 정을 주고 정을 받기를 간절히 바라면서 알게 모르게 수많은 상처를 주고받게 된다. 내 생각과 상대방의 생각이 같지 않으면 골이 깊게 패일 수가 있고 자연스레 소원해지기 일쑤다. 우리는 한평생 살아가며 그 얼마나 많은 사람을 만나며 헤어졌을까. 또 얼마나 많은 사람이 내 곁을 스쳐가고 속절없이 떠나갔을까.

사람이기 때문에 항상 사람으로 인한 상처가 엄청 오래 박혀 쉬이 뽑아 낼 수가 없다.

교황님께선 화해와 용서를 간절히 설파하셨다. 내게 잘못한 이를 일곱 번 하고도 일흔 번을 용서하라 하셨다.

상처의 색깔과 두께에 따라 화해와 용서의 시간이 비례할 것이다.

모든 상처의 치유는 시간이라고 생각한다.

그 어떠한 절망도, 그 어떠한 슬픔도, 그 어떠한 상처의 고통도 머물지 않는 시간이라는 무형의 특성에 고마워해야 할 것 같다. 시간이 약이라고 통상의 사람들이 늘 일러주었다.

모든 것 포기하고 싶은 견딜 수 없는 벼랑 끝 절망도 '시간'이라는 희석액에 잠길 수만 있다면 화해와 용서의 길, 또한 멀지 않으리라.

일곱 번 하고도 일흔 번의 용서를.

마더 테레사

김행숙

심리 66, 시

마더 테레사의 커다란 동상이 눈길을 끌었다.

무릎을 살짝 구부린 자세로 두 손을 모아 기도하고 있는 동상이다. 마게
도니아 공화국 수도 스코프예에서 번잡한 도시를 지나 한적한 거리에 들
어서자 거기에 마더 테레사의 기념관이 있다.

여기가 바로 그녀가 태어난 곳이라고 한다. 그는 인도에서 줄곧 활동하
지 않았던가! 나는 인도와 밀접한 그녀의 삶을 보고 어느새 그녀를 인도
인으로 규정해버렸나 보다. 하긴 그는 인도 사람들과는 좀 다르게 생기긴
했다.

3층으로 된 기념관은 하늘색 벽에 하얀 비둘기의 연속 무늬로 덧씌워져
있어 산뜻한 느낌을 주었다.

기념관 1층에는 그가 사용하던 작은 침대, 소박한 책상, 그리고 간소한
4인용 식탁 등이 놓여 있다. 십자가와 추가 달린 시계, 벽에 거는 등잔 등
이 있고 교황 바오로 2세와 테레사 수녀가 같이 찍은 사진이 걸려 있다.

2층에는 일생 동안 활동하던 그녀의 사리, 안경 등 유품들이 진열되어

있었고 3층에는 테레사 수녀의 사진이 걸려있고 기도실로 꾸며져 있다.

아그네스는 1910년 바로 여기에서 태어나 18세에 '아녜스 곤자(꽃봉오리)'라는 세례명을 받고 수도 생활을 하라는 소명에 응답하여 로레타 수녀회에 입회하게 되어 그때부터 테레사로 이름을 바꾼다. 이때부터 종신서원을 하고 구호활동에 헌신하게 된다. 테레사 수녀는 다질링에 있는 수도원에서 묵상수행을 위해 야간열차를 타고 가던 중 가난한 이들 중에 가장 가난한 사람들을 위해 봉사하라는 하나님의 부르심을 받고 이를 '부르심 중의 부르심'이라고 생각했다. 그는 뜻한 바 있어 로레타의 수녀복을 벗고 가장 가난한 여성들이 입는 흰 사리로 갈아입었다고 한다. 그 후 그 옷은 그녀의 트레이드 마크처럼 되었다.

그녀가 열정적으로 헌신하는 동안 세계 각처에서 수많은 상이 주어졌다. 파트라 슈리상, 막사이사이상, 교황 요한 23세 평화상, 미 보스톤에 있는 전국가톨릭발전회의의 '착한 사마리아인' 상, 국제 이해에 기여한 공로로 뉴델리에서 네루상, 영국 필립공이 수여한 템플턴상, 알버트 슈바이쳐의 첫 수상자가 되었고 유엔 아동의 해를 맞아 노벨 평화상까지 획득하였다. 이 여러 상의 상금으로 그는 가난한 사람들을 위한 임종자의 집을 짓고 고아들을 위한 집, 한센병 환자들을 위한 집, 알코올 중독자를 치료하는 집, 원주민을 위한 집, 팔레스타인 난민 구호를 위한 집 등을 지었다. 그녀는 이렇게 해서 구호센터를 늘려갔던 것이다.

'허리 굽혀 섬기는 자는 위를 보지 않는다'며 테레사 수녀는 자기의 몸을 '나는 주님께서 쓰시는 몽당연필일 뿐'이라고 한 말이 내 가슴을 찔렀다.

얼굴 깊이 패인 주름살과 온화한 미소의 그가 헐벗고 굶주리고 병약한 사람들을 위한 사랑으로 인해 캘커타의 성녀로 불리게 되었다.

그녀는 죽음을 맞이하는 순간까지도 더 나은 의료 시술을 거부한 채 자신이 돌보았던 환자들과 똑같이 치료해 줄 것을 원했다고 한다. 세계의 많은 사람들은 테레사의 죽음을 진심으로 애도하였다. 그의 장례는 인도의 국장으로 치뤄졌다.

흰색 사리와 샌들에만 의지한 채 버림받은 자에게 다가가는 뭉툭한 기형의 발, 사리에 감싸인 좁은 잔등, 나무껍질 같은 두 손은 그와 같은 동시대를 살아온 우리에게 잊을 수 없는 존재가 되었다.

세상에서는 남을 돕는 활동을 통하여 일어나는 정신적, 신체적, 사회적 변화를 마더 테레사 효과 또는 슈바이처 효과라고 한다.

실제로 남을 도우면 느끼게 되는 심리적 포만감은 최고조에 이른다. 며칠 또는 몇 주 동안 지속된다고 한다. 혈압, 콜레스테롤 수치가 현저히 낮아지고 엔돌핀이 정상인의 3배 이상 분비되어 마음에 활력이 넘친다고 한다.

그것을 알면서도 아무나 그렇게 헌신하지 못하는 것은 결국 자기를 뛰어 넘지 못해서일 것이다. 자기애에서 벗어나지 못한 평범한 여자로서 나는 그에게서 육화된 그리스도를 본다. 테레사 수녀가 한 말을 기억하며 그가 평생을 통해 펼친 일들의 위대성을 생각한다.

한 번에 한 사람씩, 나는 결코 대중을 구원하려 하지 않습니다.

다만 한 개인을 바라볼 뿐입니다. 나는 한 번에 한 사람만 사랑할 수 있습니다.

한 번에 한 사람만 껴안을 수 있을 뿐입니다.

그분이 나에게 알게 해 주신 것들

신정희

기독교 71, 수필

나는 온 세상을 다스리는 자가 되려고 최후까지 전력투구하였는데 그분은 내가 내 자신만을 잘 다스리는 자리로 인도하셨습니다.

나는 많은 사람을 가르치는 자가 되려고 심혈을 기울여 왔는데 그분은 나로 하여금 많은 사람들에게 배워야 함을 알게 하셨습니다.

나는 많은 사람들에게 사랑받으려고 탐욕으로 고집을 부려왔으나 그분은 나에게 이 세상에서 나를 사랑하는 사람은 없다는 것, 그리고 오히려 내가 많은 사람을 가능한 사랑으로 섬겨야 함을 알게 해주셨습니다.

나는 많은 물질을 산처럼 쌓은 후 남에게 나눠주기를 바라는데 그분은 내가 물질을 산처럼 쌓을 경우는 결코 없으니 현재 내가 나눌 수 있는 따뜻한 말 한마디와 차 한 잔과 친절한 미소, 격려, 칭찬, 위로의 말을 나누어야 함을 알게 해주셨습니다.

나는 많은 지식을 습득하려고 쉬지 않고 책을 읽고 공부하였으나 그분은 나에게 지식은 사람을 교만하게 할 뿐임을 보게 하셨습니다.

나는 정상의 명예와 많은 친구와 여러 가지 일의 성취를 열망하여 노력하였으나 뜻을 이루지 못하였고 오히려 그것들로 인해서는 절대로 날 수 없음을 경험하게 하셨습니다.

나는 내 삶을 내 마음대로 조작할 수 있다고 여겼는데 그 조작은 어느 선까지일 뿐 실은 내 삶이 그분의 예정대로 진행됨을 알게 하셨습니다.

나는 이 세상에서 매우 오래 살 것처럼 인식하고 있으나 그분은 내가 그분이 정하신 어느 날 이 지상을 떠날 나그네임을 알게 하셨습니다.

나는 길지 않은 이 세상에서의 삶을 여러 사람 위에 군림하여 큰소리치고 살기를 바라나 그분은 나에게 내가 많은 사람이 짓밟을 수 있는 진흙이 되어야 함을 깨우쳐주셨습니다.

나는 이 세상에서 승부를 내고 싶으나 그분은 나에게 이 세상은 승부를 내는 곳이 아니라 죽는 순간의 승부로 영원을 위해 훈련받고 준비하고 선한 싸움을 하는 곳임을 조명하여 주셨습니다.

나는 피조물이면서 창조자가 되려 하였고 유한자이면서 절대자가 되려 하였고 창조자 앞에 죄인이면서 죄인인 줄을 몰랐는데 그분은 내가 피조물인 것과 유한자인 것과 죄의 값으로 죽어야 하는 자임을 알게 하셨습니다.

나는 이 세상의 형통함과 곤고함은 많이 다른 것으로 여기는데 그분은 나에게 이 둘은 똑같은 것임을 보게 하셨습니다.

나는 하늘을 날기 위해 많은 것에 애착을 가지고 욕심을 부려왔으나 바로 그 애착으로 인해 날지 못함을 경험하게 하셨습니다.

나는 죄의 종이면서 왕이 되려 하는데 그분은 만왕의 왕이신데 말 밥통에 누이신 종이 되심을 보여주셨습니다.

나는 사람이면서 하나님이 되려 하는데 그분은 하나님이면서 사람이 되셨음을 알게 하셨습니다.

그분은 왕좌를 희생하고 낮아지셔서 아무런 죄가 없이 멸시와 조롱과 침뱉음과 뺨맞음과 배신과 매맞음과 수치와 고통과 슬픔을 지고 평생을 사셨는데 나는 절대로 희생하지 않음을 보여 주셨습니다.

그분은 죄인인 나를 살리려고 생명을 희생하셨는데 나는 왕인 그분을 위해서도 억울한 말 한마디 수용하지 못함을 알게 하셨습니다.

나는 나밖에 모르는 사람인데 그분은 나 한 사람을 살리려고 발가벗은 채 십자가 형틀에서 여섯 시간을 매달려 거룩하신 아버지에게 저주와 사망과 최악의 고통을 당하고 죽어버렸음을 알게 해주셨습니다.

무심하기

이문자
국문 63, 수필

오랜만에 바닷가를 홀로 거닐어 보는 행복한 시간을 가졌다. 캘리포니아에 10년이 넘도록 살았어도 샌프란시스코 아래 1번 도로에 Rockway State Beach를 눈여겨 보지 못 했었다.

처음 미국에 왔을 때 어디인 줄도 모르고 딸 가족을 따라가 바다가 코 앞에 보이는 레스토랑에 가서 밀려오는 파도를 보며 파스타를 먹던 곳을 잊지 못 했는데 오늘 보니 지금 걷고 있는 이곳 해변에 있는 유명한 Moonraker 식당이었다.

언제인가 독서클럽에서 만난 어느 동갑내기가 자기는 하루에 한번쯤은 하늘을 쳐다보며 산다고 말했다. 그러나 바쁘게만 살다 보니 조용히 생각하고 느끼고 무심해 보는 시간을 가져 보기가 그리 쉬운 것이 아니다. 이제는 앞도 보고 뒤도 보고 아래도 보고 무엇보다도 위를 바라보면서 살아 봐야겠다는 생각이 든다.

매일 새벽에 하나님을 쳐다보며 살고 있었지만 그 말을 들은 다음부터는 낮에도 가끔씩 하늘을 쳐다보게 된다. 하늘에 흐르는 오만 무쌍하게 변화하는 구름들과 해와 달, 밤에는 셀 수 없이 많은 은하계의 별들, 특히 수명이 다하기 전에 큰 얼굴로 화려한 황혼의 빛을 발하다가 서서히 가라앉는 일몰은 마음의 모든 욕심을 포기하게 하는 내려놓음의 철학가가 되게 한다.

그리고 욕심처럼 이루어지지 않는 삶을 통해 반쯤은 내려놓아야 한다는 것을 터득하게 만든다. 영화처럼 완벽한 사랑은 없었다. 남편을 다 소유할 수도 없었다. 자식도 내 원하는 대로 되지를 않는다. 사업도 계획할 때는 틀림없이 잘될 것 같았는데 가다 보면 어그러지기 일쑤였다. 확실하게 목표를 향해 간 것 같았는데 다른 곳에 와 있는 황당함. 사람들은 말하기를 자식 농사 맘대로 안 되고 죽는 것 맘대로 안 되고 골프 공 맘대로 안 된다지만 안 되는 것이 어디 그 세 가지 뿐이랴? 어느 누구는 말하길 그러니 결과보다는 그 과정을 즐기라 한다. 그렇다. 열심히 성실하게 느리게 천천히 내려놓으며 과정을 즐기다 보면 비록 결과가 만족치 않더라도 최선을 다한 보람 같은 것을 갖게 될 것이다.

오늘은 좀 무심코 시간을 보내고 싶다. 바다의 파도와 물새들 언덕의 돌자갈 하나하나 계곡의 잡초들 그 사이로 흐르는 맑은 물들, 이 모든 것들을 그냥 무심코 즐기고 싶다. 잘 아는 한 교인이 있는데 그는 항상 무심한 미소를 띠고 있는 게 특징이다. 누가 그를 놀려도 그는 성내지도 싫어하지도 않는다. 그를 칭찬해 주어도 그는 그리 기뻐하지도 않고 예의 그 편안한 미소 이상 으쓱대지도 않는다. 그에게서는 욕심도 포기도 읽을 수가 없다. 그냥 무심한 것 같은데 그 높이나 깊이를 측정할 수 없는 부처님 같은 표정이다.

반대로 그 높이와 깊이가 보이는 한 사람을 아는데 그녀는 옛날 일을 후회하는 말을 여러 번 한다. 그녀가 노처녀로 교수직에 있을 때 총장과 그렇고 그런 사이라는 루머에 시달려 누가 그를 이상한 눈으로 쳐다만 봐도 쌈닭처럼 되어 해명하고 다녔던 시절이 후회된다는 것이었다. 그때에, "그래 내가 그런 높으신 분하고 그렇고 그런 사이라니 영광이네요" 했으면 됐을 것을 왜 죽도록 싸움까지 해가며 변명하고 다녔을까? 하고 잘못 살아온 삶이 부끄럽다는 것이다.

나는 이 두 사람의 성격 중 전자의 태도를 선호하나 본질상 후자의 성격을 타고 나서 모든 일에 명명백백 높이와 깊이와 가로와 세로를 확실히 하지 않고는 잠을 못 자는 성미라 손해가 많다. 아무리 웃는 둥 마는 둥 남에게 감정을 들키고 싶지 않아도 그것이 안 되어 다 들켜 버리고 만다. 그리고 남의 잘못을 보면 그 잘못보다 열 배나 흥분하고 정죄하고 남이 잘 하는 것을 보면 백 배나 깜박 넘어간다.

삼 년 전에 딸들과 함께 일본의 벳부 온천지를 간 적이 있다. 지옥천이라는 곳에는 시뻘건 용암이 부글부글 끓으며 금방이라도 화산이 다시 터질듯 뜨거운 김을 내뿜고 있었다. 가끔은 우리들의 삶속에서도 지옥천과 같은 분노가 지나간다. 이런 분노를 완전히 초월하지 못한 속물 같은 나에게 무심하기란 실상 너무 어려운 과제다. 그러나 필요한 과제다.

오늘은 맘 먹고 무심하기 좋은 날이다. 오늘 만이라도 내가 잘못했던 모든 일과 남이 나에게 잘못했던 모든 일에서 무심하고 싶다.

바닷가의 바위들처럼 그 위에 날아다니는 물새들처럼 흘러가는 구름처럼 시간도 정지해 버린 듯한 고요함처럼 다 가지고 싶었던 모든 것들을 반이라도 내려놓는 무심한 하루가 되기를 바란다.

누가 써서 전달을 시작했는지 카톡으로 전달 전달되어 나에게까지 전달된 글을 되읽어본다.

걸을 수만 있다면 더 큰 복은 바라지 않겠습니다.
누군가는 지금 그렇게 기도를 합니다.

설 수만 있다면 더 큰 복은 바라지 않겠습니다.

누군가는 지금 그렇게 기도를 합니다.

들을 수만 있다면 더 큰 복은 바라지 않겠습니다.
누군가는 지금 그렇게 기도를 합니다.

말할 수만 있다면 더 큰 복은 바라지 않겠습니다.
누군가는 지금 그렇게 기도를 합니다.

볼 수만 있다면 더 큰 복은 바라지 않겠습니다.
누군가는 지금 그렇게 기도를 합니다.

살 수만 있다면 더 큰 복은 바라지 않겠습니다.
누군가는 지금 그렇게 기도를 합니다.

놀랍게도 누군가의 간절한 소원을
나는 다 이루고 살았습니다.
놀랍게도 누군가가 간절히 기다리는 기적이
내게는 날마다 일어나고 있습니다.

부자 되지 못해도 빼어난 외모 아니어도
지혜롭지 못한 내 삶에 날마다 감사하겠습니다.

날마다 누군가의 소원을 이루고
날마다 기적이 일어나는
나의 하루를
나의 삶을 사랑하겠습니다.

오늘 하루 만이라도 욕심을 내려놓고 내가 가진 것으로 족하며 완전한
평안을 누리리라.
무심 속에서…….

나의 노래

이미연
영문 80, 수필

주최 측이 송승환 씨를 초대했기에, 오랜만에 과모임에 참석했다. 아는 이들과 두런두런 인사를 나누고, 곧바로 조명이 꺼지고 그의 강연을 듣는 자리로 이어졌다. 부드러운 목소리로 퍼지는 내용들이 잔잔하게 물결을 만들면서 소란스럽던 좌중을 조용하게 만들면서 우리가 다 알고 있다고 생각하는 그의 이야기에 집중하게 했다. 나와 비슷한 연배이기도 하고, 워낙 유명한 사람이라 모르는 이야기가 있는 것도 아니고, 매체를 통해 조금씩은 접해왔던 이야기였는데, 나는 나도 모르게 그의 이야기에 그의 인생에 같이 동행하는 듯 깊이 공감하면서 듣고 있었다. 감정이 그대로 실린 듯 목소리에는 절박할 때는 초조한 마음을 담고, 자랑스러울 때는 뿌듯한 마음을 담아 그는 나긋나긋 이야기를 이어갔다. 적지 않은 사람들이 모여 있는데, 나는 몇 사람이 모인 공간처럼 그의 이야기에 깊이 들어갔다. 그의 인생에 걸친 중요한 사건들과 그의 바람과 꿈에 깊이 동조하게 된 것이다. 그리고 잠시 동안이었지만 행복했다.

다른 사람의 이야기를 들으면서 행복할 수 있다면, 그것은 또 하나의 행운이었다. 나는 생각했다. 나는 나의 이야기를 저렇게 이야기할 수 있을까? 또 그들과 공감할 수 있는 삶이었을까? 사회적 성공여부를 떠나서 그가 그 길을 간 것을 이해하고 공감할 수 있다는 것은 그가 인생을 살아내는 마음가짐에서 나도 그와 같이 생각했다는 것인데, 나는 내 인생을 살아가는 태도에서 남들에게 얼마나 이해받을 수 있을까?

어떤 이는 가치를 따질 때 세 가지 기준을 두는 경우도 있다고 한다. 첫째가 그가 얼마나의 경력을 쌓고 있느냐에 두는 가치, 즉 우리가 말하는 스펙이다. 두 번째가 그가 얼마나 할 수 있는 일이 있느냐에 두는 가치, 즉 능력이다. 그리고 세 번째가 성과와 능력에 관계없이 그 일에 임하는 마음가짐이 어떠하냐에 두는 가치, 즉 태도 또는 자세이다.

우리가 흔히 자신의 이야기를 할 때, 어떻게 살아왔는지 즉 경력에 대하여 말할 때가 많다. 또 하나 자신이 무슨 일을 해 왔고, 지금도 할 수 있는지에 대한 이야기를 할 때가 많다.

대학교 다닐 때였다. 윤리 선생님이었던 이영호 교수는 그의 수업 마지막 시간에 나의 이야기라면서 자신이 지금까지 살아온 삶을 간략하게 소개하는 내용을 들려주었다. 예일대학교에서 에세이로 썼던 것을 기초로 하여, 그 후의 삶을 덧붙여 우리에게 들려준 이야기였다. 자신의 출생과 자란 배경, 그리고 어렵게 유학생활을 마치고 학교에 자리 잡았던 과정과 공부를 한 학기 가르쳐본 자신의 소감을 그 선생님은 담담하게 이야기했지만, 그 이야기를 들었던 나와 친구들은 깊이 공감했다. 그때 처음 접했던 나의 이야기는 한 사람을 이해하고, 자신의 삶에서 타인의 삶에 영향을 줄 수 있는 그런 역할도 할 수 있다는 것을 깊이 깨달았다.

그런데 지금 청년들이 취업할 때 자기소개서라는 이름으로 탈바꿈해서 자신을 경력이나 능력을 들려주는 구슬픈 노래가 되기도 한다. 그들의 노래는 삶 자체가 진솔해야 함에도 불구하고 자신을 남에게 돋보여야 한다는 강박관념에서 그 소개서에 각종 경력과 자격증을 한 줄이라도 더 넣기 위해 그 칸을 채우는 수고로 청춘을 보낸다.

나는 누군가에게 나의 소개서를 제출할 이유는 없다. 그러나 나 자신에게 또 다른 이에게 나의 삶이 어떤 것이었노라고 정리해서 말하고 싶은 욕구를 강하게 느낀다. 내 노래가 내가 하고 싶은 노래이기만 할 뿐 아무도 듣고 싶어 하지 않는 노래가 되는 것은 아닐까 하는 우려를 안고 나의 삶을 되돌아본다.

바라기는 나를 모르는 사람에게도 나를 한동안 만나지 못했던 사람에게도 나는 어떻게 살아왔는지를 간략하게 그러면서 진솔하게 들려주되 자신의 감정을 드러내지 않아도 진심이 전달되는 그런 이야기로 정리하고 싶다. 그래서 내 입술에서 나가는 노래가 내 주변 사람들에게 들으면 집중하고, 또 공감하고 행복해하는 그런 이야기로 되기를 바란다.

초대받아 온 강사의 목소리는 나지막하면서도 부드러워 듣는 내내 마음에 내용이 그대로 들어왔다. 들으면서 남의 성공담인데도 나는 듣기 좋았다. 세상에 자랑이 넘쳐도 그 자랑을 그대로 들어내기에는 내 마음이 좁을 때가 많았다. 그리고 내 이야기도 다른 이에게 저렇게 들릴 것 같았다. 달라진 세상에서 남의 이야기에도 흥이 안 나고, 내 이야기도 딱히 하고 싶지 않았는데, 그럼에도 우리는 만나면 서로에 대해 궁금하고, 알아보고 싶고, 또 나를 전달하고 싶기도 한 것이다. 그럼에도 대화가 매끄럽게 진행되지 않을 때가 많다. 어색함과 칭찬 일변도 그러다가 돌아서면, 그 이야기에 대한 뒷담화가 계속되는 경우도 흔했다.

매체를 통해 전달되는 뉴스에 대해서도 우리는 정상적인 이야기와 선전지(일면 낱장 광고)로 통하는 뒤 담화를 누가 더 많이 아는가에 열광하기도 한다. 들려주고 싶은 이야기와 상관없이 듣고 싶지 않은 이야기와 듣고 싶은 이야기들이 서로 혼재하고 있기 때문일 것이다.

서로가 서로의 이야기를 믿지 않는 이 사회의 분위기는 자신들도 남에게 포장해서 이야기하기 때문이 아닐까, 자신의 입장에서 나도 그랬으니,

상대도 그러리라고 짐작하는 게 아닐까, 오늘도 매체는 그 수를 헤아리기 어려울 정도로 늘어나고, 이야기들은 홍수처럼 범람하는데, 우리는 신입사원의 자기소개서를 냉철하게 판단하는 시험관처럼 그 안에서 무엇이 알맹이고 껍데기인지 가려내려는 의도로 듣고 있는 것은 아닐까, 그리고 자신의 마음이 가는 대로 이야기를 만들고 살을 붙이고, 그러다가 우리가 아는 또 다른 이야기들을 만들어내는 것은 아닐까. 상처뿐인 이야기들의 향연들은 언제 끝날지 알 수 없다.

몇 마디 안 되어도 진솔한 이야기가 그립다. 소박한 이야기만 나누어도 그 사람이 폄하되지 않았으면 한다. 의상이 사회의 신분을 나타낼 때도 있었고, 알고 있는 지식이 그에 대한 평가의 기준이 되기도 했지만, 지금은 정직의 정도가 인격이 되었으면 싶다. 포장이 벗겨지고, 그 알맹이가 사람에 대한 평가가 되었으면 싶다.

이제까지의 삶을 저토록 정리하면서 살아보기나 했을까. 오랜만에 만난 동창들이 학창시절에서 지금까지의 30년 넘는 세월을 간략하게 전달하면서 자신들의 근황을 말하고 있었다. 나름 그녀들의 인생이야기였다. 얼마 지나지 않아서 그것은 또 다른 인생이야기가 되었다.

나도 이야기를 하고는 있는데, 딱히 정리되지는 않았다는 것을 느낀다. 그리고 이제는 나의 이야기를 정리해서 노래방의 애창곡처럼 자신을 잘 표현하는 이야기로 나의 이야기를 다른 이들에게 들려주고 싶다. 나는 삶을 이런 마음가짐으로 살아왔고, 그리고 앞으로 어떤 자세로 살아가겠노라고, 딱히 내세울 것 없는 삶이지만, 성과와는 관계없이 자세와 태도만은 진솔했노라 노래하고 싶다.

안개 속의 빛

이재연

독문 67, 소설

창밖엔 이월의 차가운 비가 내리고 있다. 자리에서 일어나자 정강이 쪽이 뻣뻣하게 굳어 있다. 나는 아픈 부위를 손으로 두들기도 하고, 발뒷꿈치로 바닥을 다닥다닥 치기도 한다. 비가 오니 육체가 먼저 알아보고 10분이 지나도 풀어질 기미가 보이지 않는다. 절망감이 목구멍까지 차올라 피노키오 같은 몸뚱이를 끌고 어디로 사라져버리고 싶다.

"풀어주세요!"

일월들어 날씨가 추워지자, 자리에서 일어서면 다리가 어느새 경직되어 있었다. 사슬로 감겨져버린 듯한 지체의 한 부분, 갈수록 굳어지는 속도가 빨라지고 있다. 나는 탈출구인 베란다 통유리 밖 풍경을 바라본다. 새들이, 하늘이, 발가벗은 나무들이 여정의 마음을 안겨준다. 동네 아래 행길 가로수 키 큰 은행나무들이 지붕 너머로 반갑다고 손을 흔들어주는 듯하고, 일단지 메타세콰이어 나무들이 침묵 속에서 거리와 집들을 내려다보고 있다. 이 도시의 공기를 마시며 숨쉬고 있는 동반자 같은 나무들은 새로운 기운이 이 땅에 퍼져나가길 인내 속에서 희망하고 있는 것처럼 보

인다. 얼마 있으면 두 손 모아 기도하고 있는 듯한 목련꽃 봉오리들이 흐
드러지게 필 것이다. 사방이 짙은 잿빛 날씨에 비 내리는 풍경이 마치 러
시아의 페테르부르크의 침침한 날씨를 그대로 옮겨놓은 듯하다. 파스텔
풍의 은은한 빛깔의 아름다운 건물과 두꺼운 우주 같은 외투를 걸치고 묵
묵히 회색 거리를 걸어가고 있는 행인들의 풍경 속에서 내 속의 굳은 것
들이 비명을 지르며 달아나는 듯했다. 희부연 안개 속 같은 이국의 잿빛
거리에서 갈망하는 자들의 혼(魂)의 말이 빛이 되어 떠도는 듯했다.

"풀어주세요! 매인 사슬을 풀어주세요! 자유로운 몸이 되어 훨훨 날게
해주세요!"

어머니도 생전에 무릎이 아파 절뚝거리셨다. 절뚝거리며 인생의 희로애
락의 거센 파도에 헉헉거리며 더 나은 삶에 대한 갈망을 자식들의 가슴에
심으셨다. 그 갈망의 유산을 이어받아 딸도 갈망의 말들을 하늘을 향해
쏟아놓고 있다. 이제 일어나 걷게 되면 쓸쓸하거나 외롭거나 있는 그 자
리에서 감사하면서 기뻐하면서 살 것 같다. 봄이 오면 뜰에다 분홍빛 매
발톱과 갖가지 색깔의 장미를 심고, 겨울을 이겨낸 동네의 친구 같은 참
나무의 두꺼운 껍질을 쓰다듬어 주고 싶다. 참나무 아래 벤치에서 만났던
보고 싶은 그리운 사람들이 어른거린다.

다리가 풀어졌다 다시 굳어지고, 그러다 걷게 되면 기쁘고, 다시 굳어지
면 한 부분의 지체로 삶이 정지한 것 같고. 기적처럼 풀어지면 이일저일
을 하고. 그러면서 시간이 간다. 인생이 무참하게 흘러가고 있다. 허공에
선 육체를 벗어난 혼이 날아다니는 듯하고, 미친 사람처럼 손발을 흔들어
대며 끙끙대는 자신을 보며 낯선 여자가 웃고 있는 듯하다. 동네 병원에
선 인공관절이 이완되어서 그렇다고 말했다. 뭔가 뼈들과 관절끼리 서로
어긋나 다리의 한 부위를 파괴적으로 정지시켜버린 것일까. 질서에서 이
탈한 이 작은 부위가 온몸으로 퍼날리는 고통의 무게로 시들어가면서 반
사적으로 빛나는 것, 생명의 생기, 영육이 조화로운 평온의 날을 그리워

하며 겨울의 한복판을 지나고 있다.

그러던 어느 날, 고관절을 수술해 지금은 원하는 곳은 어디든지 갈 수 있는 멋쟁이 친구가 전화를 했다. "어디서 읽었는데, 가슴에 무덤을 품고 살아야 한데. 무덤 곁을 그냥 지나가는 것이 아니라, 무덤을 품고 살아야지, 그 죽음이 부활로 이어진데."

막막한 현실이 무덤처럼 절망으로 와닿는다. 두드려도 열리지 않는 문. 왜 문이 보이지 않은 뿌연 안개 속을 걷게 하시는 걸까? 바닥으로 떨어지고 있는 절망감, 혀끝에서 쏟아진 독한 말과 무자비한 행동으로 독소를 풍겼던 알게 모르게 지은 죄…… 가슴속 무덤은 잔인하고 무섭고 고통스럽다.

"죽음아 너의 이기는 것이 어디 있느냐?" (고린도전서 15:55)

나는 절망을 씹으며 신과 육체와 영혼의 격투를 하기 시작한다. 악령과 천사가 맞붙어 굵은 피가 떨어지고 있는 듯하고, 음험한 악령들이 마구 돌아다니며 절망의 구덩이를 파놓고, 그 사이사이를 천사들이 날갯짓하며 생기를 날라다 준다. '여태까지 믿고 따랐는데, 버리십니까? 사랑한다는 언약을 휴지조각처럼 찢어 회오리바람 속에 날려보내십니까?' 소망하면서 어둠 속으로 떨어지고, 추락하면서 살기 위해 발버둥치며 기어오른다. 생명과 죽음 사이를 왔다갔다하면서 몸은 기진해간다.

작년 가을부터 무릎이 약해져 절뚝거리기 시작했다. 그 전까지는 인공관절 넣은 무릎으로 어디선가 꽃들의 축제가, 비상하려는 새들의 축제가, 자연스런 영혼들의 축제가 부르는 듯한 환상에 빠져 헤매고 다녔다. 여름날 뜨거운 태양이 물러간 뒤의 해 질 녘이면 사람들은 낮과는 다른 하루를 보내려는 듯 밖으로 나왔다. 나는 여름 저녁의 스산한 공기를 마시며 취한 듯 걸어다녔다.

그러던 4월 중순의 어느 날이었다. 오전 아홉 시경에 모든 국민이 티브이로 지켜보는 가운데 세월호는 점점 침몰하고 있었다. 진도 팽목항 조도 앞바다에서 250명의 학생들이…… 바다는 피바다가 되고 봄의 산야는 또 한 가닥의 한(恨)의 그늘로 덮여져버렸다. 피우지 못한 꿈을 안은 바다의 젊은 영혼들은 분노한 바다를 떠도는 듯하고, 이 나라 산천 구석구석에 스며있는 울음소리와 북녘땅 백성들의 아우성 소리가 장엄한 진혼곡이 되어 사방으로 울려퍼지고 있는 듯했다.

"정말 버리시나이까? 이 여인을 버리시나이까? 아니, 이 민족을 버리시나이까?"

책상 앞에 앉아 잠깐 메일을 보고 일어났는데 다리가 굳어져버렸다. 이제 곧 짧은 해는 산 뒤로 넘어가버린 것이다. 가슴속 무덤 위로 거친 잡풀만 무성하게 자라고 있다. 절망이 사방에서 사나운 바다처럼 출렁거리고 있다. 그때였다. 희미한 소리가 가슴에서 허공에서 퍼져 아침햇살처럼 온몸을 에워쌌다.

"버리지 않는다!"

머리끝에서부터 발끝까지 어떤 기운이 휙 돌더니 아침 태양의 빛 다발이 밀려오면서 그 속으로 아픈 육체가 쏠린다. 피노키오 다리처럼 이쪽저쪽에서 뚝딱 소리가 난 것 같더니 걷고자 하는 발이 한 발 앞으로 움직인다. 굳은 눈덩이가 녹듯이, 굳은 것이 자연스럽게 풀어져 또다시 한 발을 옮긴다. 청계산 산봉우리에 희망의 징조처럼 연둣빛 테가 빙 둘러 쳐져 있다. 높은 산은 하늘과 가깝고 연둣빛은 희망이다. 60년 만에 찾아온 청마의 해. 짙푸른 말이 대기를 뚫고 창공 높이 뛰어오르는 듯하다. 뿌연 잿빛 대기 속으로 무언가 환한 것이 떠다니고 있는 것 같다. 죽은 혼들이 북쪽과 남쪽의 산야 곳곳을 날갯짓하며 돌아다니며 승리의 노래를 부르고 있는 듯하다. 점점 높이 날아오르려는 새…… 황금새…… 한의 역사를 새로운 빛의 역사로 승화시키려는 하늘의 뜻 같은 바다의 포효…… 어둠 속에서 빛을 갈망하는 사람들의 목소리가 하늘을 움직이는 듯하다.

봄이 물러가자 다리는 더 절뚝거려 병원에 입원을 해 수술을 받았다. 같은 자리 무릎에만 네 번째이다. 이번엔 종양의 재발이 아니라 무릎의 인공관절을 바꾸고 고관절을 했기 때문에 기쁨이 넘쳐흐른다. 버리지 않은 신의 사랑에 감사하는 마음이 묵은 영육의 껍질을 벗겨버린다. 그 두꺼운 껍질을 벗고 껴안은 초여름, 달라진 인생이 맞이하는 첫여름, 첫계절이다. 막막한 안개 같은 인생의 바다에서 새로운 영혼이 태어날 때마다 맞이하는 눈부신 첫 계절과 첫 하늘과 새 땅이다. 고통과 눈물로 씻긴 새로운 땅, 인내와 희망과 한 마음으로 새로 태어난 이 땅 위에 하늘의 은총 같은 빛이 쏟아져 내리고 있다.

"여호와께서 아시는 한 날이 있으리니 낮도 아니요 밤도 아니라 어두워 갈 때에 빛이 있으리로다"(스가랴 14:7)

춤을 추리라

이현명
영문 64, 시

    오래전, 세계적인 심리학자 칼 융에 관한 서적을 대한 후 필자는 그에게 한때 매료된 적이 있었다. 그는 꿈을 매우 중요시하였는데 나는 많은 꿈을 꾸지는 않았지만 웬일인지 예시적인 경험을 하곤 하였다. 지난 꿈들을 가만히 떠올리다보면 칼 융을 가끔 생각하게끔 되었다.

    나의 남편은 아이들이 아직 어릴 때 큰 병에 걸렸다. 그때 나는 노란 하늘을 보았다. 그가 떠나던 날 아침, 입원실 침대 위에서 고요히 잠든 듯하던 그가 힘없이 소리 질렀다. "안 가요! 지금 안 가!" 그래서 그가 눈을 뜨자마자 물었더니 검은 옷차림의 우람한 남자들이 팔을 끌며 함께 가자는 꿈을 꾸었다고 했다. 정말, 이 세상을 떠나면 누구나 저 세상으로 가게 되는 걸까?

    한 번은 어디선가 울먹이는 소리가 들렸다. 알 수 없는 커다랗고 부드러운 손이 흐느끼며 흔들리는 나의 등을 토닥여 주었다. 꿈결이었지만 느낌으로 알 수 있었다. 어렸을 때 돌아가신 아버지의 손길이었다. 깊은 병이 든 남편과 어린 아이들……아무것도 모르는 나는 누군가에게 의지하고 싶었던 것 같다. 그 상황에서 아무도 나를 도울 수 없었기에 꿈속에서라도 위안받고 싶은 마음의 표출이었나 보다.

자주는 아니지만 이런 꿈도 꾸었다. 맑은 시냇물을 따라 걷고 있었다. 등에 아기를 들쳐 업고, 오른손엔 머슴아이, 왼손엔 계집아이의 손을 잡고…… 어디론가 가고 있었다. 또 약간 떨어져 조금 큰 사내아이까지 함께였다. 이렇게 나까지 포함해 다섯 명이 힘겹게 얼마를 걸어갔을까? 징검다리가 보였다. 회색빛 나무로 된…… 다리는 많이 삭아서 부서질 것 같아 보였다.

옛날, 전설의 고향에 나왔던 모습의 남자 두 명이 낡은 다리 위에 걸터앉아 있었다. "다리가 튼튼하면 좋을 텐데." 라고 막연히 아쉬운 맘이 들었다. 검은 옷의 저 남자들은 누구를 기다리고 있는 것일까? 그들을 바라보면서 계속 걸어가는 내내 이런저런 생각을 하다 꿈에서 깨어났다. 그 후, 꿈 이야기를 전해 들은 친정어른들이 말씀하셨다. 큰아이는 병든 남편이고 아이들은 너의 아이들 3남매구나 쯧쯧쯧…… 말을 잇지 못하셨다.

그가 암으로 세상을 떠나고 며칠이나 지났을까? 새벽에 꿈을 꾸었다. 그가 환하게 미소를 짓고 있었다. 순식간이었다. 아무 말도 없는 그를 떠올리며 잠에서 깨어나 생각했다. 그는 이제 육신의 고통을 벗어났나 보다. 그가 떠나는 날 박 신부님으로부터 마지막 종부성사 미사를 받았는데 아마 고통 없는 좋은 곳으로 간다는 하직인사를 하였나 보다 라고 생각하였다.

그리고 또 며칠이거나 어쩌면 얼마나 많은 날들이 흘렀을까…… 비몽사몽 속에 지내고 있었는데 새벽에 다시 그의 꿈을 꾸었다. 그의 두툼하고 큰손이 보였다. 차곡차곡 개어놓은 옷가지들을 여행 가방에 손수 챙겨 넣는 꿈이었다. 이번엔 얼굴은 보이지 않았다. 정말 아주 먼 곳으로 떠나는 듯했다. 이상한 기분이 들어 헤아려보니 그날이 49제 날 새벽이었다. 어른들 말씀대로 그가 좋아하던 카키색 스웨터를 장례절차 후 그의 묘지 곁에서 활활 불태워주었다.

그가 떠난 후, 나는 무서운 생각을 하고 있었다. 나약한 인간인지라 깊은 우울 속에서 세월을 보냈다. 아무도 없는 어둠 속에 머물며 몇 개월 씩…… 1년씩…… 나의 수명을 정리, 즉 죽음을 계획하며 지냈다. 이 세상에 내가 없어도 아이들은 잘 살아갈 거야……. 지금 하던 이 일만 마무리하면 나도 가야지…… 이 세상에서 내가 할 일은 하나도 없어…… 그러니 떠나는 거야. 철통같은 요새 안에서 죽음을 철저히 준비하고 있었다. 일 개월씩 또 일 개월씩…….

그래…… 아이들 일, 세상일들, 주변 사람들과 지구…… 우주…… 삼라만상 모두 내가 없어도 별탈 없이 아무런 변화 없이 그대로 유지될 거야. 그렇게 어느덧 5년이나 지내다가 문득, 정말이지 다 귀찮아졌다. 그냥 세월을 세지 말고 지내야지. 그러면서 세상을 마무리하는 생각과 행사를 멈추었다. 일이 생기면 생기는 대로, 닥치면 닥치는 대로 살자. 지금의 이 순간만 생각하며 날숨과 들숨을 쉬며 살자.

이렇게 20여 년이 흘렀다. 그동안에 상실의 상처말고도, 경험이 부족한 나는 현실적 손실을 주는 인간도 많이 만나 볼 수 있었다. 그렇게 사는 동안 그래도 그들은 나를 성장시켜주기도 하였다. 긴 머리를 풀고 수없이 죽을 듯 살 듯 하며 죽음과 비밀스런 대화를 나눌 수 있었다. 하지만 이제는 색다른 꿈을 꾸고 싶다. 어차피 살아야 한다면 무의식 속에서가 아닌 현실적인 의지로 꿈을 꾸리라.

나는 사람을 좋아한다. 특히 심한 상처를 입었어도 혼탁해지지 않은 맑은 사람을 좋아한다. 누구에게도 이끌려오는 일없이 이제 나 자신, 운명의 주인이 되고 싶다. 그리하여 아무리 고통스러운 삶이라 할지라도 나의 운명을 사랑하리라. 생각만으로 살지 않고 온몸으로 살리라. 그 어느 때보다 진지하게 춤을 추리라. 영혼이 깃든 춤을 추리라.

짜깁기 같은 자국들

정부영
가정 69, 수필

누구나 어느 한 시절은 시간이 빛같이 빠르게 지나가고 그 빛이 선명한 자국을 남기고 흘러갔을지 모른다. 내게도 그 한 시절이 있다.

대학 시절은 의식주 모든 부분에서 지금보다 모자라고 부족한 때였다. 몇십 년이 지나간 지금 돌아보니 일 년이 책갈피 한 장 넘기는 것 같기만 하다. 수십 장의 책갈피를 어떤 때는 빠르게 때론 느리게 넘기면서 숨 고르며 지내온 시간들을 한 장 한 장 되돌리며 짚어본다. 한가하게 홀로 있을 때는 물론 생활 현장 곳곳에서 불현듯 떠오르는 장면들, 얘기들, 그 기억의 시간 여행이 자꾸 늘어난다.

요새 친구들과 책 작업하면서 지나간 사진들을 들춰보다가 많은 게 변하고 사라진 걸 새삼 느꼈다. 1960년대 후반에서 70년대 걸쳐 우리 세대가 즐겨 다니던 곳, 먹거리, 의상, 풍물들을 떠올려본다. 주 무대는 대학 앞과 집까지 가는 길목, 광화문을 지나 종로, 미도파 앞과 명동 거리다. 지금은 젊은이 패션과 악세사리, 생활 소품의 쇼핑 장소로 북적이며 관광객이 넘치지만 그때는 서울에서 손꼽히는 문화예술과 유행의 온상지였다.

여대 앞은 맞춤 의상실이 즐비해서 한참 꽃처럼 피어오르는 청춘의 미(美)를 살려주고 가꾸어 주었다. 몇 안 되는 책방과 대조를 이뤄 사회적 지탄을 받기도 했지만 우리에겐 가슴 뛰게 하는 장소로 자리 잡았다. 그때 한참 유행했던 팝송들과 세미 클래식 음악은 마침 LP판의 발달로 음악 감상실이나 다방에서 감미롭게 흘러나왔다. 광화문에 있는 크라운 빵집에선 맛있는 곰보빵. 단팥빵, 버터빵이 코끝을 간질이고 'Put your sweet lips', 'The end of the world' 같은 음악이 귀청을 간지럽혀 그 분위기에 행복해했다. 종로2가에 있는 르네상스는 자부심을 가지고 늘 다니던 고전음악 감상실이었고 명동의 설파 다방에선 '보리밭'이란 노래가 너른 들판에서 손짓하듯 우리를 불러들였다.

1970년대 중반까지 우리나라 문화예술의 중심지는 명동이었다. 지금의 명동예술극장이 그때는 국립극장으로 공연예술의 메카로서 자리 잡았는데 많은 연극배우도 배출해냈다. 그때 '사춘기'란 연극이 언뜻 기억난다. 어쩌다 '오비 캐빈'에 가서 생맥주 한 잔 마시며 송창식 윤형주의 기타반주와 노래를 들으면 카타르시스가 온몸을 휘감는 듯했다. 명동 거리에는 송옥이나 노라노의 집인 아리사 등의 유명 양장점과 국제 복장 학원이 패션을 창조해냈고 금강 등 구두점과 잡화점도 즐비하여 문화 풍물거리로 손색이 없었다.

대학 입학해서 송옥 양장점에서 큰 맘 먹고 코발트색 오버 코트를 맞춰 입었다. 스텐 카라에 빛나는 은색 단추를 죽 달고 일자로 무릎까지 오는 디자인으로 가볍고 따뜻했다. 춥고 칙칙한 겨울 날씨에 밝은 코발트에다 중량감도 안 느껴져 기분까지 산뜻하고 가벼웠다. 학교 공부는 좀 제껴두고 친구끼리 어울려 음악이나 연극 감상으로 종로와 명동을 다니면서도 한편 초등학교 고학년 예능 과외를 하러 다녔다. 지금은 없어진 12인승 미니 합승을 타고 보광동 과외 장소로 가던 중이었다. 오래된 낡은 좌석에서 졸던 중, 차가 급정거를 했다. 앞으로 확 쏠렸고 뭔가 뒷등에서 걸리면서 찢어지는 게 아닌가. 아끼던 내 오버 코트가 기역자로 찢어져버렸다. 어찌할 줄 몰라 하던 내게 주위 아주머니가 안쓰럽게 보더니 "학생, 종점까지 쫓아가서 어떻게든 변상하라고 따져봐." 종점까지 참고 갔다. 운전사는 난감해하며 "미안해요 학생, 비싼 옷을 변상해줄 형편이 못 돼요. 어떻게 짜깁기해서 입으면 안 돼요." 새 옷이 헌 옷이 돼버렸다. 정교하게 짜깁기를 했지만 난 그곳이 저절로 의식이 되고 드디어 친구 한 명이 알아보고 지적할 땐 너무나 속상해서 그만 입고 싶지도 않은 지경이 됐다.

지금은 짜깁기가 거의 사라져버린 것 같다. 물자가 귀할 때 한 올 한 올, 씨줄 날줄 엮어내는 손작업이 필요했지만 경제 발전으로 새로운 기술과 생산으로 옷의 물량이 넘쳐난다. 이렇게 변화하고 사라지는 것들이 주위에 많다. 초가집은 이제 민속촌에서 전통가옥으로 볼 수 있고 문창호는 인테리어 장식으로나 쓰이고 장작더미나 물고기 잡는 통발들도 보기 어렵다. 참빗은 인사동에 가서 비싸게 산 적이 있다. 돌과 흙으로 빚은 정감 도는 돌담도 관광지에서나 남아있다.

패션은 돌고 돌아서 십수 년이나 그 이상을 주기로 조금씩 변형되면서 나타났다 사라지곤 한다. 디자이너들의 브랜드 의상도 떴다 사라지며 경쟁 대열에 합류되지만 꾸준한 명맥을 유지하며 명품으로 살아남는 브랜드도 생겨난다. 예전의 옷이나 머리 스타일, 악세사리 그리고 풍물들, 생활 집기의 디자인을 보면 촌스럽고 불편해 보이지만 내겐 소중한 시간과 기억으로 자리 잡고 나를 돌아보게 한다.

그때 내 가슴을 콩닥콩닥 뛰게 만들었던 그 많은 것들이 지금은 무뎌지고 사라져 버리려고 한다. 아직도 좋은 음악을 들을 때, 좋은 시가 눈에 뛰고 좋은 영상을 볼 때, 어미 거북이 모래에 수많은 알을 낳고 기진맥진 바다로 기어갈 때, 어미 새가 새끼에게 비행연습을 시키며 지켜볼 때, 동물들의 종족 본능에 가슴 저릴 때는 '나도 감각이 많이 살아 있네' 당연한 일에 저으기 안심하는 심정은 왜일까. 측은지심은 오히려 나이가 들면서 더 많아지는 것 같은데…….

지금은 변화되고 퇴색해버린 그 시절은 아직도 그대로의 영상으로 내 안에 남아있다. 가끔씩 끄집어내어 반추해보면서 그때를 즐기며 행복해 한다.

적선합쇼

홍경자
약학 64, 시

  6·25전 돈암동 우리 동네엔 목탁을 두드리면서 "적선합쇼" 하며 매일 아침 집집을 돌던 스님이 있었다. 학교를 가려면 시장길을 지나야 했는데 그곳에는 "한 푼 줍쇼" 하는 다 낡은 검정색 벙거지 모자를 쓴 거지들이 손을 내밀고 있었다. 그 모습들이 인상적이었던지 칠십이 훌쩍 넘은 지금까지도 목탁하면 '적선합쇼 스님'이, 벙거지 모자하면 '한 푼 줍쇼 거지'가 머리에 떠오르곤 한다. 적선이란 단어의 뜻을 모르던 어린 나는 '적선'은 거지스님이 쓰는 말이고, '한 푼'은 일반 거지가 하는 말이라고 이해하였다. 1·4후퇴 때 피란길에 올라 그 동네를 떠나면서 더 이상 그것에 대하여 생각하지 않았었다.

  몇 십 년이 지나 관광차 찾아간 어느 절(寺) 일주문 위 현수막에 한자로 적힌 적선(積善)이란 단어를 보자 어릴 적의 기억이 떠오르며 깜짝 놀랐다. 쌓을 적(積), 착할 선(善)…… 일 년 농사 지어 노적가리 만들 듯 선행을 쌓아 올리라는 것이구나, 오른손이 한 것을 왼손이 모르게 자선(慈善)을 베풀어라, 먹고 남은 것이 아니라 지금 먹을 것 중에서 나누어라 하는 바로 그 말이 아닌가. 그런데 자선을 베풀려면 상대가 있어야 하지 않겠는가. 그래서 그 스님은 매일 아침 사람들에게 선을 행할 기회를 주고자 목탁을 두드렸는가 보구나. 그러고 보니 어느 나라의 거지들은 구걸행위를 당당하게 여긴다는 이야기를 들은 적이 있다. 상대방에게 적선의 기회를 주기 때문에 오히려 자기들에게 감사하여야 한다고…… 이러한 논리에 일리가 있다는 생각이 든다. 병원에 근무하고 있을 때 어느 분이 '어려운 이웃에게 자선을 베풀라'는 말에 자신은 어려운 이웃을 찾아 나설 시간이 없는데, 병원에서 매일 만나는 환자들이 어려운 이웃이니 이 얼마나 행복한가 하는 말을 들은 적이 있다.

그런데 그 '적선'이란 단어의 뜻을 이제야 한자로 보고 이해하게 되다니……. 이유를 곰곰이 생각하여 보았다. 제2차 세계대전 중에 태어난 나는 옛날 같으면 천자문을 배워야 할 나이에 일찍 분가한 아버지를 따라 할아버지와 떨어져 살았고, 6·25전쟁 통엔 쉬지 않고 학교에 계속 보낼 수 있는 것만 감사할 뿐 한자 교육엔 교사 출신인 어머니도 신경을 쓸 여유가 없었다. 초등학교 4학년이 되어서야 한자를 배우기 시작하여 중·고등학교를 거치며 좋은 선생님들을 만나 이렇게 저렇게 배운 것이 나의 한자 실력의 전부이다. 물론 생활 속에서 부모님이나 집안 어른들께 배운 숙어(熟語)나 사자성어(四字成語)들이 시의적절(時宜適切)하게 내 삶에 지침이 되어주곤 하였지만 말이다. '적선'이란 단어의 뜻이 積善임을 늦게야 알게 되었다고 나의 무식에 호들갑을 떨려고 하는 것은 아니다. 우리말과 생활 속에 들어있는 한자의 뜻을 잘 몰라서 그동안 우리말의 풍요를 제대로 누리지 못하였을 수도 있다는 생각이 들기 때문이다.

한자(漢字)는 국어사전에 의하면 '중국 글자'이다. 표의문자(表意文字)이므로 이를 사용하는 이웃나라 사람들과 필담(筆談)이 가능하지만 발음(發音)이 다르며, 나라에 따라 같은 상황에 사용하는 글자가 다르기도 하다. 이러한 한자는 우리말의 70%나 된다고 하며 한글로 써도 뜻이 통할 수 있는 우리말이다. 언제부터인가 한글학자들 사이에 한자 배격론자(排擊論者)가 정부의 한자교육정책에 영향을 미치기 시작하여, 배우기 어렵다(?)는 이유로 학교에서 가르칠 상용(常用)한자의 수를 줄이더니 급기야 학교에서 한자를 전연 배우지 않은 세대가 등장하게 되었다. 이들이 일간지의 한자를 읽을 수 없으니 일간지에도 한자 사용을, 병기(倂記)조차 하지 않게 되었었다.

자기 이름도 한자로 쓸 줄 모르는 고등학생에, 자기의 전공과(專攻科)를 한자로 쓸 줄 모르는 대학생이 있다는 뉴스는 충격적이었지만 글로벌 시대에 영어 하나면 되었지 한자를 모른다고 무엇이 문제인가 하는 부모와 어른들의 생각이 그대로 반영된 결과가 아니겠는가. 외국에는 학교에서 제2·제3 외국어도 필수로 가르치고 있는 나라도 있다고 하는데 우리나라는 내 것인 한자 교육보다는 외국어인 영어 교육에 관심을 더 쏟아 원어민 교사까지 채용하고 있다. 또한 말도 제대로 하지 못하는 어린아이를 영어 유치원에 보내어 '기역 니은'은 몰라도 A,B,C를 아는 것을 자랑하며 능력있고 배운 부모인 양 착각하는 사람들도 있다. 어찌 내 것도 모르면서 남의 것을 알겠다고 하는가. 우선 나를 알고, 상대방을 알아야 세상을 올바르게 살아갈 지혜와 힘이 생긴다. 국어를 잘하는 아이가 영어도 잘하는 것을 주위에서 흔하게 보아왔다.

요즘 서울의 지하철역엔 '우측보행'과 '오른쪽 걷기'를 나란히 적어놓고 있다. 또한 전문분야에서는 한자로 쓰거나 병기하면 뜻이 금방 통할 것을 한자를 모르니 '단어의 뜻'으로 암기하고, 영어를 배웠다는 사람들은 영어를 섞어 쓰며 뜻을 전달하기도 한다. 예를 들면 약의 특성으로 안전성(安全性)과 안정성(安定性)이 있는데 한자로 쓰거나 병기하면 굳이 설명이 필요하지 않은데 이를 모르니 안전성(safety), 안정성(stability) 이라 쓰기도 하고 아예 영어로만 적어놓기도 한다. 예전에 비행기(飛行機)를 '날틀'이라 해야 한다던 한글학자가 살아있다면 지금의 이 현상을 보고 무어라 할 것인가…….

다행하게도 교육부에서는 2001년부터 중학교에서는 900자, 고등학교에서도 900자의 한자를 교육용으로 지정하였다. 그러나 이 한자의 숫자도 일본이나 중국과 비교해 보면 턱없이 부족하다는 의견도 있다. 문제는 숫자의 많고 적음이 아니라 우리나라 사람으로서 우리말과 우리글로 의사전달을 쉽고 빠르고 정확하게 할 수 있느냐 하는 것일 것이다. 더 나아가 우리의 문화를 발전시켜 계승시켜나갈 수 있을 정도로 한자를 가르치며, 배워서 활용할 수 있어야 한다고 생각한다. 몇 년 전부터는 한자능력인증시험도 실시하여 '급수'를 인정하고 있다. 뜻있는 어린이나 어른들이 자신의 수준에 맞게 응시하고 있으므로 이들을 위한 교재와 학원까지도 등장하였으며, 사원채용 시 '급수'를 참고하는 기업체도 있다고 하니 급수의 질(質) 여부를 떠나 좋은 현상이라고 본다.

평생을 이과(理科)의 세계에서, 약(藥)과 환자 사이에서 씨름하면서도 나름대로는 사람을 생각하며 살아간다고 하여왔지만 이제 나이가 드니 자연스럽게 소위 '사문철(史文哲)'에 관심이 많아졌다. 그러면서 '적선이란 단어의 뜻이 積善임을 깨우치듯 단어의 뜻을 정확하게 몰라 국어사전이나 컴퓨터에서 한자를 찾아보기도 한다. 또한 읽을 줄도 뜻도 모르는 한자가 많고, 읽기는 하되 쓰기를 잊어버리는 한자의 숫자가 늘어남을 인지하며 부끄러움에 고개가 숙여진다. 그래서 아이들의 한자 교육을 논하기 전에 나부터 한자를, 기초부터 공부하겠다고 마음먹고 후배와 친지들에게 자문(諮問)을 구하고 있다. 누가 알랴, 늦게 배운 한자가 노후(老後)에 積善하는 기회가 되어 줄지…….

느림, 그 아름다움

홍애자
국문 60, 수필

　싸라기눈이 조용히 내린다. 길목을 조금 지나 아차산 어귀로 들어서는 좁다란 오솔길이 나온다. 느릿느릿 걸음을 옮기자 알싸한 나무의 향이 코끝에 스민다.

　천천히 걸으며 이런저런 생각을 하다보면 가끔 방향을 놓칠 때가 있다. 딱히 어디로 가야 할 곳을 정하지 않고 들어선 산길이라 여러 갈래의 길을 거슬러 가기도 하고 한눈을 팔면서 갖가지 생각에 잠겨 길이 아닌 숲속도 걷게 된다. 그때 비로소 내 자신을 넉넉히 받아들이게 되는 것 같다. 낙엽이 발밑에서 부스러지는 소리에 귀를 적시고 그 부스러진 이파리를 보며 삶의 덧없음을 생각하게 된다.

　어디를 가나 느림이 대접을 받지 못하는 시대가 되었다. 부지런함을 추구하며 그 개념을 확산시키는 계층이 형성되고 있는 반면 자유를 갈구하며 편안함을 느끼고자 하는 것은 망상일 뿐, 현대인의 병폐로까지 인식되어지고 있다. 일본의 다다이찌로의 저서에서 '세상에는 어찌하여 근면의 사상만이 판을 치고 경제학만이 존재하며 게으름학은 없는 것일까' 라고

'게으름의 이데올로기'에서 피력했다. 과연 나는 근면한가? 아니면 게으른가? 이 둘의 차이는 어떤 것일까. 이따금 새벽부터 일에 쌓여 정신을 차리지 못할 때가 있는데, 이것은 근면이 아니라 근면이란 미명하에 자신을 학대하는 일부가 아닐는지.

자유를 만끽하며 편안함을 가질 수 있는 느린 삶은 누구나 누릴 수 있는 특권이며 행복이다. 산모롱이를 돌아나와 맞는 오솔길은 정적이며 낭만을 동반한다. 그리고 한가롭다. 느림을 즐기며 느림에 몸을 실어 꼬불꼬불한 좁은 숲길을 아주 천천히 걸어본다. 이것이 내가 산책을 즐기는 이유이며 삶의 여유로움을 되찾는 행보이기도 하다.

작곡가가 오선지에 쉼표 하나를 찍고 나면 심포니와 오페라, 콘첼토가 춤을 추며 현란한 몸짓으로 음율을 쏟아내고 지휘자는 긴 숨을 토하며 지휘봉을 높이 쳐들고 피아노의 건반은 학의 날개처럼 펄럭이기 시작한다. 100여 명의 단원들이 저마다 혼신을 다 하는 손과 팔놀림에서 음역은 서서히 퍼져 흩어지며 감성을 흔드는 황홀함이 장내를 뒤덮는다. 감동의 함성, 빠르고 광활한 소리의 춤사위에서 빠져나와 느릿하게 침잠 속 저 깊은 심연에서 헤엄쳐 나오는 여유로움, 바로 느림의 아름다움이다.

연주를 앞두고 준비하는 아이들마다 "엄마가 앞서 가니 우리가 해야 할 게 없어요." 마치 저희들이 못 미더워 먼저 서두르는 속마음을 꿰뚫고 있기나 한 듯 불평들이다. 그러나 믿지 못하는 게 아니라 나의 일생이 '빨리 빨리'라는 관습의 노예가 돼 있는 것임을 아이들은 모른다.

얼마 전까지만 해도 나는 그것을 근면으로 자부하며 교만을 부렸던 것이다. '하루 시간이 짧아' 하며 새벽부터 할 일을 메모하고 분주하게 움직였다. 하루가 24시간이 아니라 25, 26시간으로 느릴 수 있다는 생각이 깊이 박혀있었다.

일 년 열두 달 중 공연이 없는 달이 거의 없을 정도로 다섯 아이는 저마다 바쁘다. 그에 발맞춰 나는 더 바쁘다. 지인들 앞에서 될 수 있으면 '바쁘다'라는 말을 삼가하려해도 입에 붙어 저절로 튀어나올 때면 여간 면괴스러운 게 아니다. 그러나 오늘을 사는 사람이라면 바쁘지 않은 이가 어디 있겠는가. 초고속 시대에 얹혀사는 게 현실이기 때문이다.

그러나 마음을 가다듬고 내면의 탐심을 쏟아내고 보니 그 근면의 정체가 그렇게 좋은 것만이 아니라는 게 느껴진다. 심성이 강퍅해지고 감성이 메말라 감동이 사라지기 일쑤다. 호숫가에 앉아 물이랑을 만들며 노니는 오리 떼와 갈대의 유유한 몸짓에 즐거워하며, 조금은 게으른 여인으로, 여유와 사색으로, 들꽃을 사랑하는 사람으로 서 있고 싶다.

어느새 오솔길 깊숙이 들어와 느림을 즐긴다. 도시의 소음과 멀어져가면 갈수록 내 안에 풍요함이 가득해진다.

느림, 은은하게 피어나는 꽃향기 같은 아름다움이다.

5부

세월은 흐르고 나는 머문다

세월은 흐르고 나는 머문다

강숙희

불문 78, 수필

　어릴 때부터 공항이나 기차역, 부둣가에 가면 무작정 타고 떠나고 싶은 충동을 느꼈던 것이 지금 생각하니 운명인 듯하다. 이 나라, 저 나라, 나라 밖으로 제법 떠돌았다. 한정된 시간이었지만 그곳에서 삶의 둥지를 틀고는 했던 나는 늘 변하지 않는 옛 모습을 찾아다니기 좋아한다. 나라 밖에 있으면서 내 나라 조그마한 공간 속의 오밀조밀함이 더욱 아름답고 애틋하게 여겨져 늘 그리웠다. 노스탤지어라고 사람들은 말한다. 온전히 그곳에 있지 않다는 이유만으로도 그리움은 당연한 것이었다. 그 당시 고국은 내 그리움의 질긴 뿌리가 되고 있었다. 특히 토속적인 내 나라의 아름다운 모습들을 떠올릴 때마다 그리움이 겨울날 눈처럼 가을날 낙엽처럼 쌓이다가 봄날 벚꽃처럼 마음에 흩어져 내리곤 했다.

　돌아가면 마음속에 하나 둘씩 떠오르는 그곳들을 가보리라. 그때까지 그곳들이 변하지 않고 그때 보았던 그 모습으로 만날 수 있기를 얼마나 간절히 바랐던가. 봄에는 벚꽃이 흐드러지던 그 집이, 가을이면 슬프도록 파란 하늘을 이고 낮은 울타리 너머로 탐스런 감을 주렁주렁 매단 감나무가 서 있던 그 집이, 그 집 앞 갈대 술렁이던 그 물가가 메워지지 않고 그곳에 그대로 있어주기를 얼마나 소망했던가.

귀국하고 얼마 되지 않아 '그곳'을 찾아 나선 적이 있었다. 공연히 마음이 설렜다. 한편으로 실망할까 두렵기까지 했다. 어디를 가도 개발이라는 명목 아래, 주택 공급이라는 미명 아래 고즈넉한 산골 마을이, 아늑한 교외의 풍경이 어느 날 갑자기 생경한 모습을 하고 있을 때마다 그것이 비록 보다 많은 인간을 이롭게 하는 덕목을 지니고 있을지라도 그 서운함이 때로 서럽기까지 했으니 '그곳'이 무사할지 걱정이 앞섰다.

기억을 따라 가보니 낯익은 좁은 길이 나타나기 시작했다. 가슴에 싸하고 바람이 일었다. 오래전 자주 만나지는 않았지만 어느 한순간 마음의 길을 터버려 정다운 기억으로 늘 가슴에 남아있는 사람을 오랜만에 본 것처럼. 아! '그곳'은 옛 시간들을 흘려보내고 있었다. 그 언젠가 보았던 그 때 그 모습 속에서 언뜻 드러내 보이는 낯선 모습까지 함께 나를 맞아주었다. 물가는 그대로 있었지만 갈대는 흔적이 없었다. 반갑고도 한편 서운했다. 기억 속에 그토록 정겨웠던 그 감나무 집이 없어졌다. 음식점이 하나 보였다. 물가에서 사람들은 여전히 낚싯대를 드리우며 앉아 있었고 야트막한 야산은 그대로 있어 다행이다 싶었다. 그 감나무 집이 없어진 것이 서러웠다. 그 어느 청명한 가을날 본 감나무 집 풍경이 너무나 아름다워 마당에서 빨간 고추를 말리고 있던 아주머니께 물 한 잔 얻어 마시며 애기도 나누었었는데, 그 인정이 그립고 아쉬웠다.

그 동네를 벗어나니 지척에 줄지어 서 있는 아파트들이 그 높이도 어지럽다. 돌아서 '그곳'을 빠져나오며 아쉽지만 '그곳'이 더 이상 달라지지 말고 그만큼의 모습이라도 남아있어 차가운 콘크리트 숲속으로 훈훈한 온기와 맑은 공기를 날려 보내며 그 옛날 고즈넉했던 그 모습을 생각나게 해주는 추억의 장(場)으로 남게 되기를 기원했었다.

지난 일요일 오후 바람을 쐬러 나섰다 돌아오는 길이었다. 사람들이 산

책을 하고 있는 공원 앞을 지나다 불현듯 '그곳'이 떠올라 혹시나 하고 다시 차를 돌려 가봤다. 낯익은 물가며 야산들이 눈에 들어오기 시작했다. 바로 '그곳'이었다. 몇 년 사이 좁은 길은 아스팔트 길로 변했고 물가를 따라 산책로가 만들어져 유럽풍 가로등까지 설치되어 있었다. 그 나지막한 집들은 이제 두어 채 남고 다 없어지고 음식점과 카페, 호텔까지 들어서 있었다. 갈대밭은 콘크리트 노천광장이 되어 매점이 들어섰고 주차장이 되어 있었다. 그동안 그 부근을 여러 번 지나다녔었는데 달라진 길의 모습과 지나가던 방향이 달라서인지 '그곳'을 잘 알아보지 못한 채 이제야 찾아본 셈이 되어버렸다. 그 정답던 마을은 이제 좀 더 도회적으로 세련된 얼굴을 하고 있었다. 아, 그랬었구나. 몇 번씩 지나다녀도 찾아보지 못했었구나. 아쉬움과 쓸쓸함으로 가슴이 젖어왔다. 인간은 결코 완전히 만족할 수 없는가보다. 흐르는 시간과 더불어 소박했던 옛 모습은 많이 흘러가버렸지만 아파트 숲 끄트머리에 한 자락의 숲과 물가를 지닌 채 도심 속의 휴식처로 '그곳'은 지친 사람들의 영혼을 잠시나마 위로해주는 쉼터가 되리라.

지난날의 풍경에 대한 유난스러운 동경은 감상적인 탓도 있겠지만 나라 밖에서 살았던 경험 때문에 더욱 그런 것이 아닐까. 향수가 가슴속에서 요동을 쳐 나를 지치게 해도 당장 달려올 수 없는 그 거리감을 앓았던 것이다. 그리고 한 번 가슴으로 만난 사람들과 풍경들을 쉽게 떨쳐내지 못하는 성격 탓도 있으리라. 신혼 때 이웃집 아기들을 너무나 사랑한 나머지 그 가족들이 이사 가던 날 차마 작별의 인사도 못 나누고 베란다에서 떠나던 모습을 몰래 바라보며 눈물짓다가 그들이 이사 간 낯선 거제도까지 주소 들고 찾아가 기어이 만나고 돌아온 이래 그 아기들이 성인이 된 지금도 만나고 있으니……

돌아와 다시 둥지를 튼 나는 이제 나라 밖에서 내 삶의 모습을 상기시켜주는 모든 풍경들을 그리워하고 있다. 언젠가 다시 그곳에 가리라. 그때까지 모든 풍경들이 그대로 있어주기를, 정다웠던 사람들을 그 모습으로 만날 수 있기를.

인간은 늘 '지나간 것들'과 '사라져간 것들'에 대한 향수를 지니고 있나 보다. 멀리 떨어져 있어 쉽게 볼 수 없거나 변해서 아주 사라져버리면 더욱 애틋해진다. 저녁 노을 속에서 '그곳'을 빠져나오며 시(詩)로 만든 샹송 하나 불러보았다.

".........

날이 가고 세월이 지나면/ 흘러간 시간도/ 사랑도 돌아오지 않고/
미라보 다리 아래 세느 강만 흐른다 / 밤이여 오라 종은 울려라/
세월은 흐르고 나는 머문다."

내 인생의 바다

고은주

국문 90, 소설

부산에서 태어나 열아홉 살까지 자란 내게 바다는, 산이나 강처럼 무심한 배경에 불과했다. 스무 살이 되어 서울에 올라와서도 바다가 없어 답답하다는 생각 따윈 들지 않았다.

"부산이 집이야? 우와, 좋겠다. 여름에 놀러가도 돼?"

그렇게 호들갑 떠는 친구들이 좀 한심해 보이기도 했다. 부산이라고 해서 다 바닷가에 집이 있는 것도 아닌데. 부산도 서울과 다를 바 없는 도시일 뿐인데.

술에 취하면 호기롭게 강원도로 바다 보러 가자고 외쳐대는 친구들이 한심해 보이도 했다. 바다가 대체 뭐라고 저 난리람. 그러다 결국 강원도는 못 가고 인천까지 가서 바다를 바라보며 감탄하는 친구들을 향해서는 혀를 끌끌 차기도 했다.

"저게 바다야? 저 뿌옇게 고여 있는 물이 바다라고?"

모름지기 바다란 거칠고 드넓고 푸르러야 한다는 생각이 본능처럼 자리잡고 있던 것은, 내가 부산 출신인 까닭이다.

그럼에도 불구하고 부산을 시골이라고 부르는 게 싫어서, 아버지가 어부거나 잘해야 선장 정도로 봐주는 친구들이 싫어서, 나는 사투리도 쓰지 않으며 서울 유학 생활을 보냈다. 대자연의 힘과 아름다움에 대해 미처 알 수 없고 관심조차도 없던 이십대 때의 일이다.

그리고 삼십대를 지나 사십대에 이르니 비로소 알 것 같다. 바다가 내 가슴속에 얼마나 크게 자리 잡고 있는지. 내가 바다를 얼마나 그리워하고 있는지.

"해운대 쪽으로는 똥도 안 눈다!"

야멸차게 외치면서 졸업을 했던 우리가 범행 현장을 다시 찾은 범인처럼 해운대에 모여들어 여고 동창회를 하던 날. 아들 녀석이 '해운대여고'를 자꾸만 '바다여고'라고 한다는 친구의 말에 나는 문득 교실 창밖 풍경을 떠올렸다. 멀리, 언제나, 바다가 펼쳐져 있던 풍경. 때로는 지겹기도 했던 풍경.

그 풍경을 공유한 친구들은 동창회가 끝난 뒤에도 수시로 바다를 이야기했다. 오늘처럼 바람 부는 날에는 동백섬의 파도가 떠오르네. 광안리 해변의 카페에서 차 한 잔 마시고 싶어. 이기대 산책로를 걷다 보니 너희들 생각이 나더라. 맘만 먹으면 바다를 볼 수 있는 친구들이 부러워…….

아이들 그럭저럭 다 키워가는 아줌마들의 흔한 감상이라기엔 너무도 간절한 얘기들이라는 걸 나는 느낄 수 있다. 어느 도시에 있든 우리들의 가슴속에는 바다가 자리 잡고 있음을. 우리는 그 바다에 너무도 많은 것을 묻어두고 떠나왔음을.

최근에 만난 초등학교 동창들과도 바다 얘기를 빼놓을 수 없었다. 그 시절에는 이름조차 초등학교가 아니라 국민학교였으니 거의 역사적인 만남이라 할 수 있는데, 그 머나먼 추억을 얘기하다 보면 바다가 배경음악처럼 떠오르는 게 신기했다. 내가 다닌 대연국민학교는 도심의 복잡한 주택가에 있었는데…….

그런데 누군가 높은 곳에서 모교를 찍은 사진을 보니 시가지의 끝부분에 바다가 보이는 게 아닌가. 내 생각과는 달리 초등학교조차 바다에서 그리 멀지 않은 곳에 자리 잡고 있다는 사실은 놀라운 발견이었다. 부산이라는 도시에서, 바다란 그런 것이다. 벗어나려 해도 벗어날 수 없는 어머니의 품 같은 바다.

서울 한복판에서 부산 사투리로 맘껏 떠들며 우리가 먹었던 음식도 부산식 바닷장어 회였다. '아나고'라고 불러야만 그 맛이 살아나는 회를 씹으면서 우리는 뼛속까지 바다 출신임을 확인했다. 맞은편에 앉은 남자 동창들의 얼굴이 문득 그 시절의 아버지 얼굴로 보이기도 했다. 우리는 어느새 그런 나이가 되어 있었다.

어린 시절, 바다에서 물놀이를 하다 보면 불쑥 나타난 아버지가 나를 품에 안고 깊은 물 속으로 들어가곤 했다. 아버지가 성큼성큼 걸어 들어갈수록 바닷물은 더 맑고 더 차갑게 다가왔다. 이윽고 내 손을 잡고 물장구를 치게 했던 아버지는 이내 그 손까지 놓아버리고 웃으며 내게 손을 내밀었다. 그러면 나는 계속 물장구를 치고 손을 허우적대면서 아버지의 손을 잡으려고 앞으로 나가갈 수밖에.

나는 그렇게 수영을 배웠고 바다를 배웠다. 그때 함께 웃으며 나를 바라보았던 오빠는 딸이 태어나 세 살이 되자 꼭 그때의 아버지처럼 딸아이를 품에 안고 바닷속으로 걸어갔다. 한 걸음 한 걸음 아주 조심스럽게. 이게 바다야, 이게 아빠의 고향이야, 속삭이는 듯한 뒷모습으로.

아, 올여름엔 꼭 해운대에 가야지. 아니면 송정. 아니면 광안리. 그곳에서 나의 어린 아들에게 파도를 가르쳐야지. 나의 고향 바다를 가르쳐야지.

지난해의 마지막 날, 휴가를 쓸 수 있게 된 남편은 하루를 어떻게 보낼지 궁리하다가 느닷없이 서해안 고속도로를 타자고 했다. 그가 행선지로 정한 곳은 어린 시절을 보낸 충청도의 작은 마을이었다. 그곳에 변함없이 남아 있는 초등학교와 중학교를 둘러본 뒤 그가 마지막으로 향한 곳은 춘장대 해변이었다. 의외로 무척 가까운 곳에 바다가 있었다.

"중학교 졸업한 이후로 처음 와봤어. 그런데 모든 게 다 그대로네. 한편으로는 모든 게 다 변한 것 같기도 해."

마치 첫사랑과 조우한 듯, 남편은 바다를 바라보며 중얼거렸다. 열아홉 살 이후로 한 번도 가보지 않은 광안리 방파제에 간다면, 나도 꼭 저런 모습일 것 같았다. 바다를 바라보면서 견딘 사춘기…… 정말 뜻밖의 공통점이 우리에게 있었구나, 생각하는데 남편이 들뜬 목소리로 말했다.

"현이 녀석, 저기서 조개 캐고 놀면 좋아하겠다. 올여름에 한번 데려오자."

올여름엔 서해로 동해로 바쁘겠다, 우리 아들.

바다가 나의 인생에 구체적으로 어떤 영향을 미쳤는지 말하기는 어렵다. 분명한 것은, 바다를 빼놓고 나의 지난 시간들을 말할 수는 없다는 사실이다. 바다는 때로 나를 멈추게 하고 때로 나를 움직이게 했다. 바다 근처에 살았던 사람은 결코 그 힘에서 벗어날 수 없다.

바닷가 출신이 아닌 사람들은 또 그들대로 환상을 갖는 바다. 수시로 그들을 불러들이는 바다. 그 무한한 마력은 대체 어디에서 비롯되는 것일까? 깊이 생각해볼 겨를도 없이 바다 앞에만 서면 누구나 겸허해진다. 그저 평화로워지고 그저 자유로워진다.

먼 곳을 꿈꾸게 만드는 바다. 그러다 다시 돌아오게 만드는 바다. 그 비밀을 엿보기 위해 이번 주말에는 가까운 바다를 찾아야겠다. 인천 앞바다라도 좋겠다. 이제는 그 뿌옇고 잔잔한 바다의 매력도 충분히 느낄 수 있는 나이가 되었으니.

잠 못 이루는 밤

박영자
국문 63, 수필

   서울시와 팬클럽에서 주관하는 제4회 문학기행에 참가하기로 했다. 작고 문인의 무덤을 혼자 답사하기는 어려운 일이다. 일만 원을 내고 점심까지 재공해주며 공초 오상순, 만해 한용운, 소파 방정환, 박인환 묘소를 탐방할 수 있다니, 이 같은 모임을 주선한 주최 측에 감사하며 19살 소녀가 되어 나섰다. 두 번의 지하철을 갈아타고 시청역 5번 출구로 나오니 떠나기 3분 전이다. 정각 10시에 떠난다는 것은 미리 알고 있었지만, 1분도 지체 없이 회원 30명을 태우고 수유리로 떠나는 버스는 막힘도 없었다.

   인가를 따라 300m쯤 올라갔을 때 우뚝 솟은 삼각산이 눈앞에 펼쳐지며 뚝 아래로는 흔적만 남은 계곡엔 빨래터였다는 안내판만이 서 있다. 산이라고 할 수도 언덕이라 할 수도 없는 경사진 비탈길을 오르자 담을 두른 선생의 묘소가 보인다. 안내자에게 왜 산소에 담을 둘렀느냐고 물었더니 혹여 들짐승이나 사람들에 의해 해쳐질까하는 염려 때문에 평상시에는 빗장까지 채워두며 관리하고 있다고 하였다. 자신을 비우고 공으로 세상을 초월한 삶을 살았던 선생의 삶이 헛되지 않았음을 보여주고 있다. 무덤 앞에는 2톤이 넘어 보이는 석판엔 선생의 시를 가슴에 품고 세워져 있다. 혼자 오르기도 불편한 언덕길을 어떻게 이곳까지 옮겨 왔을까. 선생을 아끼며 옮겨놓은 사람들의 정성이 단번에 느껴진다.

묵념을 드리고 고개를 들어 석판에 새겨놓은 시 한 구절을 읽는데 모든 것을 품어 안았던 선생의 넓은 마음속에 내가 함께 있는 착각마저 드는 것이다.

'흐름 위에 보금자리 친 오! 흐름 위에 보금자리 친 나의 혼(魂)' 바다 없는 곳에서 바다를 연모(戀慕)하는 나머지/ 눈을 감고 마음속에/ 바다를 그려보다/ 가만히 앉아서/ 때를 잃고…… 자신의 생애를 시와 일관되게 하려했던 시인의 정신이 가슴을 아리게 한다.

왼쪽 상석 위로 선생이 생전에 좋아하시던 작은 돌에 주먹만 한 크기로 파 놓은 재떨이가 앙증맞게 놓여 있어 나는 타임머신을 타고 50년 전 청동 다방으로 가고 있었다. 대학 3학년 때 뵙지는 못했지만, 선생님의 인품을 경외(敬畏)하며 지내던 터였다. 그러던 중 친구와 함께 명동에 있는 청동 다방으로 갈 기회가 있었다. 검지와 중지 사이에 있던 담배는 주인과 무관하게 저 혼자 타고 있었다. 왜소한 체구에 우리를 맞아 주던 선생의 눈빛은 기쁨과 슬픔, 사랑과 미움을 한눈으로 꿰뚫어보는 시선이셨다. 꿈에서 깨어나듯, 취해있는 내게 붓을 들려주며 비망록(洛書帖)에 글을 남기라고 하셨다.

무슨 시를 어떤 내용으로 썼는지 기억은 나지 않지만, 57년이 지난 지금도 생생하게 선생 앞에 섰던 내 모습이 두렵고 따뜻하게 자리하고 있다. 하지만, 그날 시를 쓴 내용보다 선생의 생활 모습이 외롭게 느껴져, 집으로 돌아오는 길이 편치 않았다. 차라리 소유를 버리기보다 더 철저하게 당신을 관리할 수 있는 삶을 살 수는 없었던 것일까. 하는 의문이 들며 고지식하게 사는 아버지 같은 선생의 모습이 나를 우울하게 하였다.

깨어서 취침할 때까지 하루에 열 갑이라는 담배를 태우며 가정도 없이 방랑객으로 비망록에 마음을 담아 계실 곳 없는 생활을 하는 선생은 이재에 어두워 생활에 적응하지 못하고 예술과 종교를 시에 구현하며 영혼까지 담으려했던 삶이 무슨 의미가 있는가…….

오지랖 사납게도 삶이란 치열함만이 미래가 예비되어 있고 혼란과 갈등을 잠재울 수 있는 길은 전진만이라고 생각했던 나의 생각이 얼마나 위험한 발상이었는가를 깨닫기에는 너무 많은 시간을 보냈다. 교통사고로 몇 년 동안 입원하고도 퇴원하고 가는 길에 다시 교통사고를 당해 응급실로 이송되는 운명, 내가 아니 하려해도 아니할 수 없고 하려해도 안 되는 것이 인생임을 나는 그때 알지 못했다. 문학의 샘물을 마실 때에만 사람답게 살 수 있는 영혼임을 깨닫는 다는 어느 작가의 말처럼, 문학을 접하고 있기 때문일까? 삶의 굴곡을 지난 뒤에서 일까? 가짐과 못가짐이 허망으로 다가오기 때문일까? 풍요가 주는 후유증으로 사람다움을 잃어 가고 있는 것을 선생은 예견하였다. 세속에의 일탈로 고고하게 사셨던 선생의 모습이 고목으로 다가온다. 육안(肉眼)과 영안(靈眼) 시안(心眼)을 볼 줄 모르는 내가 어찌 선생을 평가할 수 있단 말인가. 머리를 숙이고 무덤을 뒤돌아 서려니 선생의 말씀이 귓전에 울린다.

"나를 아느냐?"

선생은 서울에서 출생하여 목재상을 운영하는 가정에서 빈곤한 생활은 하지 않았다. 일본 유학을 다녀와 기독교의 전도사로 활동했으며 청년기에는 '폐허'의 동인으로 활동하였다. '폐허'에서 김억과 함께 일제 강점기의 삶을 일탈하려는 몸부림을 보이기도 하였다. 하지만, 일제로부터의 생명탄압을 극복하기에는 막힘은 어쩔 수 없는 일이었다. 뿐만 아니라 시인의 열망이었던 평등사상과 상호 이해의 토대로 한 세계 공통어인 '에스페란토어'를 가장 먼저 배워 국내에 보급하려고도 하였다. 그것이 꿈꾸던 선생의 세상이었다. 톨스토이는 '에스페란토어를 사용하는 나라가 있다면, 신의 나라를 만드는 것이라'고도 했고 프랑스의 대문호 로맹롤랑은 '에스페란토어는 인류해방의 무기'라고 설파했다. 3 · 1운동의 좌절은 국민의 희망을 무너뜨렸으나 시대의 고통을 극복하고 새로운 시대를 창조해야 한다고 주장한 것은 에스페란토의 평등사상이었다. 하지만, 시인의 힘으로는 어쩔 수 없이 무산되었고 세속을 일탈하려는 몸부림은 청빈의 사상이었다. 슬픔을 담배 연기에 실어 무위의 삶을 살며 시정에 물들지 않고 사치와 향락을 허허로이 여기며 무심으로 세상을 안고 유심으로 살아가야 할 길을 대변한 것이다.

청동산맥(靑銅山脈)은 당시 시대를 증언하는 기록물이며 10년 동안 195권(건국대학교 박물관에 소장)에 달하는 낙서첩을 만들어냈다. 선생의 이런 작업이 없었다면 예술인들의 명동 삶이 고스란히 담겨 있는 역사를 어찌 알 수 있었겠는가.

괴짜시인 김관식 시인은 '슬픔은 차라리 안으로 굳고, 겉으로 피는 자조의 웃음'이라는 글을 비망록에 남겼다. 이은상 선생은 '오고싶지 않은 곳으로 온 공초여, 가고 싶은 곳도 없는 공초여'라며 오상순 시인의 내면을 표현하였다.

태양과 밤을 빗대어 노래한 시는 숙명으로 받아들인 현실을 인정하지 않을 수 없음을 말해 준다. '아니하려 하되 아니할 수 없고 이리 아니 하려하되 아니 될 수 없음이 곧 아시아의 어찌할 수 없는 숙명이니 용감히 대사일번(大死一番)이 영원의 숙명을 사랑하자'라는 시는 시인 자신이 그의 운명을 처절하도록 받아드리려는 작가의 의도가 아니었을까.

그러나 '자유가 나를 구속하는구나'라는 유언을 남기고 생을 마감한 시인의 시어가 내 가슴에 꽂혀 잠 못 이루는 밤이다.

최인호 씨 미안합니다

송숙영
법학 53(입), 소설

하늘나라로 가신 후배 작가 최인호 씨에게 이 편지를 띄웁니다. 그를 도와 평생을 바친 예쁜 내자에게도 이 편지를 같이 보냅니다.

그 이유는 이 에피소드가 그 당시 신혼이었던 최인호 씨와 그의 아내의 삶에 영향을 주었을지도 모르기 때문입니다.

그가 결혼하기 전 어느 날 문인들 파티에서 나를 만난 그가 하소연을 했습니다.

"누님, 저는 너무 가난하지만, 아내를 너무 사랑해서 결혼을 하려해요. 방도 한 칸 없는 나에게 그녀는 시집오겠다고 했어요. 집을 마련하고 결혼을 해야 한다면, 소설쟁이가 어느 세월에 꿈을 이룰까요? 우리는 눈 딱 감고 결혼식을 올리겠어요. 누님의 집은 크고 좋다니 지하실이라도 방이 있으면 하나 주세요. 세는 잘 낼게요."

그는 아직 인기 작가는 아니었습니다.

"곧, 『별들의 고향』이라는 장편소설이 나와요. 인세받으면 세는 낼 형편이 되겠지요. 회심의 역작이거든요."

나는 그의 유난히 반짝이는 눈을 한참 들여다보았지요.

'우리 운전사가 사용하던 차고 옆의 큰방이 몇 달째 비어있는데, 그에게 그 방을 빌려주면 어떨까. 가난에 우는 그를 도와줄 수 있다면 좋겠는데……'

나는 그에게 세를 받는다기보다, 그의 사정이 딱해서 떠오른 생각이었습니다.

몸 누일 방 한 칸 없이 형님의 집에서 신세를 지던 나의 곤궁했던 신혼 생활이 떠올랐습니다. 마침 시골 면장이 되어 서울을 떠나는 형님이, 막냇동생인 남편에게 서울 집을 내주어서 우리는 겨우 신혼 둥지를 틀 수 있었고, 알뜰한 신랑 덕에 몇 년 후에는 내 집을 지었지만, 신혼 시절을 무척 고생하며 지냈습니다. 그래서 눈물이 핑 돌 정도로 그의 처지가 안타까웠습니다.

개성서 피난 나와 외로웠던 나는 사랑하나 만을 의지해 남편과 무모하게 결혼식을 올린, 결혼 15년차의 부부였습니다.

나는 집에 돌아와 남편에게 자초지종을 설명했고, 글재주 있는 후배 작가에게 방을 내주자고 제안했습니다. 남편은 글 쓰는 사람이 집에 들어오면 시시콜콜한 집안 사정까지 밖으로 드러난다는 등의 이유를 들어 반대했지만, 기실 남편은 젊은 아내가 그보다 더 젊은 가난한 문학청년 부부에게 방을 내주어 가까이 하는 것이 못마땅했기 때문에, 끝내 동의하지 않았습니다.

남아 있는 방을 빌려줄 수 없는 나는 심사가 틀렸지만, 그 당시 KBS의 청와대 출입 기자였던 서슬이 퍼런 남편의 말을 거역할 수는 없었습니다. 남편은 비사교적인 성격에 술과 담배를 안하고, 친구를 집에 끌어들이는 것을 극히 싫어하는 얌전하고 모범적인 가장이었기에 그에 의견을 젊은 아내는 끝내 이기지 못했습니다. 그런 가부장적인 세대에 살았던 한국 여인은 누구라도 그랬을 것입니다. 나중에 내가 손수 산 새 집도 내 마음대로 안됐었어요.

후배의 얼굴을 볼 면목이 없는 나는 자연 문단 모임에 나가지 못했지요.

'미안하다. 남편 때문에 미안하다.'라고 사과하지도 못한 채 시간은 지나버렸습니다. 어쨌든 최인호 씨 부부는 웨딩마치를 울렸고, 『별들의 고향』은 한국 최고의 판매부수를 자랑하며 그를 스타 작가로 만들더군요.

『별들의 고향』은 아마 최인호 씨가 아내에게 보내는 최고의 사랑의 선물이었을 것입니다. 출세가도로 달리는 젊은 작가를 위해 그의 출판사 사장은 쾌척을 했습니다. 강남 신사동에 큰 양옥을 사서 신혼부부에게 선사했습니다. 그 소식을 들은 나는 나의 일처럼 통쾌했습니다. 『별들의 고향』으로 한국의 베스트셀러 작가가 된 그에게 나는 멀리서만 큰 박수를 보냈습니다. 십여 년이 흐른 뒤에 전국 문인들이 제주도에 모인 세미나에서 재회는 했지만 그때도 미안하다는 말을 못했습니다. 신혼방 이야기는 꿈나라의 동화 같은 옛날 이야기가 되어버렸으니 새삼 미안하다는 말이 어색했고, 우리 큰딸을 닮아 동그란 얼굴에 미인인 예쁜 아내는, 지금 신혼에 아이는 몇 명이나 얻으셨나요? 라는 나의 늦은 인사에 상냥하게 웃으면서 반가운 표정만 지었고, 최인호 씨는, "누님, 정말 나는 아내에 대한 사랑이 식지를 않아요. 우린 지금도 너무나 사랑해요." 라며 행복하게 웃더군요. 지금은 문을 닫은 비행기 회사 회장의 별장처럼 되어버린 '허니문 하우스'에서의 일이었지요.

그는 심각하고 잘난 척하는 인기작가가 아니라 부드럽게 웃을 수 있는 미남이었습니다. 그의 얼굴에는 글 쓸 때 외에는 찌푸리거나 심각한 얼굴이 아닌 늘 웃는 미소가 어렸지요. 나는 최인호 씨의 성공가도를 언제나 부럽게 또 신나게 바라보고는 했어요.

최인호 씨 정말 미안합니다. 그때 우리집 1층에 큰 신혼방 하나를 빌려드리지 못해서 죄송해요. 우리 그이의 욕심이 많아서도 아니고 인심이 박해서도 아니고 같은 업에 종사하는 작가가 같은 집에 살게 되면 몹시도 불편하리라고 판단했던 거예요. 이런저런 집안 사정이 밖으로 흘러나가는 것이 싫다고 했어요. 가부장적인 시대의 아내로 사는 저는 최인호 씨에게 제 진심을 끝내 말하지 못했답니다. 미안합니다. 진심으로 미안해요. 하늘나라에서나마 나의 사정을 이해해주세요. 술도 못하고 온갖 잡기에 무능한 나는 결혼 50여 년을 그렇게 말 잘 듣는 아내로 지내고 있답니다. 아마 그것이 우리 부부의 백년해로의 비결이겠지요.

저의 기억 속에 아련히 떠오르는 최인호 씨의 미소를 아직도 쓸쓸히 기억하고 있답니다. 오래지 않은 과거에 인호 씨가 병이 났다는 소식을 들었지요. 2010년 어느 날 내가 인호 씨 부부를 초대했는데 부인은, 아빠가 몸이 안 좋아 못나가신대요. 다음에 또 초대해 주세요, 했지요. 강남에 있는 아파트에 살고 있다는 소문만 듣고 있던 나는 전화기를 놓으면서 할아버지가 된 왕년의 인기작가 최인호 씨의 미소에다 대고, 최인호 씨 정말 미안했어요. 신혼방을 못 빌려드려서 미안했어요, 라고 또 속으로 중얼거렸어요.

술 친구들을 집에 끌어들여 아내를 당황하게 하는 남편이 아닌 나의 얌전한 남편은 아직도 나와 같이 건재하답니다.

최인호 씨, 하늘나라에서 뵙는다면 그간의 못한 이야기를 털어놓고 후배를 아름다운 미소로 대하겠습니다.

정말 나는 잘 살아온 것인지 모르겠네요. 이제 고희에 이르러 인호 씨에게 문우로서 진정 사죄합니다. 그 사죄의 마음은 몇 십 년이나 계속되었던 나의 고백입니다.

바다로 가는 길

신동주 (본명 신필주)
국문 73, 시

　사람은 누구나 어려운 삶을 살아가면서 도움을 주고 도움을 받으며 살아간다. 더불어 사는 세상에 서로 도우는 마음은 가장 소중하며 아름다운 마음이다.

　사람이 도와줄 이도 없고, 도움받을 이도 없다면 얼마나 외롭고 삭막하겠는가. 나는 이제껏 살아오면서 여러 사람을 도와주고, 또한 여러 사람에게서 도움을 받아왔다. 그중에 내가 참으로 곤경에 처했을 때, 큰 도움을 받은 한 분 수도자가 계시니, 그분은 바로 이해인 수녀님이시다. 우리나라의 성직자들이 소중히 아끼고, 문학소녀들이 열정적으로 흠모하며, 소외된 자들이 감사하며 의지하는, 영혼이 순수하고 거룩하신 이해인(클라우디아) 수녀님 이야기를 여기에 담는다.

　그날, 나는 수녀님의 배려로 광안리 바다를 향해 가고 있었다. "피정 기간 동안 힘들 텐데 잠시 바다를 산책하고 오세요."라고 권하셨다. 나는 기뻐하며 수녀원에서 가까운 바다로 갔다. 큰길을 지나, 좁다란 흙길을 걸으니, 크고 작은 상점들이 양쪽 길가에 늘어서서 원색의 간판을 내보이며 해풍을 마시고 있었다.

내가 가본 여러 바다로 가는 길은 엇비슷했지만, 지금 가고 있는 광안리 바다에 이르는 길은 산책의 길이라 할 수 있다. 여행의 끝머리에 맛보는 흐뭇함과 안도감이 많은 생각을 하게 했다.

잠시 걸어서 해안에 당도했다. 조금 경사진 해안은 정갈한 모래톱이 펼쳐지고, 시원한 갯바람은 내 육신과 오한을 경쾌하게 물들여주었다. 사춘기 때부터 즐겨 찾은 이 바다에 이제는 나그네 되어 다시 찾아와 보니, 지나간 세월이 아슴한 수평선에서 새하얀 파도로 선명하게 밀려온다. 바다에만 오면 삶의 모든 고난 벗기고 뜨거운 감동에 젖게 된다. 늦여름의 태양은 아직 뜨겁기만 해서 모자를 쓰지 않은 머리카락을 더운 열기로 달궜다. 광안리 바다의 놀라운 변화는 광안대교가 세워진 것이다.

굉장한 다리였다. 순수 우리나라 기술로 만들어졌다는 이 다리는 이제 부산의 명물이 되었다며 우연히 인사 건넨 청년이 말해준다. 키가 크고 얼굴이 맑게 생긴 그는 다시 말했다.

"바다가 많이 흐리죠? 얼마 전만 해도 물이 참 깨끗해서 자주 왔지요. 저 대교는 저녁 여덟 시에 찬란한 여러 가지 빛깔이 다르게 불이 켜져서 참 아름다와요. 그 시간에 꼭 와 보세요, 정말 놀라실거예요."

그는 광안리 바다를 무척 사랑한다고 끝말을 들려준 후, 우리는 아쉽게 가벼운 인사를 나누고 헤어졌다. 바다에서 만나는 사람은 바다처럼 마음에 격이 없고 부드러워 서로 기쁜 만남이 된다.

해안의 시작에서 끝까지 홀로 걸으며, 나는 오랜만에 자유로운 상념에 젖었다. 세속의 번민을 멀리 떠나보내고, 아름다운 생각만 떠올리며 해변을 천천히 걸었다. 여행지에서 만난 추억 속의 인연들, 낯선 곳에서 지낸 호젓한 시간들. 발걸음 가는 곳마다 나를 감동시켰던 빛과 소리들, 모험이 전부였던 젊은 날의 내 방랑의 흔적은 살아가면서 소중한 삶의 기록이 되고, 다시 만날 수 없어 더욱 그리운 이름들을 훗날 일기장에 적으며 조용히 추억을 음미하기도 하는 것이다.

나를 바다로 오게 하신 이해인 수녀님! 바다 '해'자가 들어 있는 수녀님의 한자 이름을 나는 특히 좋아한다. 신기하게도 꼭 여름에만 만나게 되는 사람, 그래서 이번 여름에도 어김없이 생각나는 사람. 내 종교의 인도자이시며, 문학의 선배이시며, 독신의 마음의 벗이신 수녀님을 바닷가 수녀원으로 찾아간 그때는 목백일홍꽃이 붉게 만발한 신선한 여름날 아침이었다. 언덕 위에서 긴 옷을 펄럭이며 밝게 웃으시며 내려오셔서 반가이 나를 맞이해주신 수녀님은 성모 마리아 같으신 모습으로 나그넷길에 지친 나에게 구원의 손길을 내밀어 주셨다. 가슴 떨리는 벅찬 순간이었다.

수녀님과 나는 두 번째의 만남을 기뻐하며, 며칠 묵을 '언덕방'으로 올라갔다.

피정을 할 때마다 느끼는 것은 깨끗하고 조용한 방을 홀로 쓰는 과분함이다. 창문 밖에는 커다란 나무 한 그루가 석양에 빛나며 나를 환영해주었다. 잘 정돈된 방에 짐을 풀고, 수녀님과 나는 마루의 의자에 나란히 앉아 그동안 살아온 이야기를 나누었다. 수녀님은 자주 만난 사람처럼 친근감있게 배려를 해주셨다. 벽에 걸린 커다란 화폭의 그림은 내가 맨 처음 베네딕도 수녀원에 왔을 때의 그 그림이어서 한결 반가움이 더했다. 하얀 한복을 입은 여인들이 여럿 어울려 걸어가는 매우 성스럽고 우아한 그림이었다.

사흘이 지난 어느 날 오후. 혼자 방에서 책을 읽고 있는데, 누가 조심스레 방문을 두드렸다. 방문을 여니 젊은 수녀 한 분이 나를 보고 웃으며 인사했다.

"선생님, 저 유리게 수녀예요. 옛날 중학생 때 선생님께 국어를 배웠어요."

내 기억은 희미해도 뜻밖의 반가운 만남이라 수녀님을 방으로 들이고 이야기를 나누었다. "선생님! 많이 변하셨지만, 눈의 인상은 그대로이세요. 무어 불편하신 점 있으시면 말씀해주세요. 도와드릴게요." 그녀의 손을 잡고 한참 서 있자니, 한때 청춘의 아름다운 추억이 향기롭게 밀려왔다. '아! 그 순수하던 사춘기의 소녀들……' 인생은 이런 우연의 만남으로 하여 충분히 살아봄직하다. 예기치 못한 이런 아름다운 만남은 가히 신의 축복이라 할 것이다. 언덕방의 일주일 동안의 생활은 지금 생각해봐도 특별하게 누리는 은혜의 시간이었다. 아침 일찍 일어나면 미사 시간에 맞추어 다른 방들의 손님들을 잠깨우고, 모두 가까운 강당으로 가고나면 수녀님이 맡기고 가신 자물쇠로 집의 문을 잠그고 청초한 꽃들이 된 언덕을 올라가, 수녀님들과 함께 신부님이 집전하시는 미사를 보고 곁에 있는 식당으로 가 융숭한 식사를 대접받았다. 외국인들과 둘러앉아 우리밀 빵을 먹으며 이야기 나누는 일도 새로운 체험이었다. 연로하신 외국인 신부님이 지나가시며 나를 향해 보내시는 미소는 정말 인자하며 다정하셨다.

나이들수록 집주인 노릇을 제대로 해본 적 없는 나를 위해 해인 수녀님은 언덕방을 마음대로 사용하고 관리하도록 배려해주셨다. 내가 그곳에서 수녀님을 도운 일이라면, 우편물을 정리하는 일이었다. 남태평양의 조개를 엮어 만든 주렴은 늘 열려 있는 수녀님의 글방을 충분히 운치있게 가려주었고, 수녀님과 나는 아름다운 성악가의 노래를 들으며, 이야기 나누며 일했다. 수녀님은 나에게 무엇이나 다 주고 싶어하셨다. 회색 베 가방 속에 선물을 담아오셔서, 미사가 끝나면 나를 불러 고운 물건들을 안겨주시며 환하게 웃으셨다. 뜰에서 우연히 만나면 뜰에 핀 야생화의 이름을 거의 다 알고 계셨고, 여기저기에서 만나는 수녀님들의 이름을 모두 외고 계셔서, 참 대단하시구나 여겼다.

수녀님은 두 사람만의 호젓한 시간에는 내가 당면하고 있는 어려운 문제들을 해결해 주시려고 마음을 쓰셨고, 수녀원 생활 일주일 동안은 내 생애 어느 여정보다도 아름답고 의미 깊은 시간이었다.

수녀님과 참 많은 이야기를 나누면서 그분의 가족 이야기를 들을 때는 그 얼굴에서 수도자로서의 어려움과 고독을 얼핏 느낄 수 있었다. 수녀로서 시인으로서 고매한 영혼을 지니고 살아도, 인간이기에 겪는 희노애락을 완전히 저버릴 수는 없을 것이라 짐작하며, 나 또한 시인으로서 안아야 할 남다른 의식을 좀 더 익혀야 하겠다고 다짐했다. 소중한 일주일의 피정이 끝나고, 새로운 깨달음과 뿌듯한 가슴을 안고 짐을 들고 언덕방의 문을 나서니, 글방에 계시던 해인 수녀님은 나에게 다가오셔서 미소로 작별인사를 건네시며 내 손 안에 조그마한 하나의 선물을 쥐어주셨다. 손을 펴보니 그것은 나무로 만든 아주 작고 가벼운 묵주였다. 수녀님은 당부하셨다.

"삶이 어려울 때 이 묵주로 기도하세요. 잘 가세요."

바다로 가는 길은 수녀님께 가는 길이다. 지금도 수녀님은 성모동산에서 광안리 바다를 굽어보시며, 스쳐간 숱한 인연들을 생각하고 계시리라. 공동체의 삶 중에 소중한 체험과 지혜를 얻으며 열심히 살고 있는 지금의 나도 현실 속에서나마 순수한 봉사정신을 다하여 소외된 자들에게 밝고 따뜻한 햇불을 밝혀주고 싶다.

이번에 방한하신 프란치스코 교황의 가르침을 받들어, 여성 특유의 부드럽고 섬세한 성품으로 쓰러진 자들을 일으켜 세우며 최선을 다하는 한 사람의 봉사자로 나머지 인생을 살고 싶다. 물질주의, 이기주의, 권위주의가 사라지고, 더불어 생명을 아끼고 현실을 도우는 국민이 늘어나서, 세계에서 가장 인간적인 낙원을 이루는 대한민국이 되기를 바라는 마음 간절하다.

바다로 가자, 닫힌 문을 열고 나가 희망의 미래가 열리는 넓고 푸른 조국의 바다로 가자.

아테네 다방

신수희
정외 63, 수필

승용차에 시동을 켜자마자 낮고 은은한 바리톤의 노랫소리가 꽃밭 사이로 펼쳐지는 하얀 안개처럼 어디론지 멀리 데리고 가는 것만 같았다. 어디를 가려던 생각은 스르르 무너지고 행복한 마음이 쌓이는 것처럼 느껴졌다. 행복한 마음을 갖는다는 것은 이런 순간을 두고 말하는지도 모른다. 그저 흘려들었던 'She was beautiful' '그녀는 아름다웠다.'라는 노래였는데 이렇게 정답게 들리기는 처음이었다. 새벽 특유의 분위기와 가라앉은 조용한 음성은 마음속에 쌓여있는 이야기들을 풀어낼 것같이 부풀어 올랐다. 대학에 다니던 오십 년 전의 생각이 나고 나도 모르게 웃음이 나왔다. 일학년 때에는 현대 음악이라고는 아는 것이 한 곡도 없었던 시절이 있었다. 미친 듯이 샹송이나 light music을 알기 위해 세시봉이나 르네상스 같은 음악 감상실을 찾았을 적은 대학 이학년이 되었을 적이었다. 그때가 어제 같은데 오늘 헤아려보니 세월은 언제 흘러갔는지 반세기가 훌쩍 지나 버렸다.

집하고 학교, 친구밖에 모르고 마산에서 자란 나는 보호자도 없는 하숙

집에 사는 것보다 간섭이 필요한 기숙사 생활이 훨씬 안전할 것이라며 아버지가 결정한 기숙사부터 첫 대학 생활이 시작되었다. 가장 높은 상급생은 얌전하고 새침데기인 국문과 3학년 국자 언니였고 영문과 명희 언니가 두 번째였다. 그리고 똑같이 신입생이던 연자는 기독교 문학과에 다녔다. 그래서 정외과인 나를 보태면 우리 식구는 네 사람이었다. 텔레비전이 없었던 이승만 정권 당시 유일한 라디오는 세상의 모든 정보통이었다. 기숙사의 기상 시간이 되면 트랜지스터라는 핸드폰 크기의 작은 라디오는 '다뉴브강의 푸른 물결'이나 '봄의 소리 왈츠' 패티페이지의 'I went your wedding'이나 'Changing partner' 등 아름다운 노래를 많이 들려주었다. 연인을 다른 여자에게 빼앗기고 슬퍼하던 'I went your wedding'이나 'Changing partner'는 모르는 대학생이 없을 정도로 한창 즐겨 부르던 노래였다.

기숙사 우리 방은 다른 방에서 부러워할 정도로 언제나 웃는 소리가 쌓이던 방이었다. 깜찍하던 명희 언니는 노래만 나오면 엉덩이를 흔들면서 아침마다 춤을 추었고 새침데기 국자 언니는 웃는 것도 부끄러워서 벽을 보고 혼자 웃었다. 지금도 동그스런 얼굴에 고개를 숙이고 웃던 국자 언니와 항상 웃음을 잃지 않고 명랑하던 명희 언니가 어느 날 밤 기숙사 철 침대 위에서 밤새도록 흐느껴 울던 모습이 눈에 선하게 비친다. 유학 간 친언니가 미국 남자와 결혼했다면서. 그날 아침은 음악에 맞추어 춤도 추지 않았다.

학년이 같은 연자는 우물 안 개구리 같은 나와는 비교가 안될 만큼 바깥세상을 많이 알고 어른스러웠다 고속버스가 없던 그 당시에도 대학 입학식에 늦을까봐 일반 사람들은 감히 엄두도 내지 못할 특별 비행기를 타고 서울에 올라온 일이며 시집을 잘 가겠다고 턱걸이를 해서 기독교 문학과에 지망한 일은 내가 상상할 수 없는 뛰어난 발상이었다. 고등학교 다닐 때도 공부보다 놀기를 더 좋아해서 여행광이 되어버렸다는 그녀는 평소

때 하던 말대로 대학교 이학년이던 초봄에 서울에서 처음 생긴 아스토리아 호텔에서 졸업을 뒤로한 채 서울대 학생과 결혼을 해버렸다. 우리 방 언니들은 세상살이의 재밋거리와 많은 이야기를 갖고 있는 연자하고 이야기하는 것을 엄청 좋아했다. 나만 없으면 기숙사 방에 모여앉아 미래의 신랑감 후보로 멋쟁이 연세대 학생, 수재라던 서울대 학생, 멋진 유니폼을 입은 사관생들의 매력을 하나하나 끄집어내어 화제 대상에 자주 올리곤 하였다. 그러나 나만 방에 들어오면 모두 다 입을 봉하고 아무 말도 하지 않았다는 듯이 눈만 멀뚱멀뚱 하였다. 그런 틈새에는 언제나 꾸어다 놓은 보릿자루가 되고 본의 아닌 왕따가 되었다.

기숙사 생활이 채 한 달이 덜 되었을 때 국자 언니는 노래가 좋은 다방이라며 신촌역 앞에 있던 아테네 다방으로 우리들을 데리고 갔다. 들어가자마자 눈을 뜰 수 없이 매운 연기가 자욱하고 앞이 보이지 않는 담배 연기 속에는 남자와 여자가 스스럼없이 껴안고 있었다. 내가 태어나서 처음 보는 광경이었다. 죽는 시늉을 하면서 숨이 넘어갈 듯이 발악을 하는 노랫소리는 고막이 떨어져 나갈 것만 같았다. 다방이라는 곳을 처음 간 나에게는 충격이 아닐 수 없었다. 지금 생각하면 나를 골리려고 한 것인지 아니면 촌티를 벗기려고 데리고 갔는지는 알 수 없지만 미친 듯이 부르던 이상한 그 노래가 일 년 후 유명한 폴앵카의 '다이아나' '크레이지 러브'인 것을 알기 전까지 만해도 다 제정신이 아닌 사람이 듣는 노래라고 생각한 적이 있었다. 어느 때 신촌에 가서 그곳을 찾아보았으나 언제 없어졌는지 추억이 담긴 그 다방은 아쉽게도 찾을 수가 없었다.

어느덧 언니들도 학교를 졸업하고 나 역시 서울 물이 몸에 익은 상급생이 되어갈 때쯤 과격하다 못해 나를 골탕먹인다고 생각한 노래들이 어느덧 내 마음속에 잠자고 있는 많은 생각을 대신 이야기해주고 있는 것을 알게 되었다. 그 이후로 시간이 나면 폴앵카의 'Lonely boy' 'Papa' 'Cest si bon'을 듣기도 하고 어떨 때는 낫킹콜의 '별은 빛나건만' '아베마리아' '오 솔로미오' '케사스 케사스' 같은 조용한 노래에 흐트러진 자신의 위치를 찾기도 했다.

학교를 졸업하고 이십 년이나 지난 후에 고향을 떠나 하와이에서 살던 때가 있었다. 어느 날 연기가 자욱한 다방 모퉁이에서 'Autumn leaves' 'Too young' 'Love me tender' 'Falling in love'를 친구와 이야기 하면서 해가 지는 줄도 모르게 즐겨 듣던 이십대의 노래광도 '타향살이 몇 해던가'를 부르면서 눈시울을 적시며 울었다. 한국에 살았더라면 아무렇지도 않을 노래가 영화 음악처럼 나의 마음을 낱낱이 파헤쳐 주는 것 같았다. 가슴이 아팠다.

감동적인 영화가 물밀 듯이 많이 쏟아져 나오던 1960년대 '모정'이라는 영화에서 '사랑은 아름다워라' 하는 노래가 우리의 마음을 한없이 울리기도 하고 '티파니의 아침'에서 'Moon river'가 유행되기도 했다. 이태리 음악이던 '오 젤소미나'는 유명 배우 안소니 퀸이 주연 배우로 나오는 '길'이라는 영화보다 노래가 훨씬 잘 알려졌던 슬픈 노래인 걸보면 노래에 살고 노래에 죽는다는 말이 실감이 난다.

지금 생각하면 국자 언니는 내가 무던히도 노래를 좋아할 줄 아는 사람이 될 거라고 미리 예측한 선견지명이 있는 사람같이 느껴진다. 안개가 자욱한 새벽에 '그녀는 아름다웠다' 라는 노래에 숨을 죽이고 있는 나는 처음부터 과격하던 '다이아나'나 '크레지 러브'를 가르쳐준 기숙사 식구들이 보고 싶어 하늘 끝까지 노래에 날개를 달고 오십 년 전으로 날아가고 있다. 아예 샹송이나 현대 음악에 먹통이던 촌티 나던 그리운 그 시절로 되돌아가고 싶다.

추억의 냄새

오은주

심리 80, 소설

버스에서 내려 그 동네에 발을 딛자, '혹'하고 어떤 냄새가 코끝으로 밀려오고 온몸을 휘감아왔다. 익숙한 풍경과의 조우를 머릿속에 온통 그리며 버스를 타고 달려온 내게 풍경보다 냄새가 먼저 다가왔다. 그 냄새가 어쩌면 그렇게도 20년 전과 똑같은지 나는 잠깐 시간감각을 잃고 우두망찰 서 있었다.

이태리 북쪽에 있는 도시 밀라노, 그중에서도 중산층이 모여 사는 아파트촌의 한 버스 정류장에서 나는 그렇게 보이지 않는 냄새의 그물에 갇혀 발걸음을 떼지 못하고 그 자리에 서 있기만 했다. 20년의 세월은 끼쳐오는 냄새로 순식간에 생생하게 되돌아왔다.

밀라노 대성당이 위치한 시내 중심의 두오모역에서 2호선 지하철을 타고, 종점에 내려 925번 버스로 갈아타고 오는 동안에도 지나치는 정경이 낯설지 않아서 시간개념이 혼란스러웠다. 사방에 투명막을 친 것처럼 한동안 나를 가두었던 동네의 냄새는 그 친숙함으로 경계심을 풀어주고 익숙함으로 이끌었다. 냄새가 불러온 추억의 환기 때문에 기억력이 나쁜 이 순례자도 쉽게 동네 주민이었던 시간으로 돌아갔다. 내가 서 있는 곳은 우리 아이들이 학교 버스를 타려던 정류장이었다. 벤치도 그대로 있고, 집으로 향하는 보도블럭도 예전 그대로였다.

밀라노에서 살기 시작했던 첫 해, 그 봄에서 여름이 되도록 나는 늘 추웠다. 허리는 종잇장처럼 얇아지고 번민하는 어두운 얼굴이 거울 속에 비쳐졌다.

세계적인 명품들로 가득 찬 부티나는 밀라노의 상점과 멋진 거리에 열광하는 다른 우리나라 여인들을 나는 이해하지 못했다. 화려한 밀라노에 와서 사는데 우울해하는 여자는 처음 봤다고 누군가 갸우뚱하며 나에게 일침을 주었다. 아이들은 좋은 국제학교를 다니고 남편의 회사 생활에는 발전과 기회의 땅인 그곳이 처음의 내겐 모국어를 떠나온 유형의 땅과 같았다. 등단한 지 얼마 되지 않은 터라 우리나라 문단에 뿌리를 내리고 싶은데, 이 낯선 환경은 무엇인가?

나는 이태리가, 밀라노가, 그 동네가 춥게만 느껴졌다. 풍경화에서처럼 오리가 노니는 호수가 아파트 단지 안에 있고, 한가롭게 오리에게 먹이를 주며 거닐 수도 있었지만 그 당시의 나는 우수의 덩어리였다. 나는 알지 못할 언어로 가득 찬 밀라노의 도서관을 알지 못할 내면의 욕구에 이끌려 관객처럼 들락거리며, 다시 읽어보면 단 한 줄도 구체적이지 못한 무언가를 끄적거리며 유령처럼 배회했다.

차도를 건너 아침에 아이들을 학교 버스에 태운 뒤에 들리던 빵가게 앞에 섰다. 빵 속처럼 하얀 피부에 혈색 좋은 여인들이 하얀 제빵사 모자와 앞치마를 두르고 어린 시절에 읽었던 동화 속의 빵집 부인들처럼 바삐 움직인다. 서양의 생활격언 중에 집을 팔려면 구매자가 방문할 때 '오븐에서 빵을 굽는 구수한 냄새를 풍겨라' 라는 말이 있듯이 빵을 굽는 냄새는 늘 행복감을 불러일으킨다.

그 당시에는 우리나라 돈으로 500원 정도면 짭짤하고 고소한 포카치아

빵 한 조각을 살 수 있었다. 남편이 출근하고 아이들이 버스를 타고 학교로 간 뒤 나는 방금 구운 따뜻한 포카치아 빵 한 조각을 봉지에 싸들고 집으로 와서 커피와 함께 즐겨 먹었다. 부엌 속의 그 작은 식탁에서 나는 포카치아를 베어 물며 오롯이 혼자라는 시간을 즐겨보려고 했으나 대부분은 시린 외로움에 눌려버렸다.

매일 장을 보던 슈퍼마켓 바로 옆의 바(bar)에 찾아 들어갔다. 우리나라에서 흔히 카페라고 부르는 커피숍을 이태리에서는 '바'라고 한다. 그런 바에서 파는 커피를 '카페'라고 하니, 커피에 관한한 이태리어, 영어, 불어가 혼재되어 나라마다 조금씩 다르면서 뿌리를 보면 유사하기도 하다.

내가 어느 날부터 밀라노를 받아들이기 시작했다면 이 바의 공로가 크다. 아니 이 바에서 나에게 다정하게 커피를 날라다 주던, 늘 분홍색 셔츠를 단정하고 맵시 있게 입고 일하던 나폴리 출신의 청년 덕분이다. 지금 그 청년은 당연히 바에 없었다. 대신 중년의 권태가 온몸의 지방질로 변한 듯 오롯이 살에 둘러싸인 뚱뚱한 부인이 바를 지키고 있었다. 바에는 활기 대신 권태감이 고여 있었고, 더불어 그 바도 늙어버린 느낌이었다. 그래도 나는 그 바의 동그란 의자에 앉았다. 나는 바 안에 뒤섞여 배어있는 치즈와 올리브, 커피 냄새 속에서 그 청년이 입었던 분홍색 셔츠의 추억을 불러들였다.

나는 저녁 장을 보기 전인 늦은 오후에 그 바에 가서 창밖으로 지나가는 사람들을 관찰하기를 좋아했다. 창밖의 이태리 여인네들도 역시 슈퍼마켓으로 향하는 듯 작은 캐리어를 끌고 다녔고, 학교에서 돌아오는 아이들의 활기로 창밖의 풍경은 늘 풍요로웠다.

"본 조르노, 시뇨라"—안녕하세요, 부인!

나는 괜히 그 청년이 상대적으로 가난한 이태리 남부의 나폴리 출신일 거라고 짐짓 여기고 있었다. 나폴리에서 돈벌이를 하러 이곳 밀라노로 왔고, 그 부모형제는 건넛집과 빨랫줄을 연결해서 쓸 정도로 좁은 나폴리의 낡은 골목 안 어느 집에서 그가 부쳐주는 돈으로 살고 있을 거라고 상상했다.

그는 커피를 나르면서 늘 콧노래를 흥얼거리며 즐겁게 일했는데, 주로 나폴리 민요를 흥얼거리는 게 내 짐작에 확신을 주었다. 그러면서도 상상에 금이 갈까봐 그 청년에게 고향이 어디냐고 물어보진 않았다.

그 당시 우리나라는 지금처럼 카페가 많질 않았고, 지금처럼 소위 훈남들이 카페에서 일하던 시절이 아니라서 자기 일에 지극히 만족하며 명랑하고 성실하게 일하는 그의 모습에서 잔잔한 감동을 느끼곤 했다.

그 청년은 늘 그 분홍색 와이셔츠에서 나폴리 푸른 바다의 싱그러운 물 냄새를 피우며 바의 테이블 사이를 경쾌하게 누볐다. 어찌나 동작이 민첩한지 나폴리만의 바람까지 묻어나왔다. 검은 갈색 머리칼 아래 그 푸른 눈동자는 틀림없이 나폴리의 것이었다.

그 청년이 날라 온 부드럽고 달콤한 카푸치노 거품이 목울대를 타고 넘을 때마다 나는 사소한 그리움에 자주 울컥했고, 그 감정은 나처럼 고향을 떠나왔다고 생각하는 그 청년에게 팁을 주는 것으로 나타났다. 이태리에서는 커피값이 싸기 때문에 동네 바에선 흔히 동전을 팁으로 접시에 놓아두곤 한다. 나의 호의를 확인한 그 청년은 정말 감사함이 담뿍 담긴 음성으로

"그라찌에, 시뇨라!"—감사합니다, 부인! 이 말을 했다. 나는 그 말을 듣고 싶었거나 그를 격려해주고 싶었나 보다. 카푸치노 한 잔을 마실 때마다 팁을 접시에 두었고, 훈훈한 마음으로 그 바를 나와 저녁 찬거리를 사서 집으로 돌아오곤 했다.

어느새 바의 창밖으로 일몰이 다가오며 되찾은 추억의 시간을 유장하게 물들였다. 나는 순례를 마친 것이다. 지금 와서 생각해보면 밀라노에서의 생활은 내 젊은 시절 끄트머리에 선물로 주어진 풍요로운 시간이었다.

어떤 남자 소설가가 이태리 여행을 하고 와서 나에게 이렇게 말했다.

"밀라노에 갔더니 오은주 씨 냄새가 나더라!"

그 사람은 내가 묻히고 온 밀라노의 냄새를 어떻게 알았을까. 지금은 그때처럼 여릿여릿하지 않다고 생각하는데, 내가 아직 떨치지 못한 밀라노의 냄새는 뭘까.

후회

우애령

독문 68, 소설

어떤 때 후회의 감정은 우리를 정서적으로 황폐화시키는 경우가 많다. 그 후회를 누구에게도 털어놓을 수 없는 경우는 우리를 인생의 어떤 시점에서 더 이상 움직이지 못하게 묶어 놓기도 한다.

사람들은 다른 사람의 감정에 대해 이해하기 힘들어 할 때가 많고 후회한다는 이야기를 들으면 감정을 다 털어버리고 희망을 지니고 앞으로 나아가라는 충고를 쉽게 건네기도 한다.

"······이렇게 했어야 하는데······."

"······그렇게 하지 말았어야 하는데"

이런 후회를 드러낼 때,

"네가 잘 못 한 건 없어."

"그러니 이제 와서 지난 일을 어떻게 하겠니."

하고 너무 쉽게 해결책을 제시하듯 충고하는 것이 오히려 마음의 문을 닫게 하는 경우도 있다.

"다시 그 시점으로 돌아간다면······."

물건을 잃었을 때, 잘못된 판단으로 큰 손실을 보았을 때, 하지 않아야 할 말을 했을 때, 해야 할 말을 하지 않았을 때, 사랑을 잃었을 때, 사랑하는 사람을 떠났을 때, 우리들의 후회는 작은 일에서부터 큰일에 이르기까지 가슴을 아프게 한다.

후회 중에 가장 큰 아픔은 아마도 사람을 잃었을 때일 것이다. 가족이나 친구가 사고로 세상을 떠나거나 스스로 목숨을 끊었을 경우 그 사람과 관련되어 있는 모든 사람들의 마음속에 죄책감과 회한이 무겁게 자리 잡는 경우가 많다.

그리고 그 사람이 보냈던 도움을 청하는 사소한 말투, 표정까지 무심하게 보아 넘겼던 모든 징조들이 하나씩 떠오르면서 평온을 잃게 되기도 한다.

사람들은 누구나 행복을 추구하고 고통과 불행을 회피하고 싶어하지만 대부분의 사람들이 삶의 과정 속에서 어떤 형태로든지 고통스러운 경험을 하게 된다. 그리고 되돌릴 수 없는 과거에 대한 후회는 어떤 때 우리의 발목을 잡고 앞으로 나아가려는 발에 족쇄를 채우기도 한다.

후회하는 마음의 상처를 덧들이는 요인이 스스로에 대한 비판을 넘는 다른 사람들의 날카로운 비판과 비난인 경우도 적지 않다. 이미 일어난 일을 심리적으로 용서하지 못하는 주위 사람들의 질책은 괴로운 사람들의 정서에 메스를 들이대는 것과 같기 때문이다.

비극적인 일을 경험한 사람들의 마음속에는 남들이 보기에는 사소한 기억들이 둥지를 틀고 옆으로 비켜날 여지를 주지 않는다. 가까운 사람을 잃은 사람들의 후회는 마지막으로 본 순간에 따뜻하고 다정하게 대하지 못했던 것, 대화하기를 청하는 데 묵살한 것, 사랑의 표시를 잘 하지 못한 것 등으로 깊이를 모르는 우물처럼 마음을 아래로 아래로 끌어내리기도 한다.

얼마 전 집단 모임에서 만났던 한 청년이 모임이 끝난 후 머뭇거리면서 말을 꺼냈다.

"오랫동안 내내 저를 괴롭혀 온 문제가 있습니다."

나는 고개를 끄덕이면서 조용히 그가 말을 잇기를 기다렸다.

"고등학교 일학년 때였는데 아주 친한 친구가 있었어요."

그의 눈이 무엇인가를 더듬듯 먼 곳을 향했다.

"겉으로 보기에는 부모님 학력도 높고 부러울 것이 없어 보이는 친구였어요. 그렇지만 아버지가 형과 차별대우를 극심하게 해서 너무나 깊은 슬픔과 분노가 마음속에 가득 찬 아이였습니다. 친구가 집에서 겪는 일이며 모욕당하는 이야기를 늘 듣다가 어느 날 그만 내가 화가 폭발하고 말았습니다."

그는 잠시 말을 멈추었다. 나도 아무 말하지 않고 그저 앉아 있었다.

"집에서 나가버려. 뭐하러 거기서 살고 있어. 나는 소리쳤습니다. 그리고……."

그는 말을 잇지 못했다.

"그 친구가 정말 집을 나가버렸어요. 늘 집을 나가고 싶다고는 했었지만 내가 한 말 때문에 나간 것 같기만 했습니다."

친구 부모님은 보통 당황한 것이 아니어서 여러 번 그를 찾아와 그 아이 연락처를 아느냐고 물었다고 했다. 연락처를 알고는 있었지만 그 친구가 다시는 집에 돌아가고 싶지 않다고, 지금 정말 잘 지내고 있으니까 당분간 절대 말하지 말아달라고 해서 알려주지 않았다고 그는 말했다.

"많이 망설였지만 그러다가 서로 갈등이 해결되면 자연스럽게 마음도 풀어지겠지 했습니다."

그는 한동안 가만히 있었다.

"그런데……."

그의 목소리가 떨려나왔다.

"얼마 후 그 친구가 죽었다는 소식을 들었습니다."

아르바이트로 배달 일을 하던 중 일어난 오토바이 사고였다고 했다.

장례식장에서 비탄에 잠긴 부모님의 통곡을 들으면서 그는 울지도 못했다. 만약, 내가 연락처를 알려주었다면 그 아이는 죽는 운명을 벗어날 수 있지 않았을까. 만약에, 내가 집을 나가라고 말하지 않으면 집에서 고비를 넘길 수 있지 않았을까. 만약에 아예 나를 만나지 않았더라면…… 지금도 그 친구 생각을 하면 가슴에 통증이 느껴지고 숨이 잘 쉬어지지 않는다고 그는 말했다.

나는 아무 말도 할 수 없어 가만히 그의 손을 잡아주었다.

그는 오래 흐느껴 울었다.

"그동안 얼마나 괴로웠는지, 누구에게도 이 이야기를 할 수가 없었습니다."

집에 돌아와서도 한동안 그 청년이 생각났다.

새삼 마종기 시인의 시 한 구절이 다시 떠올랐다.

"생시의 골목길에서 혹은 어느 꿈에서
후회하고 산다는 사람 만나면 용서해 주게"

진달래꽃이 피면 생각나는 어머니

이영옥
사회생활 63, 시

어렸을 때 내가 살던 곳은 충절과 예절바르기로 이름난 충남 서산이다. 사계절 특색이 있어 유명한 곳으로 알려져 있다.

봄이면 쭈꾸미, 새조개가 입맛을 돋우고 여름이면 게, 갑오징어, 가을이면 낙지, 굴 등 다양한 먹거리가 풍부해서 좋다. 진달래, 벚꽃이 피면 축제의 한마당이 펼쳐진다.

아버지는 금광사업으로 서해안 쪽에서 사금 채취를 하셨다. 언제나 외지에서 생활을 하셨기에 어머니는 층층시하 시부모님을 모시고 우리 4남매를 혼자 키우느라 고생이 많았다고 들었다.

그 무렵 서산에는 교육 여건이 좋지 않아서 4남매 모두 서울에 보내어 교육을 받게 하셨다. 어린 아이들을 서울로 보내놓고 자나 깨나 걱정이 되어 절에 가서 기도하며 많은 위안을 받으셨다고 한다. 특히 우리들 생일날을 잊지 않고 정성어린 선물을 보내셨다.

어느 해인가 따뜻한 봄날, 시골에 계신 어머니로부터 한 뭉치 소포를 받았다. 그날이 바로 내 생일이었다. 손수 만든 밑반찬들하며 그곳에서 나오는 생선, 낙지, 굴 등을 깔끔하게 손질하여 담고 빨간 유똥(실크비단) 치마를 곱게 챙겨 넣어 보내셨다.

그런데 한쪽에 시든 꽃 한 뭉치가 종이에 쌓여 있었다. 그 옆에는 이렇게 쓰인 쪽지가 놓여 있었다.

"내가 아침 일찍 절에 가서 기도하고 오는 길에 진달래가 곱게 피어 있어서 네 생각이 나서 한 다발 꺾어 보낸다"

서울에 도착했을 때에는 이미 시들어 있을 것을 알면서도 곱게 싸서 보낸 어머니의 그 마음을 어찌 헤아릴 수 있겠는가. 어머니의 자식 사랑하는 잔잔한 마음에 난 한동안 시들어 버린 꽃다발을 안고 그저 울기만 했다. 안타까운 마음에 혹시나 하고 진달래꽃을 물속에서 잘라 살려보려고 애를 썼지만 그대로 시들어 버리고 말았다.

지금은 교통이 발달해 두 시간이면 도착하는 곳이지만 그 당시에는 일곱 시간이 걸렸다.

맛있는 음식이나 꽃을 보면 멀리 떨어져 있는 자식 생각, 절에 가면 자식들의 무사를 비는 기도, 집에 오면 노부모 봉양하시느라 여념이 없으시고…….

어머니는 과연 자신을 위한 시간은 있었을까? 무슨 꿈을 꾸고 계셨을까? 잠시 어머니가 떠올랐다.

힘든 세월, 몸이 약해지는 것도 모르시고 혼신의 힘을 다해 사시느라 얼마나 고생이 많으셨을까. 새벽 4시면 옥녀봉 산중턱까지 올라가 기도 다니시느라 관절이 상하고 천식까지 앓으셨다. 얼마나 어려웠으면 가끔 우리에게 이런 옛이야기를 들려주시기도 했다.

"우렁이 새끼는 어미 우렁이 몸통 속에서 어미의 살을 먹고 자라 살이 다하면 밖으로 나오고, 어미 우렁이는 빈 껍질로 둥둥 떠내려가지. 그러면 새끼 우렁이들은 그걸 보고 우리 엄마 신선이 되어 떠내려간다고 했다"고.

철이 없던 그때는 슬픈 이야기로만 생각했다. 이제와 생각하니 그때 어머니의 속마음을 조금은 이해하게 되었다.

그 후 어머니는 노환이 깊어져 자식 4남매를 두고 유명을 달리 하셨다. 지금은 우렁이 엄마와 같이 신선이 되어 어느 하늘가에 머물러 계실까? 문득 이런저런 생각에 가슴이 뭉클해진다.

'어머니, 오늘은 한없이 울고 싶은 날이에요, 보고 싶고 그립습니다. 지금 저는 어머니의 발자국이 머물러 있는 옥녀봉 산길에 서 있습니다' 라고 하늘을 향해 외치고 싶은 마음이다.

그때 저만큼 석불님이 인자한 눈빛으로 나를 달래주는 듯 이제 그만 산을 내려가라고 눈짓을 한다.

봄이 되면 또 진달래는 어김없이 이 산 저 산에 지천으로 피어나겠지. 매년 설레임으로 맞는 진달래. 나는 진달래가 피면 그때의 어머니의 따뜻하고 아름다운 그 마음을 느껴 보려고 산을 즐겨 찾는다. 파란 하늘을 바라보며 그곳에 계시는 어머니에게 그리움을 담아 물빛 머플러를 하늘하늘 날려 보내고저.

칡꽃 향기는 바람에 날리고

임완숙
국문 68, 시

    우리집 울타리의 키 큰 상수리나무가 있는 쪽은 온통 넓은 잎의 칡넝쿨로 뒤덮여 있다. 처음엔 숲속의 아름드리 개벚나무 아래에서 초록넝쿨 하나가 살며시 펜스를 넘어 마당으로 수줍게 손을 뻗더니 몇 년 사이에 아예 펜스를 타고 한 면의 울타리를 빽빽하게 점령해버렸다. 마치 초록 담장을 세워놓은 듯하다. 그뿐만이 아니다. 무더위가 기승을 부리고 매미가 나뭇잎을 흔들며 울음을 터뜨리면 아기 손바닥처럼 넓적한 잎 뒤에서 몰래 강낭콩꽃 같은 예쁜 꽃을 피운다. 처음 며칠은 언뜻언뜻 코끝을 스치는 알 수 없는 신비한 향기에 어리둥절하기 일쑤다. 그러다가 뒤덮인 잎 뒤에서 살그머니 고개를 내민 꽃대를 보고서야 아! 탄성을 터뜨리곤 한다.

    올해도 예외가 아니다. 며칠 전부터 마당에 내려서면 치자꽃 향기와 함께 아련히 가슴을 설레게 하는 향기를 풍기더니 오늘에야 뒤엉킨 푸른 잎사귀 뒤에서 군데군데 몇 개의 꽃대가 얼굴을 내밀었다. 아래쪽에서부터 피어올라 가는 분홍빛 섞인 진보라 꽃송이들이 꽃대 중간까지 송알송알

입을 벌리고 예쁜 혀를 내밀고 있다.

칡꽃 향기는 이름 할 수 없이 달콤하고 담백하고 맑으며 여훈(餘薰)이 깊다. 마치 청정한 수행자의 삶의 향기처럼. 먼 듯 가까운 듯 방향을 알 수 없는 곳에서부터 가슴 깊숙이 스며드는 황홀한 향기가 주위를 휩싼다.

"그때는 20대의 젊은 패기로 참 죽기 살기로 공부를 밀어붙이던 시절이었더래요. 오대산 상원사에 살 때였는데 한여름이었지요. 낮에는 작은 좌복 하나만 들고 계곡으로 내려가 시원한 계곡물에 몸을 담그기도 하고 너럭바위 위에 좌복을 깔고 앉아 다리를 틀고 몇 시간이고 앉아 있곤 했는데 어떤 때는 하루해가 다 기울고 밤이 깊어지도록 도통 시간 가는 것을 알지 못하고 삼매에 빠져들곤 했더래요. 참 공부가 잘 되던 때였지⋯⋯."

봉화 축서사(鷲棲寺) 조실이신 대선사(大禪師) 무여 큰스님의 수행담이다. 큰스님을 처음 친견하던 날 수행에 대한 자상한 가르침 끝에 당신의 일화 하나를 말씀해 주셨다.

그런데 하루는 산 중턱의 솔밭 사이에 있는 허물어진 어느 무덤 앞에 앉아 참선에 들게 되었다. 몇 시간이 지난 후 문득 삼매에서 깨어보니 어느덧 해가 머리 위를 한참 지나간 뒤였다. 굳은 다리를 펴고 주무르는데 바로 앞 풀숲이 흔들리며 무언가 스르륵 저쪽 소나무 숲으로 움직이는 게 보였다. 무심코 바라보니 빽빽한 소나무 사이를 빗살처럼 내리꽂히는 햇볕에 하얗게 번쩍이는 게 흰 독사가 분명했다. '아, 백사(白蛇)가 내 공부하는 걸 지켜주고 있었구나.' 절로 그런 생각이 들어 감사하며 일어서는데 문득 백사가 있는 곳에 산삼이 있다는 말이 떠올랐다.

"그래, 뱀이 사라진 소나무 숲으로 들어가 봤지. 그랬더니 정말 빨갛게 익은 예쁜 열매를 조롱조롱 단 산삼들이 잔뜩 눈에 띄었지. 난 한 번도 산삼을 본 적이 없었지만 그냥 그게 산삼이라는 걸 금방 알 수 있었지요."

심마니들이 이 잡듯이 훑고 지나갔을 자리인데 어떻게 그곳에 그렇게 산삼들이 모여 있는지 알 수 없었다. 스님은 그것을 그대로 둔 채 절로 올라가는 길을 찾아 산 아래 마을로 내려왔다. 인가가 여남은 되는 화전민 마을이었는데 길모퉁이 집에서 애끓는 곡성 소리가 흘러나왔다.

그 집은 젊은 심마니 집인데 며칠 전에 심마니인 남편이 산에서 갑자기 사고로 죽었다고 했다. 어린 아이가 다섯이나 달린 젊은 과수댁이 남편 앞에 저녁상을 차려놓고 이 아이들을 데리고 어떻게 살아야 하느냐고 푸념을 하며 울고 있었다. 사정이 너무도 딱했다. 스님은 서슴없이 마당으로 들어가서 과수댁을 불렀다. 해 질 녘에 찾아든 젊은 스님을 보고 의아해하는 아낙에게 스님은 방금 보고 온 산삼 있는 곳을 자세히 알려주고는 내쳐 절로 돌아왔다.

그리고 그 일은 까맣게 잊고 여전히 쑥쑥 잘 되는 공부 재미에 빠져서 겨울의 초입에 들어선 어느 날이었다. 상원사 선방으로 웬 낯선 여인네가 선물 보따리를 머리에 이고 스님을 찾아왔다. 심마니 아낙이었다. 스님이 일러준 곳에서 백 년이 넘은 산삼 열여덟 뿌리를 캤다고 머리를 조아렸다. 당시 월정사엘 자주 다니던 한진그룹의 조중훈 회장에게 고속버스를 3대나 받고 비싼 값에 그 산삼을 팔고는 아이들 교육을 위해 서울로 이사해서 살고 있다고 했다.

"은혜를 평생 잊지 않겠다며 큰딸애가 대학에 입학했을 때까지 가끔씩 찾아오고는 했지, 그런데 내가 종적 없이 상원사를 떠난 후부터 자연히 왕래가 끊겼더래요."

눈을 반짝이며 질문을 하는 우리들에게 가만히 웃음으로 답하시는 자비로운 큰스님 주위로 그윽한 향내가 일었다. 칡꽃 향기가 났다.

나는 새삼스레 무성한 칡덩굴 울타리를 바라본다. 비죽이 일어선 꽃대를 본다. 오늘도 신비한 칡꽃 향기는 바람에 날리고, 나는 뜨거운 뙤약볕 아래 황홀히 일어나는 생명의 환희를 읽는다. 그리고 나도 큰스님처럼 칡꽃 같은 향기, 감미롭고도 맑은 향기를 품을 수 있기를 갈망한다. 아니, 내가 만나는 모든 사람들이 칡꽃처럼 향기로운 사람이 되었으면 좋겠다.

하얀 겨울

조현례
영문 58, 아동

    함박눈이 내린다. 하얀 눈이 하늘에서 사뿐사뿐 춤을 추며 내린다. 마치 하늘에서 선녀님이 내려오는 것만 같다. 하얀 나비가 훨훨 날아 오듯 환상적이다. 나는 지금까지 내가 살아온 오랜 세월 동안 처음 함박눈을 만난 것처럼 황홀해져서 창가에서 넋을 잃고 있었다. 이럴 때 시인들은 어떻게 이 아름답고 환상적인 설경을 읊조릴까 부러워 하면서.

    그토록 꿈만 같은 함박눈과의 해후가 지난 지 사나흘이 되었는데 아직 우리집 뜰에서 함박눈은 떠나지 못하고 서성거리고 있다. 춤을 추지는 않지만 차분하게 낙엽과 잡풀과 티끌로 덮힌 얼음 속의 대지를 따스하게 어루만져 주듯 우리집 뜰에서 숨쉬고 있다.

    여기저기 흐트러져 있는 통나무 위에서도 그리고 크고 작은 돌들을 자연스럽게 얕은 산처럼 기다랗게 쌓아놓은 울타리 위에서도 함박눈은 편안하게 쉬고 있다. 가지보 위에도 그릴 위에도 패디오의 테이블 위에도 함박눈의 하얀 눈이 소복히 쌓여 있다. 옛날 어렸을 때 엄마가 간장 고추장 뜨러 가시곤 하던 항아리 위에 덮은 지붕 같은 커다란 뚜껑 위에 내려앉았던 하얀 눈과 똑같다. 그뿐이랴. 15개월 전 불청객으로 들이 닥쳤던 샌디 폭풍으로 쓰러진 나무(서너 그루) 위에도 차별 않고 흰옷 차림이다.

추위가 오기 전 나무 자르는 사람들이 와서 폭풍에 위험할 듯싶은 큰 나무들은 대여섯 그루 잘라 냈지만 이들 부상당해 쓰러진 나무들은 한가할 때 쪼개어 땔감으로 쓰겠다고 그냥 두고 가게 했단다. 우리 소현(딸)이는 장작을 잘 쪼개서 한 귀퉁이에 살림 재산처럼 쌓아 두는 것보다 그냥 비스듬히 쓰러져 있는 모습이 오히려 자연스럽다고 해서 나는 속으로 웃었다. 그 애는 그림쟁이라서인지 항상 내가 생각하는 것보다 앞선다고 해야 할까? 내가 미치지 못하는 구석구석 같은 데서 엉뚱하고 희한한 아름다움을 들춰내곤 할 때가 더러 있다. 그런게 오히려 예술적인 자연미를 자아낸다고 지껄이면서. 애당초 이 집에 마음을 빼앗긴 점도 그런 맥락에서였다. 말끔하게 다듬어진 인위적인 정원보다 좀 흐트러진 듯한 야산이 좋아서였다고 말하곤 한다.

또 하나 함박눈으로 인해 한층 더 격이 높은 아름다움을 과시하는 듯한 나목을 빼놓을 수가 없다. 흔히 크리스마스 카드에서 볼 수 있는 하얗고 은색 일색의 아름다운 설경을 상상해 보시라. 하물며 나는 지금 그 실상을 눈앞에 보며 황홀해 하고 있으니 어찌 창조주에게 감사하지 않을 수 있을까. 함박눈이 오기 전에는 나목들은 언제나 우울했다. 그러나 저 거무죽죽하고 헐벗고 죽은 듯 침묵하는 나목들에게서 나는 많은 교훈을 받는다. 일찍이 나는 이렇듯 사랑의 눈으로 나목을 우러러본 적이 별로 없었다고 생각한다. 나목들의 한없이 큰 마음, 인고의 침묵을 어찌 우리 인간이 따를 수 있을까.

여자가 생명을 아홉 달 내내 끌어 안고 꿈을 갖는 것처럼 저 죽은 듯 침묵하는 나목들도 생명을 잉태하고 있어서일까. 그 생명이야말로 마치 하나님의 생명수만큼 새로운 꿈을 안겨 주는 희망인 동시에 우리의 행복한 내일이 아니겠는가.

6부

자연인이 되던 날

정령(精靈)의 숲을 품은 로키

강추자

국문 66, 희곡

"……눈 덮인 하얀 속살에 웅장함을 더한 캐네디언 로키 산맥의 아름다운 파노라마. 그리고 그 속에 살아 숨 쉬는 자연! 때론 안타깝기도 한, 한 편의 생생한 감동 드라마! 캐나다 4대 국립공원 드라마 편 지금 만나 보세요!……"

요란하고 선정적인 여행 책자 때문만은 아니었다. 로키의 여행은 스위스의 알프스만큼이나 매력적인 것이었다.

드디어 2012년 9월 9일 5명의 친구들이 인천공항을 떠났다.

캐나다의 4대 국립공원 자스퍼, 밴프, 요호, 글레이셔 와 로키의 진수를 만나보기 위해서였다. 비행시간 11시간하고도 몇십 분 소요 후, 시애틀 국제공항에 도착했다. 이미 날짜 변경선도 통과한 후였다. '시애틀의 잠 못 이루는 밤' 영화 촬영지로도 유명한 곳이다. 스타벅스 1호점, 파이어 니어 광장, 파이크 플레이스 마켓, 스페이스 니들 등을 관광했다.

미국, 캐나다 국경선을 통과하여 2시간 20분을 달려 살기 좋은 도시라고 정평이 나 있는 밴쿠버에 도착, 쉐라톤 길포드 호텔에 여장을 풀었다.

그곳에서 미국에서 사는 친구들과 합세했다.

　로키는 캐나다 여행의 로망이다. 광활하고 원시적인 캐나다 자연의 진면목을 적나라하게 보고 느낄 수 있기 때문이다. 알버타 주와 브리티시 컬럼비아 주의 경계가 된 산줄기는 미국 북부까지 수천km나 이어진다.

　캐나다 로키는 특히 밴프 등 4개의 국립공원의 절경 등을 품고 있어 유네스코 지정 세계문화유산 중 하나이며 길이 약 1.500km. 너비 약 80km이다.

　다음날 찰리왁을 지나 '브라이들 베일 폭포'로 향했다.

　'브라이들 베일 폭포'는 프레이저 강 계곡의 낮은 지대에 위치해 접근하기 쉽고, 관광지로 널리 알려져 있다. 높이는 122m 평균 너비는 23m로 폭포의 모양이 마치 신부의 면사포를 쓴 모양과 비슷하다고 지어진 이름이다. 모두들 셔터를 누르느라 정신들이 없다.

　골드러쉬의 거점이었다던 호프에서 점심을 먹었다.

　코키할라 하이웨이를 따라 준 사막지역인 캐나다 3대 동광촌 메릿, 목재의 도시이자 내륙교통의 중심지인 캠룹스, 베리어, 클리어워터, 블루리버를 경유하여 약 6시간 남짓 달려 드디어 로키의 첫 관문인 벨마운트에 도착했다. 베스트웨스턴벨마운트에 여장을 풀었다.

　아침 일찍 로키 산맥의 최고봉인 랍슨 산(3954m)을 관망하면서 자스퍼 국립공원을 향해 달렸다. 알버타 관광청에서 추천하는 멀린 캐년을 잠시 걸었다.

　그 후 도착한 두 개의 호수 에디스 호수와 아네트 호수.

　두 호수 모두 인위적인 시설이 전혀 없는 자연 그대로의 모습이다. 태고의 의연함이 느껴지는 곳이라고나 할까?

　점심을 먹고 지구상에서 가장 아름다운 도로라고 하는 아이스필드 파크웨이를 타고 컬럼비아 대빙원의 아싸바스카 빙하로 이동했다.

바퀴 지름이 사람의 키보다도 더 큰 어마어마하게 큰 설상차를 타고 까마귀 새의 발 모양을 닮았다고 하는 까마귀 발 빙하를 감상했다.

오염되지 않은 빙하라고 얼음을 조금씩 깨어 맛을 보기도 하면서 자연의 경이로움을 만끽했다. 약간 푸른색이 돌기도 하며 하얗기도 한 거대한 얼음덩어리들, 멀고 먼 그 옛날, 무서운 힘으로 밀고 내려와 계곡을 만들기도 하고 지형을 바꾸기도 한, 상상키도 어려운 무서운 힘을 가진 빙하. 그리고 조물주……

빙하를 뒤로하고 보우 호수와 페이토 호수를 관광하고 밴프로 향했다.

밴프 국립공원도 역시 아름다웠다.

세계10대 절경 중 하나라고 하는 샤또 레이크루이스호텔을 배경으로 펼쳐진 에메랄드 빛의 레이크 루이스의 풍경은 너무나도 아름다웠다. 자연인 산과 숲과 호수가 보여주는, 영원히 지속되는 불멸의 아름다움. 게다가 이곳은 샤또 레이크루이스호텔의 아름다운 건물과도 너무나 잘 어울렸다.

밴프로 돌아와 보우 강, 보우 폭포를 보고 어퍼 핫스프링스 자연유황천 온천도 했다.

다음날은 캐네디언 전통방식의 카우보이 체험을 할 수 있는 바운더리랜치를 방문하였으나 카페에서 티타임만 가졌다. 알버타 스테이크로 점심을 먹은 후 요호 국립공원으로 이동하여 자연의 다리와 에메랄드 호수를 본 후 로져스패스의 글레이셔 국립공원으로 이동했다. 길을 달릴 때는 길을 어슬렁거리는 엘크를 조심해야 한다고 운전하시는 분은 바짝 긴장한다.

철도 교통의 요충지인 골든을 경유 레벨스톡으로 이동 힐크레스트라는 곳에서 머물렀다.

다시 캠롭스, 호프 칠리왁 등을 지나 밴쿠버로 돌아와 시애틀로 가서 약 11시간 50분 만에 인천으로 돌아왔다.

캐나다에서의 일주일은 온통 산과 호수와 숲 그리고 강을 따라 다닌 여정이었다. 대자연의 그 위대함을 다시 한 번 느낄 수 있는 좋은 기회였다고나 할까?

　그리고 새삼스럽게 느낀 것은 산과 호수 옆에 어김없이 우거져있는 숲의 의연함과 장대함이었다.

　차를 타고 멀리서 바라본 나무들은 어찌나 빽빽하던지 어떠한 적도 용서하지 못한다는 듯 물샐틈없이 깍지를 끼고서 산을 방어하는 병사들의 모습으로 보였다.

　맑고 순수한 정령으로 가득 찬 로키의 숲. 그곳에서 나는 한없이 겸허해져 갈 뿐이다.

유럽의 푸른 눈 브릭스달 빙하

김은자

국문 60, 수필

　유럽 대륙에 둥지를 틀고 있는 여러 국가들 중에서 다섯 번째로 넓은 영토를 가지고 있는 노르웨이는 스칸디나비아 반도의 서쪽에 그 휘황한 날개를 펼치고 있으며, 이 나라의 수도는 오슬로다.

　그래서인지 생에 처음으로 스칸디나비아 반도를 찾아 가는 마음도 다른 곳을 찾아갈 때와는 다를 수밖에 없었다. 우리나라와는 멀리 떨어져 있어 이웃집 가듯이 갈 수 있는 곳이 아니지만 이번 여름에 그곳을 가려 첫발을 내딛었던 것은 그곳의 지명들이 안겨주는 환상적 어감에 매료되어 언제고 꼭 한 번 들러볼 마음을 내려놓지 못했던 것이다.

　한동안 너무 막연한 기대에 따른 설렘 때문이었을까, 올해 3월에 좌석을 예약했었으나 엎친 데 덮치는 격으로 4월에는 눈 수술을 해서 괜찮으냐고 조심스럽게 묻는 둘째 아들의 염려를 못 들은 척 외면을 하고 6월 21일 인천공항을 이륙하는 항공기에 몸을 싣고 백야와 오로라의 장관을 만나러 오슬로로 향했다.

　이들 둘 중에 앞엣것은 극지방에서 해가 뜨기 전이나 혹은 진 뒤에 태양

빛만은 그대로 남아있어 하늘 주변이 환한 상태를 이르는 것이고 뒤엣것은 북극의 밤 푸른 톤의 아름다운 광선이 나타나고 분홍빛 섬광이 내려쬐는 북극광이 색을 바꿔가며 연출하는 놀라운 광경을 말하는데 10여 년 전에 캐나다 상공을 나는 비행기 안에서 만났던 그 황홀한 정경을 다시 한 번 대면하고 싶었던 바람이었다. 하지만 내가 바라던 오로라를 만나려면 가을 겨울에 더 북쪽으로 가야 한다는 것이다. 여행 준비가 부족했던 것을 알게 되었다.

이들 뿐만 아니라 이 기회에 더불어 만나고 싶었던 장관은 수세기 동안의 빙하가 침식으로 만들어진 계곡에서 빙하가 사라지고 그 자리로 바닷물이 들어와 생긴 좁고 긴 만(灣)을 말하는데 이 피오르드와 강이나 바닷물이 굽이져 흐르는 곳들과 만나고 싶었다. 피오르드를 따라 9000년 전에 수많은 호수와 폭포가 형성되어 그 주변으로 어부들과 농부들이 정착했었을 뿐만 아니라 풍부한 어류와 버섯과 감자 같은 농작물을 기르며 자연환경에 순응하여 살았던 곳이라고 해서다.

오슬로에서의 첫날, 노르웨이가 낳은 세계적인 조각가 비겔란 구스타프의 작품이 있는 '비겔란조각공원'에는 193점에 이르는 총면적 32만3천700㎡에 조성되어 있는 공원으로 입구부터 중앙에 이르기까지 인생의 탄생과 죽음에 관련된 조각품들이 있었다. 공원 끝부분에 있는 17㎡ 높이에 모노리턴이라 불리는 조각품은 121명의 남녀상이 서로 위로 올라가려는 인간 모습을 표현한 것으로 인간 본성을 잘 나타내고 있어 유명하다. 인간 일생을 표현한 58개 청동상으로 된 다리와 동물들을 표현한 철제 정문도 이색적이다. 북유럽 바이킹들이 가장 사랑했던 도시, 그들 삶의 흔적들이 남아 있는 '바이킹배 박물관' 내부를 구경한 후 전용 차량 안에서 넓게 펼쳐진 대자연을 바라보며 릴레함메르로 향해 길로 나섰다.

호수를 끼고 쭉 뻗은 나뭇잎들과 암벽을 부숴 그 잔해물들로 길을 넓히는 공사가 한참이었는데 간헐적으로 내리는 가랑비는 언제 그랬느냐는 듯 자취를 감추고 청명한 해와 먼 산의 구름 그리고 자작나무와 측백나무 숲이 맑은 공기 속에서 어울리는 모습이 내 눈에는 즐겁게만 보였다. 빙하와 만년설로 둘러싸인 그로톨리 달스니바로 이동하며 산의 정경을 둘러봤다. 먼 곳 산에 잔설이 남아있어 뒤에 두고 온 게이랑에의 위쪽 빙하와 눈이 녹아 맑아진 하늘은 흰색과 붉은색 지붕의 전원풍경……. 게이랑에르 피오르드 유람선을 타고 그곳의 핵심인 7자매 폭포 등을 자원봉사로 수고하는 교민 할머니의 해설을 듣고 하산하여 브릭스달로 달려갔다.

브릭스달 빙하는 계곡에서 흘러내린 형상 그대로 얼어붙은 거대한 얼음 덩어리이다. 수만 년 쌓인 만년설이 빙하를 이루고 있는데 노르웨이에 여러 곳 빙하 가운데 최대다. 빙하 비가 안개꽃처럼 부서져 내리는 미끄러운 S코스의 좁은 길을 잘도 오른다. 9인승 관광용 전동차 '트롤'을 타고 약 20분 산 중턱까지 오르며 트롤이 멈춰 하차한 일행들이 빙하를 오르는 잠깐 동안 더 이상 움직일 수가 없었다. 저 푸른 빛깔의 거대한 빙하를 먼발치에서 사진에 담으며 전율을 느꼈다.

그들이 다녀오는 동안 우뚝하니 덩치 큰 네 명의 노르웨이 사내들과 여자 한 사람의 운전자들과 빗속에 서 있다. 담요를 무릎 위에 두르고 우산을 받쳐든 일행들과 내려오는 길은 기후에 따라 문이 닫힌다는데 우리는 빙하의 파편들을 우박처럼 온몸으로 맞으며 산악 길을 조심조심 내려왔다. 햇빛에 반짝이는 브릭스달 빙하는 여름에도 녹지 않는다. 그저 얼음 끝자락에 다가가 손으로 만져보고 조심스레 발을 디딜 수 있을 뿐…….

장엄한 산과 절경을 선사하는 스케이를 지나 세계 제1의 송네피오르드 페리를 타고 잉크 빛 수면 위로 조용히 미끄러지며 간다. 적요한 분위기는 때때로 새들의 날갯짓과 산기슭의 작은 폭포 소리가 물 가장자리를 따라 흩어져있는 나무집들의 자연과 어우러져 평화로운 모습이다.

아름다운 계곡마을 플롬역에 도착하여 세계최고걸작 '로맨틱 열차'를 타고 플롬에서 시작하여 고원을 자랑하는 북유럽 가장 가파른 길을 달렸다. 철로변 풍경을 선사하는 유네스코 문화유산 중 하나며 송네피오르드의 지류인 에올란 피오르드의 안쪽에 자리한다. 깎아지른 피오르드의 장엄함에 넋을 잃게 하는 곳 아름다운 베르겐은 노르웨이 제2의 도시다.

오슬로를 향해 가는 길에는 숲이 나를 마중 나온 걸까 아니면 내가 숲을 안으려고 달려가는 걸까. 넓은 초원이 온통 푸름으로 가득하더니 여름밤의 지평선 위로 밤이 찾아오고 있다. 구름이 그려 놓은 세계 지도 위 어느 지점을 그 구름이 길손이 되어 찾아가고 있는 것일까. 내가 구름을 조종하여 어디를 향해 가고 있는 걸까.

구름 사이로 얼굴을 내밀던 이전상황과 달리 모양새를 바꿔 사방에 이웃처럼 찾아오는 빗방울, 1970년대의 빗소리를 들으며 그랜드 캐년을 찾았을 때 침묵의 계곡을 적시던 그날의 빗방울들처럼 비가 내린다. 이 비가 쏟아내는 속을 그리그의 '솔베이지의 노래'가 조용히 버스 안을 흐르고 있다.

돌아오는 길 이곳의 자연은 전설만큼 아름다웠고 준비된 삶은 어느 곳에서나 필요한 만큼의 소중함을 남긴다.

스페인 紀行

나영균
영문 49, 번역

　여행은 일상을 떠난다는 의미에서 즐겁고 새로운 세계를 만난다는 뜻에서 신난다. 나이 들면서 신체적으로 힘들 때도 있지만 다닐 때는 구경하고 싶은 마음이 앞서 그것도 개의치 않는다. 영감도 여행에 대해서는 나와 비슷한 반응이다. 아니 그가 한술 더 뜬다고 할 수 있다. 92세의 나이에도 아무 말 않고 잘 다니기 때문이다.

　스페인은 전에 마드리드, 톨레도, 바르셀로나 등을 다녀보았으나 지난 7월에는 남부를 집중해서 다녀보았다. 그리고 그 아름다움에 깊은 감동을 받았다.

　그라나다 하면 알함브라이다. 이 궁전(宮殿)은 무어 예술의 극치(極致)를 표현하고 있다. 그중에서도 사자(獅子)의 정원(庭園)이 그 정점(頂点)이라 하겠다. 12마리의 사자가 지키는 분수(噴水)를 둘러싸고 124개의 날씬한 대리석 기둥이 받쳐 올린 궁의 벽면(壁面)은 레이스처럼 섬세한 무늬로 장식되어 있다. 사람을 황홀케 하는 아름다움 속에 말없이 서 있는 이 궁은 슬픈 역사를 품은 페이소스로 인해 더욱 보는 이의 가슴을 친다. 무어의 왕조는 700년 동안 안달루시아 지방을 지배했으나 13세기에 이르러 가톨릭 세력이 코르도바와 세비야를 침공하여 빼앗기고 말았다. 그라나다는 이때 함락(陷落)하지 않았으나 1492년 가톨릭 군주 페르낭드 왕과 카스티야의 이사벨 여왕에게 항복(降伏)하기에 이른다. 그라나다의 무어 왕조는 200년 동안이나 적에게 포위된 고립상태로 존속(存續)한 것이다. 알함브라는 그 마지막 200년의 전반부(前半部)인 1238년에서 1358년 동안에 세워졌다. 무어 왕조의 유세프 1세와 아들 무하마드 5세는 언제 침공당할지 모르는 상황해서 정성을 다해 宮을 지어나갔다. 스페인이라는 가톨릭 왕국 안에 말없이 무어 고유의 아름다움을 간직하고 있는 이 고궁은 그래서 특이한 애조(哀調)를 띄우고 있다.

다음으로 우리는 네르하(Nerja)의 바다를 구경하고 프리힐리아나(Frigiliana)의 마을로 갔다. 로트아이언 창틀의 새까만 무늬가 순백색의 벽을 배경으로 돋보이는 집들이 좁은 중세시대의 꼬불거리는 길 양옆에 들쭉날쭉한 키를 보이며 서 있고 강렬한 남국의 태양은 순백과 칠흑(漆黑)의 색조로 완벽하게 통일된 이 마을 위에 눈부시게 빛나고 있었다. 창가에 놓인 제라늄의 빨간 꽃과 초록색 잎이 흑과 백의 소박한 바탕에 색채(色彩)를 가미하고 있었다. 어떻게 이렇게 아름다울 수가! 하는 한숨이 절로 나왔다. 또 마을의 아름다움을 지키기 위해 이뤄진 그 지혜로운 통제성에 감탄하지 않을 수 없었다. 전체의 아름다움을 위해 개인의 취향이 완전히 억제(抑制)되어 있었기 때문이다.

말라가(Malaga)는 피카소가 탄생(誕生)한 곳이다. 그의 이름으로 된 미술관에는 그의 화법(畵法)이 변하기 전에 그린 사실적(寫實的)인 데생과 아내의 초상, 그리고 대성당의 그림이 전시되어 있었다. 그 데생은 누구도 따르지 못하는 정확성을 과시하고 있었다. 정확한 선, 정확한 명암, 정확한 광선의 그라데이션, 그 정확성을 발판으로 입체파적 그림으로 도약해 간 과정을 엿볼 수 있을 것 같았다. 그는 누구나 자기 눈에 보이는 그대로를 묘사해야 한다고 했다. 입체파적인 그의 그림은 한참 보고 있으면 모델의 모습이 보이기 시작하니 재미있다. 그렇게 대담한 파격(破格)을 감행한 그의 용기는 진정한 예술가 아니고는 가질 수 없는 것이었을 것이다.

말라가에 머무는 동안 우리는 안테퀘라(Antequera)에 있는 엘 토르칼(El Torcal)이라는 산을 다녀왔다. 상당히 넓은 지역을 점하고 있는 이곳 산들은 참으로 기이한 모습을 하고 있었다. 조그만 봉우리를 이루는 산의 하나하나가 모두 접시를 차곡차곡 쌓아올린 형태를 하고 있는 것이다. 때로는 두텁고 때로는 얇고 때로는 크고 때로는 작은 접시들은 살림 잘하는 아낙이 쌓아올린 듯 보기 좋게 가지런했다. 그런 봉오리가 열 개도 아니고 스무 개도 아니고 시야 가득히 펼쳐져있는 광경은 자연의 신비로운 힘을 절로 떠올리게 하는 것이었다.

론다(Ronda)는 골짜기에 흐르는 계곡이 저 아래 까맣게 내려다보이는 협곡(峽谷) 위에 세워진 조그마한 마을이었다. 계곡 양옆에 직각으로 선 절벽 위에는 호텔과 레스토랑들이 가지런히 서 있었다. 우리가 머문 호텔은 절벽 한쪽에, 밥을 먹은 식당은 그 반대쪽에 있어 서로가 빤히 보이게 되어있었다.

헤밍웨이가 머물러 작품을 썼다는 이곳은 저 유명한 투우가 시작된 곳이라고도 한다. 지금은 투우가 법으로 금지되어 있으나 옛 투우장은 그대로 남아 있었고 낭하에는 유명한 투우사들의 사진과 그들이 휘둘렀던 붉은 망토, 입었던 옷, 모자, 신발, 장검들이 전시되어 있었다. 투우사와 함께 찍은 헤밍웨이의 얼굴도 보였다.

투우사의 옷들은 놀랍게 작아보였다. 허리 둘레가 날씬한 처녀만 하고 어께 넓이도 평균 남성보다 좁았다. 또 투우사들은 하나같이 예쁘장한 미남들이었다. 그렇게 가냘프고 예쁜 남자와 고개를 숙이고 무서운 뿔로 공격해 오는 시커먼 소의 결투는 쉽게 상상할 수가 없었다.

현재 경마장으로 사용된다는 투우장은 영화에서 본 그대로의 모습이었다. 커다란 원형의 투우장 바닥은 잘 다져진 흙으로 되어있었고 둘러친 울타리에는 고른 간격으로 소와 투우사들이 드나들 수 있는 출입구가 있고 6,000명을 수용한다는 좌석이 둘려져 있었다.

영감이 걸음을 잘 못 걸어 우리는 마차를 타고 론다의 좁고 구불거리는 거리를 다녀보았다. 흰색, 베이지색, 연벽돌색의 벽에 검은 창과 문이 달린 집들 사이로 난 길은 좁아서 벽과 마차 사이의 간격은 불과 20cm 정도라 손을 내밀면 닿을 수가 있었다. 놀라운 것은 이 좁은 골목을 직각으로 돌아갈 때 말은 길이 2m 반이나 되는 마차가 양옆 벽을 긁는 일 없이 교묘하게 좌와 우로 싹싹 돌아가는 것이었다. 어떻게 훈련을 시켰으면 저럴 수가 하는 감탄을 금할 수가 없었다.

스페인의 집들은 길에서 보면 장식 없는 벽과 창으로만 되어있으나 대문을 들어서면 아름다운 안뜰이 보이게 되어있다. 우리가 코르도바 (Cordoba)에서 머문 호텔은 옛 귀족의 집이었다고 하는데 수십 개의 방이 있는 집이 복잡한 윤곽(輪郭)을 그리고 그 안에 있는 안뜰(Inner Court)이 다섯 개 있었다. 가장 넓은 뜰에서는 만찬, 아침 해가 안 드는 뜰에서는 조반, 머리 위 전체에 차일 친 뜰에서는 점심을 먹게 되어있었고 그 하나하나가 특징이 있어 끼니 때마다 재미있었다. 기온은 날마다 30도가 넘어갔으나 건조해서 그늘에서는 시원한 바람이 상쾌하여 전혀 더위를 느낄 수가 없었다.

코르도바의 대성당은 이슬람교와 가톨릭교가 동거하고 있었다. 들어가면 엄청나게 넓은 공간이 있고 그 공간 전체에 연벽돌색과 흰색 줄무늬가 있는 이슬람식 아치가 널려있었다. 성인들을 모신 가톨릭식 제단들은 사면의 벽을 연한 알코브에 차려져 있었다.

그리고 중심부에는 큼직한 가톨릭 성당이 자리 잡고 있었다. 이슬람은 현관 가까운 공간에 있는 아치와 벽면에 연한 곳에 옛 벽화 일부가 전시되어 있을 뿐이었다. 동거하면서도 가톨릭의 승리를 역연히 보여주는 형태였다.

한때 유럽 일대를 지배하던 무어들의 유적은 이제 많지 않다. 있어도 대부분 무너진 성벽 같은 형태로 남아 있을 뿐이다. 그런 유적을 볼 때 느끼는 이 묘한 감회는 사라진 문화에 대한 애석(哀惜)함인지도 모른다. 또 약소민족의 비애(悲哀)를 경험한 우리가 일종의 동류감(同類感)을 느끼는 것인지도 모른다.

스페인을 다니면서 불편했던 점은 저녁 식사 시간이었다. 그곳에서는 오후에 낮잠을 자는 습관이 있어 저녁은 일러야 8시 반에 시작한다. 그리고 한 코스씩 나오는 시간이 30분 이상 걸려서 일러야 10시 반에 끝낼 수 있다. 우리처럼 빨리빨리 갖다 주고 훌떡 먹고 치우는 습관이 든 사람에게는 고역이 아닐 수 없다. 투덜거렸더니 늦게 갖다 주는 것은 대접하는 거라고 해서 어이가 없었다. 과연 딴 세상에 온 거로구나 하는 실감이 났다.

2주일이 넘는 스페인 여행을 끝내고 돌아오니 드디어 집에 왔구나 하는 한숨이 나온다. 궁전이 아니라도 분수가 없어도 호화로운 호텔 방이 아니라도 보료 위에 팔다리를 쭉 뻗고 누우니 여기가 내 세상이라는 느낌이 든다. 여행과 구경은 잠시 잠깐 다니는 거고 마음 놓고 살기는 역시 집이어야 한다는 말을 하품과 함께 웅얼거리며 나는 혼자 웃었다.

백두산 천지를 가다

박선자
국문 66, 시

    민족의 영산이요, 하늘 아래 최고봉의 호수, 백두산 천지를 보고 싶지 않은 사람이 있을까. 모두의 열망이며, 꿈이리라. 분단된 조국의 형평상 가는 길이 너무 멀다. 북한 땅을 밟을 수 없으니 중국으로 가야만 한다. 친구들과 더 늙기 전에 천지 여행을 하고자 뜻을 모았다. 2750m의 높은 고지에 있기에 갈 수 있는 날은 일 년에 고작 3개월 뿐이니 더욱 어렵다. 6, 7월이 좋은 시기였지만 막상 가려니 몇 년 전보다 여행비가 엄청 올라 있었다. 몇 사람의 반대로 무산되어서 정말 서운했지만 비싼 여행비 들여 간다 해도 날씨에 따라 천지를 못보고 올 수도 있다니 억지로 감행하긴 어려워서 그냥 주저앉기로 했다. 그래도 마음 한구석에 꼭 가고 싶다는 마음은 버릴 수 없었다. 그러다 우연히 관광버스에 싼 가격에 백두산 여행을 안내하는 광고를 만났다. 생각보다 너무 파격적이어서 의아해 하면서 전화를 했더니 정말이란다. 이메일 번호를 알려주고 일정을 보내달라 하였다. 잘 알려진 여행사가 아니어서 인터넷 검색도 했다. 요즘 언론에 싼 가격에 여행가서 낭패를 보는 기사가 심심하게 회자되었다. 검색 결과

믿음이 가서 여행 단짝 친구와 가기로 계약을 했다. 8월에 가려든 동생 팀도 함께하기로 했다. 마음이 든든하였다. 마침내 염원하던 백두산 여행 길에 올랐다. 비록 우리나라 땅을 밟지 못하고 중국의 장백산으로 천지를 보러가지만 발걸음이 가볍고 거기다 싼 가격이라니 더욱 신이 났다.

　산문 매표소 앞은 주말도 아닌데 백두산 아닌 중국 이름으로 장백산 앞이 그야말로 인산인해다. 입장료 받기 위해 바둑판처럼 엮은 입구가 꽉 메워져있어 한 발작 잘못 디디면 한꺼번에 넘어질 듯 질서 없이 밀려들고 소란스러웠다. 백두산(白頭山)은 흰 백(白), 머리 두(頭), 언제나 만년설로 덮혀있어 하얀 백발의 산이란 뜻이다. 중국인들은 우리처럼 백두산이라 부르려니 자존심이 상했는지 장백산이라 부른다. 즉 긴 장(長)에다 흰 백(白) 즉 오래오래 하얀 눈을 입은 산이란 뜻으로 장백산 (長白山)이라 부른다. 곰곰이 생각하면 뜻은 같은데 부르는 소리만 다를 뿐이다. 민족분단의 유산이 만들어낸 각기 다른 이름이며 아픔의 역사를 보는 현장이다. 개표소를 지나 셔틀버스를 타고 20여 분을 올라간다. 가는 길목은 자작나무 숲이 울창하고 날씨가 맑아 천지를 볼 수 있을 것 같다. 그런데 가이드 말인 즉 산 아래가 아무리 맑아도 정상까지는 너무 높아 일기를 예측할 수 없으니 천지를 못 볼 수도 있단다. 세 번을 와도 천지를 대면하지 못했다는 이야기를 들었기에 지금부터의 기도는 천지를 꼭 보고갈 수 있게 해 달라는 간절한 소망을 담았다. 셔틀버스에서 내려 다시 8명씩 타는 하얀 벤즈 차에 올랐다. 울창한 숲길을 한참 지나고 이름 모를 야생화가 하얀 꽃, 노란 꽃, 붉은 꽃, 형형색색으로 초록빛 들판에 수를 놓은 듯 아름답다. 탄성이 절로 나왔다. 오를수록 초록빛 민둥산 봉우리가 구릉을 이루며 뒷걸음질을 친다. 초록빛 사이로 자잘한 야생화가 우리를 언듯언듯 반기며 환영하는 듯 보여 한없이 즐거웠다. 겨울엔 스키장으로 이용된단다. 지금은 초기 단계지만 거대한 중국 자본이 개발하면 세계에서 가장 크고 좋은 스키장이 될 것이라는 가이드의 설명이다. 북한의 무능한 지도

자 때문에 중국은 떼돈을 벌어들이고 있다. 북한인민들은 가지고 있던 좋은 관광자원마저 내어주고 굶주림에 허덕이고 있다며 여행객 모두는 안타까운 마음을 토로하였다. 차는 꼬불꼬불 위험한 급경사 길을 곡예하듯 빠르게 오른다. 놀이공원 롤링 스케이트 타는 기분이 이러할까. 이리저리 부딪히고 앞으로 쏟아질듯 스러지면서 와하, 환성을 지르며 아슬아슬하게 올라간다. 굽이지고 경사가 심한 높은 산길이라 빠르게 달려야만 한단다. 운전기사 모두 공무원이며 실력이 대단했다.

천지를 만난다는 것이 이만큼의 시련이 있어야 하는 걸까. 우리가 살아가면서 쉽게 얻어지고 쉽게 가질 수 있는 게 얼마나 있었던가. 민족의 영산 그곳의 천지를 뵈러가는 데 이쯤의 무서움과 고통은 이겨야지. 멀리 짙은 안개비 속으로 관광객을 실은 하얀 차들이 굽이굽이 오르고 내리는 모습이 흰 개미떼가 먹이를 찾아 힘겹게 오르내리는 것처럼 어렴풋이 보이다 사라지고 우리 차 옆으로 아슬아슬 비껴가는 것에 아찔하여 소름이 끼친다. 백두산을 오르는 길이 바로 우리가 살아온 길이다. 아슬아슬하는 순간을 많이도 겪어오지 않았는가. 천지를 만나는 행운을 맞으러 가는 길이니 참고 견뎌야지. 주말도 아닌데 어쩜 이렇게 많은 인파가 모였을까. 내려오는 차에 탄 이들은 모두 천지를 보았을까.

부산을 출발한 비행기가 장춘 공항에 내려 버스로 돈화로 거쳐 고구려가 멸망한 뒤 대조영이 세운 발해 땅을 지나왔다. 오는 길의 팻말에 한글이 적혀있어 중국 땅에 우리글이 함께 쓰여 있어 우쭐하기도 했지만 여기서부터 장백산 가는 넓은 들판이 바로 일제의 수탈에 견디지 못한 선조들이 압록강과 두만강을 건너온 바로 그 간도지방이란다. 해방이 조금만 늦어졌어도 우리 민족의 대부분은 일본에 쫓겨 간도지방으로 삶의 터전을 찾아 유랑생활을 떠났을 것이라는 엄마의 이야기가 생각났다. 나라를 빼앗기고 삶의 터전을 내준 선조들이 주인 없이 넓고 황량한 땅을 일구어 살아온 터전이라니 우리 선조들의 피와 눈물이 베인 푸른 들판이 새롭게 다가왔다. 해가 지고 어둑한 길을 달리다 저 멀리 어스름 저녁에 아득히 보이는 정자가 '일송정'이라 알려주는 가이드 설명에 선구자 노래를 부르며 애국심도 새겼다.

길림성(吉林省) 안도현(安圖縣) 이도백하(二道白河)는 백두산 관광산업으로 살아가는 도시로 탈바꿈하고 있다. 백두산 즉 중국이 말하는 장백산 관리는 연변의 조선족 자치주에서 관리했지만 지금은 중화민국 정부가 직접 관리하고 있다. 장백산 화산지질국립공원으로 지정되면서 대대적인 개발을 서둘고 있어 포크레인 소리가 곳곳에서 들렸다. 여행객 관리 시스템과 시설 수준도 상당하다 느껴졌다. 중국 정부의 동북공정정책이 실감나는 곳이라 두렵기도 했다. 우리 가이드는 30대 중반의 조선족 엘리트였다. 그는 지금 중국 정부가 길림성을 개발하고 선배들이 중앙정부의 높은 관리로 많이 배출되므로 앞으로 조선족의 삶의 질이 높아지리라는 기대에 매우 만족하며 자부심을 갖고 있었다. 서서히 이루어지고 있는 동북공정에 중화되어 가는 조선족과 북한의 태도가 우리나라에 어떤 영향을 줄까하는 두려움이 잠시 피부에 스며들었다.

짙은 안개비가 내리고 앞을 가늠할 수 없는 차가운 비바람을 맞으며 정상에 내렸다. 비옷을 챙겨 입고 구름 안에 있는지 안개비 속에 있는지 한 발작 앞의 사람도 보이지 않는 곳에 섰다. 재빠른 가이드 덕분에 겨우 대피소에 들어가 자리를 잡고 하늘이 열리기를 기다렸다. 왁자지껄한 대피소 안은 정신없이 소란스럽고 바깥은 검은 구름 안개로 아무것도 보이지 않았다. 천지는 여기서 얼마나 올라가야 하나 물으니 날씨만 개이면 5분 안에 천지를 볼 수 있는 곳이란다. 눈앞에 천지를 두고 못보고 내려 갈 수도 있다니……

구름이 약간 걷히는가 싶더니 다시 앞이 보이질 않기를 되풀이 하다 눈 깜짝할 사이에 커튼이 열리듯 일순간에 확 구름과 안개가 사라지면서 드넓은 백두산 봉우리들이 눈 안에 들어왔다. 자연의 신비로운 조화가 신의 섭리라면 지금 눈앞에 펼쳐지는 순간이 곧 천지개벽(天地開闢)의 순간일 것이다. 여기저기서 환성이 들리고 모두 대피소를 나와 비스듬한 나무계단을 오르니 정상이다. 천지가 눈 안으로 들어온다. 여전히 구름과 안개비가 열렸다 닫았다 계속하더니 짙은 회색빛 푸른 물결을 품은 하늘이 열렸다. 사진에서 수백 번도 낯익은 천지가 반가운 손님을 만난 듯 반겨 준다. 가슴이 뻥 뚫리며 벅찼다. 당신을 뵙고 싶어 얼마나 먼 길을 달려 왔는가. 민족의 영험한 산이여, 우리의 얼이 서린 곳. 언제 사라질지 모를 천지를 붙들어 눈에 넣으려고 이곳저곳을 헤집고 옮겨 다녔다. 서서 보는 위치에 따라 다르게 보였다. 천지 둘레를 모두 난간과 줄로 보호막을 쳐 놓아 한꺼번에 오른 많은 인파에 조용히 명상에 잠기듯 볼 수 있는 곳이 없어 아쉬웠다.

유능한 가이드 덕분에 한 번도 만나기 어렵다는 천지를 서파와 북파에서 이틀 동안 두 번을 접하였으니 가슴이 뿌듯하다. 민족정기의 발원지이며 영산인 장백산이 아닌 백두산을 남북통일이 되어 북한 땅을 밟고 남쪽 백두산 정상에 올라 천지를 볼 수 있었으면 좋겠다는 가이드의 말에 그나마 같은 민족의 짙은 정과 긍지를 느끼며 그런 날 오기를 소원해 본다.

모로코 페스 여행기

박숙희
교육 70, 수필

2014년 여름이 시작 될 무렵 떠났던 스페인 여행을 끝내고 북아프리카 땅 모로코로 출발했다. 세비아에서 타리파로 이동하여 페리 편으로 지브롤타 해협을 건너 아프리카 북부 항구 도시 탕헤르로 이동하여 호텔에 투숙했다. 유럽에서 아프리카 땅을 밟는데 걸린 시간은 한 시간 정도면 충분했다. 현지 가이드는 열악한 모로코 환경을 여러번 설명했지만 구 도시 페스를 가보고 싶었기에 그의 말을 마음에 두지는 않았다. 내가 보고 싶었던 고대 도시 페스에 대한 기대와 흥분이 밤잠을 설치게 한다. 다음 날 아침 식사 후 페스로 이동하여 8세기 흔적이 그대로 남아 있는 구 시가지 메디나 거리를 보기 시작한다.

온 도시가 세계 문화유산으로 지정된 거리는 천 년이 넘는 숙성된 이야기들과 볼거리들로 가득해 설레임으로 가슴이 뛴다. 금세라도 막힐 것 같은 구불구불한 골목길에는 1,200년의 시간 동안 중세 이슬람의 모습 그대로 그들의 삶이 숨 쉬고 있었다.

골목이 꺾어질 때마다 "왼쪽" "오른쪽" "말동조심" "계단조심"을 한국어로 목청껏 외치는 가이드 '알람미'의 열정에 감동한다.

급변하는 세상에만 익숙해 있던 우리 일행은 시계가 거꾸로 돌아간 듯한 낯선 풍경에 어리둥절하며 차라리 한순간 길을 잃어 버리고 중세 시대로 돌아가 보고 싶은 충동에 사로 잡힌다.

유럽과 북아프리카 경계를 넘나드는 도시 페스(Fes)는 겉만 보아서는 도저히 그 속을 알 수 없는 신비한 도시다. 페스의 구 시가지 메디나 골목길은 9,000개의 좁은 골목길이 맞물려 미로를 만들어 낸다 한다.

골목길에는 방향을 지시하는 이정표도 찾기 힘들다. 낯선 여행객은 오직 가이드의 목소리만 듣고 따라갈 뿐이다.

화폐는 '디람'을 쓰며 왕권통치를 하기에 빈부의 차이가 극심하며 모든 국민의 종교는 이슬람교를 믿고 있다고 한다.

그런 탓인지 온 도시가 중세 이슬람 도시에 온 듯한 환각에 빠지게 하는 흥미롭고 신비로운 도시이다. 페스의 구 시가지 메디나 좁은 골목길에는 벽마다 물건을 걸려있고 상인들은 친절한 미소로 제법 한국어를 잘 한다.

가방 가게 신발 가게 과일 가게 옷 가게 등 온갖 물건들이 우리를 유혹하지만 몇 발짝만 가면 오른쪽 왼쪽으로 꺾이는 골목길에서 조금만 다른 곳을 보고 있어도 안내자를 놓치기 십상이다. '알람미'의 큰 소리를 듣고 놀라 달려간다.

한참을 가다 보니 코끝에 비릿한 참기 힘든 냄새가 진동한다. 그리고 허름한 건물 안 가파른 계단을 오르기 시작한다.

계단 옆에서 환한 미소로 허브 잎을 나누어 주는 사람을 만난다. 그 사람은 허브 잎을 코에 대고 가라는 몸짓을 한다. 아마도 낯선 여행객들에게 가죽 염색공장에서 흘러나오는 견디기 힘든 독한 냄새에 대한 배려인가 보다. 좁고 가파른 계단을 한참 오르니 메디나 전통 가죽공장인 '태너리'의 광경이 눈앞에 펼쳐진다.

세계 최고의 품질로 꼽히는 페스의 가죽은 '태너리'에서 일하는 '말렘'

이라는 장인의 손을 거쳐 만들어진다. 가축의 털을 벗기는 일부터 무두질과 염색까지 중세시대와 비슷한 방식으로 지금도 만들어진다고 한다. 염료를 만들기 위한 비둘기 똥 냄새 말똥 냄새 등 각종 가축의 똥 냄새는 상상을 초월한다.

그러나 가죽을 내리치는 장인들의 땀 흘리는 모습과 손짓은 거룩한 예술가의 경지처럼 위대하게 느껴진다. 옛것을 지키며 살고 있는 이곳 사람들의 삶의 정신이 작은 불편함조차 불평하던 내 모습과 오버랩되어 숙연해진다.

세계 각 나라에서 관광객들이 많이 온 탓인지 시장 상인들은 물건 파는 데 노련하고 값을 꽤 높게 부른다. 절반씩은 깎아야 된다고 가이드가 귀띔을 해준다. 기념으로 가방도 사고 신발도 사며 물건값 깎는 재미에 빠진다.

페스에는 세계에서 가장 오래된 대학교 '알카리 윈'이 있다. 여기는 신발을 벗어야만 들어갈 수 있고 모슬렘이 아니면 들어갈 수 없다 하여 교문 안 캠퍼스를 들여다보는데 그쳤다. 바로 옆에는 이 대학교를 세운 옛날 이드리스 왕조의 왕 '모울라이 이드리스 2세'의 무덤도 있다. 왕조 국가이기에 있을 수 있는 문화가 신기하게 보였다. 캠퍼스 안에 있는 이슬람 복장의 학생들이 미소를 보낸다.

모로코의 빵 '홉스'와 코카콜라를 곁들어 먹어본다. 꿀이 들지 않은 우리나라 찹쌀 호떡과 맛이 비슷해서 기분이 좋다. 사람에 치이고 냄새에 취해 힘든 하루였지만 며칠이라도 더 머물며 못 가본 골목길을 가보고 싶은 아쉬움만 남는다.

그러나 여행에는 짜여진 일정이 있기에 일행이 탄 버스는 아쉬움을 뒤로한 채 모로코의 수도 '리바트'로 향한다. 세계 모스크 중에서 가장 높다는 하산 메스키다를 보며 여느 도시와 비슷한 신도시의 모습을 접한다. 영화 속에서 본 도시 '카사블랑카'로 향한다. 영화 속에서 기대한 것보다 많이 다른 도시 모습에 다소 실망을 느끼며 다시 스페인으로 향하는 배를 타기 위해 탕헤르 항구로 향한다. 가이드는 가난한 모로코의 소년들이 스페인으로 가기 위해 버스에 몰래 붙어서 밀항하는 가슴 아픈 이야기를 들려준다. 정말 항구 가까이 가자 까맣고 마른 소년들이 달려오고 있다.

오십여 년 전 전쟁이 끝난 후 내 어릴 적 우리나라의 어린이들 모습을 보는 것 같아서 가슴이 많이 아파왔다.

이제 발렌시아를 거쳐 바로셀로나를 구경하고 그곳에서 인천으로 가는 비행기를 탈 예정이다.

여행 중 보았던 어떤 도시보다 큰 감동을 받았던 페스의 구 시가지 골목 길들이 눈을 감아도 보이는 듯하다.

유월의 산하는 마냥 짙푸른데
— 아직 보낼 수 없는 오빠

신도자
국문 60, 수필

연한 연두색으로 물들었던 산하는 어느덧 짙은 초록색으로 변하여 온 천지에 녹음이 우거져 가고 있다. 해마다 유월이 오면 나는 더욱더 신록처럼 간절한 오빠의 생각에 가슴이 저려온다. 작은 오빠가 떠난 지도 벌써 64년, 반세기가 더 넘어간 것이다. 주체할 수 없는 그리움에 나도 모르게 나의 발걸음은 동작동 국립 현충원으로 향한다.

오빠의 위패가 모셔져 있는 현충탑 '위패 봉안관'으로 들어섰다. 엄숙하면서도 섬뜩함을 느끼게 해주는 봉안관 내부는 9만여의 전사자들이 온 벽면을 가득 메우고 있었다. 제 21판 4호 078번, 그곳에 작은 오빠, '신덕균'의 이름이 조그맣게 새겨져 있었다. 그 수없이 많은 전사자들의 이름 가운데 오빠의 이름 석 자는 마치 조그마한 점 하나와도 같았다. 나는 작은 오빠의 이름을 보는 순간 가슴이 뭉클하고 커다란 덩어리가 되어 내려앉는 듯 느껴졌다. 그리고는 눈물이 온몸으로 번져왔다.

6 · 25 전쟁 때 나라를 위해 하나밖에 없는 목숨을 바쳤으나 아직도 이름 모를 산야에 홀로 남겨진 호국용사들의 유해가 13만에 달한다고 한

다. 미 수습 전사자의 9만여 명의 위패는 이곳 서울 동작동 국립 현충원 현충탑 위패 봉안관에, 또 4만 명의 위패는 대전 현충원에 있다고 한다.

1950년 당시, 고교 3학년이던 작은 오빠는 열여덟 살 어린 나이에 군에 자원입대하여 최전선으로 지원했다. 그 얼마 전까지 아버지는 육군 참모총장이셨고, 6·25 발발 당시에는 전북 편성관구 사령관으로 계셨다. 그러나 아버지는 꿈에도 아들을 후방으로 빼낼 생각을 안 하고 당당히 일선으로 보내셨다. 평생을 원리원칙과 청렴결백을 생활 신조로 삼고, 결코 불의와 타협하지 않고 살아가셨던 그대로였다.

그 결과, 덕균 오빠는 1951년 1월 2일 가평지구의 치열했던 전투에서 산화했고 유해마저 영영 돌아오지 못했다. 어머니는 가슴이 무너지는 듯한 슬픔으로 병을 얻으셨고 집안 분위기는 침울하기만 했다. 어머니는 돌아오지 않는 오빠를 위하여 밤마다 두 손을 모으고 무사히 돌아오게 해주십사고 간절히 기도를 드리곤 하셨다. 우리 남매들은 작은 오빠를 잃은 그 기막힌 현실 앞에서, 그 사실이 현실이 아닌 꿈이기를 바라면서 오랫동안 슬픔에서 헤어날 수가 없었다. 주위의 많은 분들은 고위공직에 계셨던 아버지와 그 당시 포병 사령관이던 큰 형이 있었음에도 불구하고 그렇게 최전선에서 전사한 작은 오빠에 대해서 몹시 애석하게들 생각했다.

십여 년 전 고위 공직자들의 자제들에 대한 병역기피 문제가 제기 됐었다.

그때 중앙일보(1998년 6월 25일자) 사회면에 작은 오빠에 대한 기사가 실린 일이 있었다.

"아버지 '빽'으로 편한 군 생활 싫어요."

6·25 때 자원입대 전사, 전 국방장관 아들 편지

'병무 비리 세태' 큰 교훈

6·25 48주년을 맞아 그동안 수집한 6·25 전몰용사 20여 명의 참전 육필

수기를 이달 말 책으로 펴낸다. 이 글들은 한결같이 투철한 조국애와 군인정신을 담고 있어 최근 물의를 빚고 있는 병역 기피 세태에 신선한 충격을 주고 있다.

가장 눈길을 끄는 것은 가평지구 전투에 참전했다가 1951년 1월 2일 열여덟 꽃다운 나이에 산화한 고 신박균(신덕균) 하사의 편지. 그는 6·25 발발 당시 전북 편성관구 사령관으로 있다가 1952년 국방부 장관이 된 신태영 씨의 아들이다. 고 3때 전쟁이 터지자 육군 포병 하사로 자원입대한 그는 최일선 전투부대를 지원했다.

1950년 10월 13일에 어머니에게 보낸 첫 편지에서 "포병학교 졸업을 앞두고 학교장 님이 '네가 원하면 형님(신응균, 당시 포병사령관) 밑으로 보내 주겠다.' 라고 하더군요. 제가 거기에 찬성해야 옳았겠어요? 부친이나 형님 '빽'으로 편하고 위험하지 않은 곳으로 갔다면 남들이 뭐라고 하겠습니까. 최전방을 지원한 이상 살아서 돌아가리라 믿지 않고 바라지도 않습니다."

라는 기사였다.

그 아버지에 그 아들이라던가? 평소 강직하며 공사가 분명했던 아버지의 교육을 받고 자라난 작은 오빠의 훌륭한 선택이 아니었나 싶다. 비록 오빠는 잃었지만. 그 희생은 많은 사람들의 가슴을 울리고 깊이 기억될 것이라고 생각된다.

작은 오빠가 일선으로 떠나던 날 새벽에 잠시 집에 들렀었다. 어머니가 급히 차려주신 밥상을 받고 군화를 신은 채로 툇마루에 걸터앉아 달게 아침을 먹던 오빠, 그 늠름하고 믿음직스럽던 모습이 지금도 눈에 선하다. 어머니는 차마 보낼 수 없는 아들을 사지로 보내면서도 애써 눈물을 삼키셨다. 너무도 철이 없던 나는 그저 덤덤하게 오빠를 맞이했고 또 떠나보냈을 뿐이었다. 일선으로 떠나는 것이 무엇을 의미하는 것인지조차 모르면서, 그것이 마지막이 될 줄 알았더라면 좀 더 다정하고 따뜻하게 대해주었을 것을, 너무도 철이 없던 나는 그저 덤덤하게 오빠를 맞이했고 또 떠나보냈을 뿐이었다. 그것이 마지막이 될 줄 알았더라면 다정하고 따뜻하게 대해 주었을 것을.

성남고교 밴드부에서 트럼펫을 연주하던 오빠는 준수한 외모에 활달한 성격으로 너무도 멋졌던 것 같다. 그토록 싱그럽고 꿈 많던 오빠, 그 이름 신덕균 !

그 오빠가 행여 어딘가에 살아있지 않을까, 하는 작은 소망만을 가지며 이제껏 살아왔다. 그러나 '위패 봉안관'에서 '신덕균'이라는 세 글자를 보는 순간, 이 작은 바람이 얼마나 부질없는 것 이었던가, 그것을 현실로 확인하게 되면서 실낱같은 희망마저 영영 떠나가 버린 듯하여 가슴이 내려앉는 것이었다.

이제는 오빠의 유해라도 빨리 우리의 품으로 돌아와 주기를 간절히 바라는 마음이다. 그래서 국립 현충원에 있는 국방부 유해발굴감식단을 찾았다. 또다시 유전자 검사를 하기 위해서였다. 실은 몇 해 전 성남시 분당에 있는 수도육군병원에 가서 유전자 감식을 위한 채혈을 한 일이 있었다.

국방부 유해발굴감식단에서는 "국가를 위해 희생하신 분은 국가가 끝까지 책임진다."라는 국가 무한 책임 완수를 위해 지난 2000년부터 6·25 참전 호국용사의 유해발굴과 유가족찾기 사업을 전개하고 있다고 한다.

그러나 채혈을 하였음에도 불구하고 유해발굴감식단으로부터는 아직도 오빠의 유해를 발굴하지 못해 미안하다는 편지만 몇 번 받았을 뿐이다. 그동안 유전자 감식 방법이 많이 발전되어 타액으로 검사하는 것이 더 정확하다는 것이었다. 구강 세포 체취를 받으면서 이제라도 오빠가 우리의 품으로 돌아올 수 있다면 얼마나 좋을까, 하고 가느다란 희망을 품어본다.

자랑스러운 나의 오빠는 내 마음속에 언제까지나 살아 있을 것이다. 덕균 오빠는 지금 어디에 계실까? 오빠가 우리 곁으로 돌아오지 않는 이상 나는 아직 오빠를 보낼 수는 없다. 지금도 돌아오지 않고 있는 덕균 오빠가 너무나도 그립다.

백두산 등정기

장명숙

불문 62, 수필

하얀 부석(浮石)이 얹혀있어 마치 흰머리와 같다하여 백두산(白頭山)이라 불리게된 우리의 영산 백두산!

우리의 역사가 발원한 성산(聖山)으로 유명한 이 산을, 중국에서는 장백 산이라 부르고 청조(淸朝) 발상의 전설을 적은 『개국방략(開國方略)』에서, 장백산 천지를 포륵호리지(布勒湖哩池)라 부르며, 청제실(淸帝室)이 시작된 곳이라고 기록한 것으로 알려지고 있다.

백두산은 해발 이천여 미터 높이에서 솟아나 동으로는 두만강, 서로는 압록강, 북으로는 송화강의 원류인 천지는 푸고 퍼도 마르지 않는 생명의 원천이기에 신령스러운 산이라 아니할 수 없다.

육당 최남선의 『백두산 근참기』에 보면 '성스럽기로 백두산 그 이상의 것은 없으며, 신비하기로 백두산 같은 것은 없을 것이다' 라고 했다.

백두산은 본래부터 사람의 마음과 손으로 그려지고 형용되어질 것이 아 닐는지도 모른다. 이것은 우리가 영원히 배워야 하고 공들여 가꿔야 할 우리 조상의 산이라 여겨진다. 백두산과 우리는 본래 한 덩어리요 결코 두 조각이 아니었는데, 갈린 지 60여 년이 넘었으니 서먹서먹하며 남의 땅 같은 느낌이 드는 것이 서글프다.

이번 등정은 20명으로 구성된 사진동호인들의 모임에 동참하여 7월 14일부터 4박 5일간 중국 하얼빈, 길림, 이도백하를 지나 백두산 북쪽을 가로질러 정상에서 천지를 만나는 코스다. 하얼빈에서 버스로 장장 8시간을 달려 길림에 도착한 후 다음날 다시 이도백하로 온 후 1박하니 셋째 날에야 백두산에 오를 수 있었다. 당일 일기가 쾌청하기를 기원하는 간절한 마음을 갖기는 우리 일행 모두의 소망이었다. 여행 중 좋은 일기를 맞기란 쉽지 않고 이것이야말로 뜻대로 되는 것이 아닌데, 아침에 동이 트고 유난히 환하게 솟아나오는 햇살이 크고 우람한 산봉우리를 환하게 비출 무렵 상쾌한 마음으로 새벽 등정을 준비했다.

푸른 소나무, 버드나무, 백양나무, 잣나무가 우거진 숲속에 어떤 것은 겹겹이 병풍을 이루고, 그 위쪽에 오르니 두터운 카펫을 깔아놓은 듯 잔디밭이 펼쳐진 채, 거기서 바람에 지지 않으려는 듯 납작하게 달라붙은 이름 모를 들꽃들이 군락을 이루고 있다. 분홍색, 노랑색, 흰색, 보라색, 저마다 귀여운 얼굴들을 내밀고 햇볕을 쬐고 있는 모습은 한 폭의 그림 같다. 당장 만져보고 향내도 맡아보고 싶었다.

큰 내가 기운차게 흘러서 산과 물과 길, 셋이 한데 붙은 듯이 구불구불 이어지더니 골짜기에 이르고, 슬금슬금 올라간다. 한 굽이를 오르면 산의 형세는 웅대함을 더하고 더러는 평평한 곳도 보인다. 생각보다 험하지 않다는 인상을 받은 채 완만한 상승계곡을 올라간다. 2,000m에 이르니 기후는 아래와는 판이하게 달라서 나무다운 나무는 거의 없고 잣이나 목이버섯이 고작이다. 백두산 정상을 향하여 급한 경사를 앞에 두고 일행은 모두 여섯 명씩 짝을 지어 벤츠 지프로 갈아탔다. 여기서부터는 넓적하고 커다란 회색 벽돌로 정상까지의 차도를 모두 깔아놓은 것을 보며 굉장한 토목공사였다고 느꼈다. 만리장성을 쌓은 이들의 솜씨를 금세 알 수 있었다.

위에서 뒤에 따라오는 차량 행렬을 내려다보니, 마치 자동차 경주라도 하는 듯 제각기 전속력을 내며 구불구불한 길을 올라오고 있다. 길고 느리게 휘는 커브, 급히 돌아서는 꼬부라진 길, 그 양옆에는 특수한 복합 색채인, 형태가 그윽한 골짜기의 난초처럼 정취를 지닌 고산식물이 말할 수 없이 깊고 우아한 정을 주고 있다.

올라가면 갈수록 하늘에 한 발씩 가까워질 때에 내다보는 시야는 그 모습이 신비 그 자체였다. 어느새 나무는 보이지 않고 푸른색의 융단 같은 산등성이가 뭉실뭉실 드러난다. 올라온 길을 돌이켜 보니 높이가 과연 엄청나다고 느끼면서, 마지막 30m를 빠른 걸음으로 올랐다. 모래흙의 가파른 경사라 숨이 훅훅 막히면서도 속도를 늦추지 아니하고 단숨에 정상에 오르니 그림 같은 천지가 말없이 반긴다. 정상에 우뚝 서서 400여m 아래의 천지를 내려다보니 감개무량하여 입에서 아무 소리도 나오지 않았다. 어제의 비는 간곳없고 화창한 햇살과 뭉게구름들이 우리를 안내해 준다.

백두산이라 하면 제비나 가는 곳으로 알고, 깊고 먼 곳이어서 가는 이가 따로 있나보다 하던 곳인데 이렇게 오게 되니 생각할수록 기쁘다.

천지를 빙 둘러 열여섯 개나 되는 크고 작은 봉우리가 둘러서 있는데 일제 때 봉우리마다 쇠막대를 박아놓아 해방 후 그것을 찾아 뽑아냈다는 이야기를 들으니 온몸에 소름이 끼친다. 1961년 중국이 3분의 2, 북한이 3분의 1을 나누어 백두산 국경을 정했다는 안내자의 설명이 또 한 번 나를 실망시켰다.

우리가 서 있는 천문봉(天門峰)에서 사방을 보니 산과 들이 한눈에 들어오고 까닭없는 호기가 생기고 '잘 왔다'는 생각을 몇 번이고 되풀이했다. 북한 쪽 산은 웅장하고 험하며, 중국 쪽 산과 들은 평평하고 부드러운 능선이 많아 보인다.

한맺힌 사람처럼 좌우로 시야를 넓혀, 가까운 곳, 먼 곳, 동서남북 두루 번갈아 시선을 맞추니 맨 나중에 멀리 까맣게 내려다보이는 곳은 가물거려 실눈을 뜨게 하더니, 어느 사이엔가 모든 봉우리가 발 아래로 보인다.

7월 중순인데 정상은 영하 8도로 손이 곱아 사진기 만지기가 어려워진다. "삼대가 적선을 베풀어야 청명한 천지를 볼 수 있다"는 이야기를 들었는데, 구름 한 점 없는 대명천지에 무슨 복이냐며 일행은 사진찍기 바빴다. 바위 밑의 절벽이 무서워도 천지를 가운데 나오도록 구도를 잡고 뾰족바위 앞에서 셔터를 눌렀다. 이쪽은 깎아지른 듯하고 저쪽은 비스듬히 자빠지고, 동쪽은 칼날 같고, 서쪽은 병풍이 둘러쳐진 듯 형상의 변화가 다양하다. 북한 쪽 장군봉의 높은 표적이 최고봉임을 암시하고 주위에 졸병 봉우리들을 거느리고, 자배기처럼 움푹한 그릇 모양을 한 채 물을 가득 품고 있는 것이 천지다.

물의 본성은 위로 솟으면서도 그 형태는 낮은 곳으로만 흐르는 것, 노자(老子)가 이를 일러 상선약수(上善若水)라 했듯, 물은 모든 생물을 이롭게 하면서도 다툼이 없으며, 모든 이가 싫어하는 낮은 곳으로만 처하는 모습을 본다. 고산 윤선도가 「오우가」에서 물을 첫 번째 친구로 꼽았던 것도 이 때문인가 한다.

미동의 움직임도 없이 담겨진 신비스러운 물, 열여섯 개의 봉우리가 빙둘러 물을 지키고 있다. 천지의 형상이란, 만년의 과거가 영원한 미래를 손잡고 커다란 동그라미를 지으며 저 늪에 가서 박혀 있는데, 수면에 일렁이는 엷은 아지랑이와 신비한 구름의 그림자가 얽혀 뛰노는, 여기서만 볼 수 있는, 신기한 모습이다.

푸르다 하자니 그렇고, 검기에는 맑고, 저 빛을 무엇이라 하랴…… 억지로 말하자면 쪽빛에다 남색을 더한 맑은 빛이나 여기에 약간 검은색 물감을 섞은 듯한, 나의 미숙한 글로 써내지 못할 색이니, 어머니의 물감 솜씨와 닮았다고나 할까…….

푸른 유리를 깐 듯한 수면에 오색광선이 비쳐, 얼른 성스러운 호수의 느낌을 자아낸다. 호수의 주위는 14km요, 수심은 372m라 한다.

미풍에는 떨림으로, 크게 불면 크게, 바람따라 잠시도 가만히 있지 아니하는 호수의 수면, 물결이 일 때마다 변하고 변하는 변덕스러움, 물결마다 새빛을 바꾸어 내는 신비, 이것은 감히 인간의 조작이 아닌 신의 장난이라고나 할까. 천지는 옛날의 분화구요 둘레는 화구벽(火口壁)이다. 화산 폭발 후 생겨난 검은 것, 붉은 것, 누른 것, 갈색, 잡색, 그 빛과 윤택이 제각각이고 형상의 변화가 무쌍하다.

천지에서 내려오는 줄 알았던 압록강, 두만강의 출구는 보이지 않고, 오직 북쪽의 백암 밑으로 흘러나가 달문(闥門)에서 송화강 근원만 간신히 엿볼 수 있었다. 이것은 천상수(天上水)라 하여 양쪽 단애틈으로 1km쯤 흘러 높이 68m나 되는 장백폭포를 떨어뜨리고 송화강의 근원이 된다. 송화강은 900km를 넘는, 멀리 북으로 하얼빈까지 흘러가는 큰 강이다.

큰 짐을 벗어놓은 것처럼 어깨가 가볍고, 이렇게 맑은 날 좋은 구경을 마친 것이 몹시 자랑스럽고 흡족하며, 날씨 걱정 없이 가까운 곳, 먼 곳 두루두루 살펴본 것이 하나님의 은총이라 감사하면서 하산 준비를 했다. 언젠가 책에서 "백두산을 보고 느끼기나 할 것이지, 형언하거나 설명하기는 어렵다"는 글을 읽은 기억이 났지만, 감격을 남기고자 졸필을 적어 보았다.

자연인이 되던 날

정숙향
사회 86, 아동

유럽을 다녀온 이웃의 한 한국 부인은 그중에서 스위스가 가장 아름다
웠다며 여행 후일담을 들려주었다. 며칠 전엔 이곳 이슬라마바드의 혹독
한 더위를 피해 어디론가 사라졌다 와서는 스위스보다 더 아름다운 곳이
있더라며 감격해했다.

지금 나는 그 비경의 한가운데에 들어와 있다. 파랗게 열린 하늘, 쭉쭉
뻗은 포플러 숲 안에 말갛고 잔잔한 호수가 동그랗게 떠 있다. 아련한 빛
의 고운 나비들이 팔랑거리고, 귀 설은 새소리도 청아하다. 무릉도원이
있다면 여기가 아닐까.

먼 산에는 만년설이 덮여있고 계곡에는 차디찬 얼음물이 흐르는데 얼굴
을 스치는 건 훈훈한 산들바람이다. 묘한 자연의 섭리가 신기하기만 하
다.

차를 끓였다. 시린 눈으로 마시는 커피 한 모금의 맛을 어떻게 표현할
수 있을까. 그때였다. 막 호수 위를 노 저어 건너 온 한 파키스탄 신사가
우리를 보고 반가워한다. 이런 오지에서 흔치 않은 외국인을 만난 게 즐

거운 모양이다. 데리고 온 가족을 일일이 소개시켜 주며 함께 기념사진을 찍자고 한다. 애써 싸온 음식도 나눠주면서 라호르 여행 때는 꼭 자기 집에 들르라며 명함도 잊지 않았다. 이들의 인정에 잠시나마 고국을 떠나온 향수를 달래보았다.

산을 내려 올 땐 더운 바람으로 갈증이 났다. 간이매점에 들렀더니 음료수가 하나도 없다. 아쉬운 마음으로 돌아서려는데 눈 덮인 산 언덕바지 옆구리에 손을 쑤욱 집어넣던 매점 주인이 차가운 사이다 두 병을 꺼내오는 게 아닌가. 말 그대로 자연 냉장고였다. 바깥 기온은 얼추 30도를 육박하는데 눈이 녹지 않고 있다니……

이곳은 특히 송어가 많기로 유명하다. 간혹 보이는 식당마다 은빛 송어떼들이 꼬리를 날렵하게 흔들어대며 푸드득거린다. 우리도 매운탕을 끓여먹을 요량으로 두 마리를 샀다. 그런데 막상 꼭 필요한 무를 구하는 일이 막연하였다. 깊은 오지라 작은 구멍가게조차 찾아볼 수 없었다. 근데 냇가에서 잠깐 쉬는 사이, 건너편에서 농부들이 뭔가를 분주하게 씻고 있는 게 보였다. 유심히 보니 바로 우리가 찾아다니던 무다. 감자나 고구마같이 생긴 특이한 모양의 무를 출하를 앞두고 흙을 털어내고 있는 중이었다. 반가운 마음에 두어 개만 사려고 다가갔지만 말이 안 통해 머뭇거리고만 있었다. 힐끗하던 농부가 내 마음을 눈치챈 듯 더 깨끗하게 씻은 한 아름의 무를 품에 덥석 안겨주는 것이다. 그는 서툰 영어로 '노 프라블럼'이란다.

혀끝에 감도는 군침을 삼켜가며 매운탕을 끓였다. 단지 송어와 무, 약간의 양념만을 넣었는데도 거의 환상적인 맛이 우러나온다. 매운 음식을 별로 좋아하지 않는 아이들도 거의 숨소리를 내지 않고 먹었다.

그러나 그게 탈이었다. 그동안 비위생적인 파키스탄 음식을 조심하느라 꾹 참았던 식욕이 고삐 풀린 망아지처럼 날뛰더니 결국 내 뱃속에서 반란을 일으킨 것이다. 누구나 이곳 파키스탄에 오면 피해 갈 수 없는 통관절

차가 지독한 설사라고 했는데, 나도 예외는 아닌가 보았다. 앞으로 가야할 길이 족히 열두 시간이라는데, 더구나 가는 도중에 화장실이 없다는 사실을 익히 알고 있던 터라 그 암담함이란…….

아니나다를까, 출발한 지 채 한 시간도 못돼서 내 뱃속에서 급한 신호를 보낸다. 길 한편에 차를 세우고 주위를 둘러보았다. 인적이 뜸한 툭 트인 벌판이었다. 가려줄 만한 곳을 찾아 황망히 떠도는데 퍼뜩 한 시인의 이야기가 머리를 스친다.

그도 인도 여행 중에 나와 같은 처지에 있게 되었다. 그러나 그는 버스 여행 중이었다. 급한 김에 차를 멈추어 세우고 내리니 나무 한 그루 없는 허허벌판이었다. 다시 소용돌이치는 배를 움켜잡고 십여 미터를 더 달려갔지만 역시 마찬가지였다. 결국 버스 속에서 나오는 뭇시선의 세례를 받으며 앙상한 나무 뒤에서 자기 눈만 가린 채 급한 일을 해결할 수밖에 없었다. 멋쩍게 다시 버스로 돌아온 시인은 화장실이 없는 인도에 대해 중얼거리듯 불평했다. 그러자 옆에 있던 한 인도 노인이 태연하게 대꾸한다.

"자연 속에서 자연적인 일을 처리하는데 뭐가 나쁘다는 겁니까? 왜 당신들 문명인들은 성냥갑만 한 공간 속에 숨어 더러운 냄새를 맡고 있나요? 우린 아침마다 대자연 속에 앉아 바람과 구름을 바라보며 볼일을 봅니다. 그것이 우리에겐 최고의 명상이지요."

사실 우리가 문명인이라고 해서 그들보다 더 낫다고 말할 수 있을까. 문명화될수록 자연은 더 더러워지고 망가져왔다. 사람들도 더 이기적이 되어가고, 무엇으로든 자신을 겹겹이 가리려고 발버둥치지 않는가. 자연은 인간의 근원이요, 모체이다. 그 속에서 인간은 생명의 힘을 부여받고 그 은혜의 산물을 마음껏 누린다. 그러나 정작 자연의 속앓이는 외면하고 있지 않은지……. 아침마다 대자연 속에서 여유있는 명상을 즐기는 그들을 한 문명인이 불편하다고 어찌 탓할 수 있으리.

오랜 옛날 알렉산더 대왕이 인도대륙을 정벌하고자 할 때 거쳐 갔다는 이곳 스왓(SWAT), 사방은 끝없이 펼쳐진 자연으로 통하고 내 몸 하나 가려줄 가냘픈 나무 한 그루조차 없는데, 부끄러운 구름 한 점만이 무심히 떠다녔다. 그날 나도 남편의 호위 속에 어설픈 파키스탄인이 되었다. 실은 나도 저 따사로운 벌판의 햇살과 해맑은 바람 속에서 완전한 자연인이 되어 내 온 존재를 드러내고픈 충동을 떨쳐버릴 수가 없었다.

바라나시의 송아지

조한숙
국문 69, 수필

 인도에는 거리를 방황하는 소들이 참 많았다.

 미아처럼 도시의 이곳저곳을 기웃거리며 정처없이 떠도는 듯했다. 인도의 대표적인 종교 힌두교에서는 소를 신으로 모신다고 들어왔는데 모시기는커녕 그들의 적성은 하나도 배려되지 않은 채 인파 속에서, 릭샤의 행렬 속에서, 자동차의 질주 속에서 한데 어울리며 느릿느릿 잘도 살고 있었다.

 특히 '바라나시' 시내에는 떠도는 소가 그곳 인구만큼이나 많은 듯이 보였다.

 이 도시 바라나시는 힌두교 최고의 성지이며 불교의 4대 성지 중의 하나이다. 또 자이나교, 시크교 신도들도 성지로 알고 찾아오는 곳이다. 도시 옆으로는 가장 성스러운 강, 어머니의 강, 생명의 강이라 불리는 갠지스 강이 죽음과 삶을 공유한 채 유유히 흐르고 있다.

 이런 지역상 특성으로 세계 각처의 순례자들과 관광객들이 성지를 찾아서 갠지스 강을 찾아서 해마다 100만여 명이나 이 도시로 몰려온다고 했다. 순례자들이 찾아오고 관광객들이 모여들고, 헤어졌다 모여들기를 반복하는 소란스럽고 시끄럽고 어수선한 도시가 바로 바라나시이다.

이 도시의 역사는 참으로 오래되었다. 전설보다 더 오래된 도시라고들 한다. 인도가 태어나기 전부터 갠지스 강 유역으로 인류가 모여 살았으리라 추측되는 역사의 도시이다. 그런데 순례자들이 찾아오는 성스러운 도시이며 유구한 역사를 지닌 역사의 도시가 지구상에서 가장 더럽고 지저분한 도시라고 정평이 나 있다. 거리에는 소똥과 개똥과 사람들의 배설물과 쓰레기들이 뒤섞여 있었고 사람들은 대수롭지 않게 그 거리를 걷고 있다.

우리 일행을 안내하던 안내자의 궤변도 한몫을 거들었다.

"세상에서 가장 더러운 도시라는 것 인정합니다. 그런데요, 더러운 것이 최고의 미덕입니다."

이런 아이러니컬한 말이 어디 또 있겠는가.

그 더러운 거리를 체험하기 위해 관광객들이 모여들고 인상에 오래오래 남게 되는 것이라고 더러움을 치켜세운다. 지저분한 것도 무질서도 순응하는 인도인들의 넉넉한 심성이 오히려 아름답게 느껴졌다.

바라나시 거리, 소똥으로 질척거리는 큰길 한가운데로 소들은 거리낌 없이 어슬렁거렸다. 도시 속에서 먹을 것이 변변히 없는 탓인지 상점에서 내다버린 누런 박스들을 열심히 뜯어 먹는 모습을 쉽게 볼 수 있었다.

우리 일행은 갠지스 강가의 밤 풍경, 징소리 북소리가 요란한 예배 의식 '아르띠뿌자'를 보기 위해 자전거 릭샤를 타고 거리를 달렸다. 길도 울퉁불퉁 릭샤도 덜컹덜컹 금방 떨어질 것 같아 손잡이를 힘껏 잡느라 정말 힘들었다. 릭샤 아저씨는 운전에 방해가 되는 소의 엉덩이를 한 대 냅다 치고는 소리소리 지르며 지나갔다.

이미 날이 어둑어둑해지고 상점마다 전등불이 들어오기 시작했다. 덜컹거리던 릭샤가 갠지스 강 근처에 멈추고 모두들 내렸다.

그때 큰길 한복판에서 내 눈길을 끄는 사랑스런 광경이 있었다. 자동차들이 질주하고 릭샤 아저씨들의 행렬과 고함소리가 요란한 길 한가운데에 어미 소와 송아지가 서로 얼굴을 부비며 사랑을 나누고 있었다. 송아지의 얼굴을 계속 핥아주는 어미 소와 어리광을 부리며 어미 곁에 꽉 붙어 있는 어린 송아지가 광채를 뿜고 있었다. 참으로 숭고한 정경이었다. 왠지 가엽고도 아름다운 정경에 가슴이 먹먹해졌다. 외양간도 없고 먹을 것도 없는 길거리에서…… 나도 새끼 키우는 어미인데…….

달려가서 콩 넣고 푹 삶아낸 여물 한 바가지 떠다 먹이고 싶었다. 푸른 초원에서 잘 자란 풀 한 바구니 뜯어다 실컷 먹이고 싶었다.

그 광경 앞에서 행인들도 릭샤 아저씨들도 오토바이도 질주하던 자동차도 멈추어 있었다. 과연 인도의 소들은 신처럼 대우받고 있구나. 그러면 그렇지, 괜히 웃음이 났다. 편한 마음으로 소들을 바라볼 수 있었다.

잠시 발걸음을 멈추고 넋 놓고 서 있느라 함께 가던 일행들을 놓치고 말았다. 일행은 갠지스 강가로 간다고 했다. 순례자들을 위한 '가트'라고 불리는 돌계단이 십여 리나 길게 뻗어 있다는 곳을 향하여 어둠 속으로 달려갔다. 그런데 또 하나 기이한 광경 속에서 나는 발걸음을 멈추어야 했다.

갠지스 강 쪽으로 접어드는 어둑한 좁은 골목 입구에 다다랐을 때 주변 분위기는 벌써 침상에 누워 잠을 청하고 있는 듯했다. 침상이라기보다 엉성하게 서너 칸 널빤지를 가로지른 선반이라고 해야 옳을 것이다.

선반 제일 아래 칸에는 옆으로 누운 할머니, 그 윗칸에는 덩치 큰 송아지, 맨 위에는 늙은 개 한 마리가 사이좋게 누워서 단잠을 청하고 있었다.

정말 놀라운 광경이었다. 내 눈을 의심했다.

세상에 이런 일이……

한참 서 있자니 그들의 잠을 방해하는 것 같아 달려가 어둠 속에서 일행을 만났다.

무질서하고 지저분하고 소란스러운 도시에 익숙해지면서 점점 그 도시에 정이 들었다. 안내자의 궤변이 거부감 없이 받아들여졌다. 이 맛에 인도를 여러 번 찾아가는 것일까.

지금 생각해도 바라나시는 매력적인 도시이다. 다시 한 번 가고 싶다.

바라나시의 송아지도 많이 컸겠지.

표지 그림 _ **조성희**

홍익대 서양화과 졸업.
Art Institudte of Chicago. Art Institude of Prat New Yock. 드메서 수학.
전시회 · 국내 조선갤러리 · 통인갤러리 등 다수.
해외 Art Hamyons New Yock. Gurun Gallrey Chlcago. SHONO Gallery
Los Angeles.
Maiami Pam Beach. Art fair Taipei Taiean 등에서 개인전을 가졌음.

어디쯤일까

1쇄 발행일 | 2014년 11월 20일

지은이 | 이대동창문인회
펴낸이 | 정화숙
펴낸곳 | 개미

출판등록 | 제313 - 2001 - 61호 1992. 2. 18
주소 | (121 - 736) 서울시 마포구 마포동 136 - 1 한신빌딩 B-109호
전화 | (02)704 - 2546, 704 - 2235
팩스 | (02)714 - 2365
E-mail | lily12140@hanmail.net

ⓒ 이대동창문인회, 2014
ISBN 978 - 89 - 94459 - 45 - 5 03810

값 12,000원

잘못된 책은 바꾸어 드립니다.
무단 전재 및 무단 복제를 금합니다.